新人間叢書 99

施叔青◎著

風前塵埃

目錄

推薦序
透過歷史天使悲傷之眼　南方朔　005
第1章　吉野天皇米　002
第2章　野菜必須被馴服　020
第3章　Wearing Propaganda　036
第4章　風前之塵埃　043
第5章　立霧山上的日本庭園　053
第6章　身世成謎　071
第7章　弓橋下的青石板　080
第8章　後山走反　093
第9章　荒廢的日本宿舍　111

第10章　月見花　129
第11章　筑紫橋的確存在過　156
第12章　他的莉慕依　177
第13章　「記住珍珠港」　192
第14章　沒有箭矢的弓　203
第15章　靈異的苦行僧　214
第16章　拔除昭和草　234
第17章　戰爭是美麗的　255
代後記
與為台灣立傳的台灣女兒對談
——陳芳明與施叔青　262

推薦序

透過歷史天使悲傷之眼

南方朔（著名文化、文學評論寫作者）

對於台灣原住民，日本統治時期的第五任總督陸軍大將佐久間左馬太（任期由一九〇六年四月十一日至一九一五年五月一日）的鐵腕理蕃五年計畫，乃是一場幾近種族滅絕的浩劫。五年理蕃計畫從一九一〇年打到一九一四年，全台各蕃社可謂徹底掃順。

而佐久間總督的五年討蕃裡，又以一九一四年五月至八月的討伐太魯閣蕃之役最為慘烈壯闊。是役也，佐久間自任討伐軍司令，率領軍警六二三五人，附屬工役一萬餘人，總計二萬餘人攻打太魯閣蕃九十七社，一千六百戶，約九千人。這是絕對性的不對等戰爭，以人海戰術式的機槍大砲攻打獵槍與蕃刀。討蕃結束後，到一九一四年止，計沒收獵槍二七〇五八支，這是原住民的徹底非武力化，退回到弓箭蕃刀的時代。在生存地界日益縮小，生存能力則大幅倒退下，原住民的困厄可知。

而除了鐵腕討蕃外，佐久間任內也展開了有計畫的殖民工作。在民間殖民方面效果不佳，但官辦移民卻在台灣東部吉野、豐田、林田留下了三個移民村，其中以吉野移民村最大，到了一九一四年達二八七戶，一四九八人，豐田村一三八戶，七一〇人，林田村三十九戶，六一六人，這些日本農民的移民村落乃是日本對台殖民政策的先驅計畫，但到了第六任總督安東貞美，有鑒於日本的工商移民漸增，已無需成本昂貴的農業移民，遂將政策喊停。只是繼續強化這三個移民村落而已。

另外，普遍爲人所知的，乃是佐久間總督喜歡大動工程。他是歷任總督裡任期最長的一個，總督府大樓也是一九一二年在他任內動工。

上述這些佐久間左馬太總督的任內事蹟，就是施叔青「台灣三部曲」第二部《風前塵埃》的源起和基幹。「風前塵埃」的意象取意於日本平安朝詩僧西行和尚的句子；「勇猛強悍者終必滅亡/宛如風前之塵埃。」佐久間總督儘管勇猛強悍，但他在討伐太魯閣蕃之役裡，卻於一九一四年六月二十六日巡查時墜崖重傷，拖了一年多，終於因傷而亡。他和他篤信的「八紘一宇」帝國，終於在二戰戰敗後，一併成了風前之塵埃，成了人類歷史集體記憶裡的一座精神廢墟。

然而，施叔青的筆不可能只停留在如此浮面的層次。她的這個第二部曲，眞正要碰觸的，其實是一個更有歷史哲學縱深的「受苦的歷史」的問題，而《風前塵埃》的確已把人們拉近到了這個問題的門檻。

近代談論受苦的歷史哲學，以班雅明（Walter Benjamin）最具透視力。他除了指出過：「所有文明的紀錄，莫不同時也是野蠻的紀錄。」還在《啓明錄》裡，在談到畫家克利（Paul Klee）那幅〈歷史天使〉時，如此說道：

「這歷史天使把祂的臉朝著過去。過去對我們而言，乃是一連串的事件。但祂所看到的卻是一個劇變，這劇變使得廢墟層層相疊，並且都被丟到了祂的腳跟前。這天使想要停下來，把死者喚醒，讓那些被碾碎的重新拼回整體。但從天堂裡卻吹來一陣暴風，它是如此的劇烈，以至於祂根本無法收攏自己的天使之翼。這暴風是如此不可抗拒把祂推向祂背部所對著的未來，而祂面前的碎片則被堆得愈來愈有如天那麼高。這暴風即是我們所說的進步！」

班雅明以這種受苦的反諷角度看歷史，在義理上等於顚覆了線性主義的進步觀和歷史觀，而將歷史拉向到了受苦的人的身上。因爲歷史天使的背對著未來，因而未來是一片不可知，但歷史天使卻可看到那層層疊疊的廢墟碎片。而從這些受苦的碎片裡去舉一反三的張望過去，留住歷史的歎息，也就成了作者透過歷史天使之眼而可以努力的小小天地，厄瑪絲（Elizabeth Deeds Ermarth），在《歷史的續集》裡因而說道：「歷史文學說不清過去的地圖，只能盡可能去做可以做的事。」那就是盡可能多層次的去淘取廢址裡的碎片，讓人們得以由此去體會它那無明的蒙昧。

而《風前塵埃》即是歷史廢墟的最佳碎片投影。帝國文明裡的殘酷不仁，極力的自以爲是，有人如何在帝國光環下迷失並分裂了自己，有人如何桀驁不馴的爲了自己的生活方式而成了燦爛的悲劇英雄。然而，加害者經常也會成爲受害者。在歷史的蒙昧裡，集體的譫妄也會使得怪異的非理性成了難以避免的選項；而當然它也會出現各式各樣的扭曲，甚或也可能出現一些自我救贖的可能性。這就是那段時間的歷史。它有如暴風般吹過那個時代，無論權貴、官吏、族群、性別，都無法避免，而它所結的苦果也同樣無法避免，每個人都因此而經歷了受苦。

《風前塵埃》以佐久間左馬太任內的殖民政策為始。一個名古屋和服綢緞店的夥計橫山新藏為了出人頭地而應徵入台，偕同妻子橫山綾子到吉野移民村當警察，而後參加討伐太魯閣族之役，打完仗即升為山地部落立霧山咚比冬警察駐在所的巡查部長。他們到山上就任，把女兒橫山月姬留在移民村託人照顧。而到了山上，橫山綾子或因調適困難、身心違和，遂返回日本，再也未踏上台灣，橫山新藏後來另娶太魯閣族赫斯社頭目之女為妾。至於橫山月姬，則認識並與以太魯閣族抗日英雄哈鹿克．那威之名為名的哈鹿克．巴彥戀愛。哈鹿克．巴彥後來被橫山新藏逮捕處死，並命令女兒要嫁給三井林場的山林技師安田信介，於是橫山月姬逃婚，懷著哈鹿克．巴彥之子短暫托庇於客家人攝影店老闆范姜義明，但不旋踵卻不辭而別，並於戰後返回日本。多年之後，她的私生女無絃琴子開始一步步探究自己的身世之謎。於是歷史遂在探究中一點一點的以一種被註釋過的型態重新活了回來。那歷史天使無法停下來拼湊的受苦碎片，遂在重新的探究反省中有了反省後的整體意義。它有如災難後的劫餘者，重新回來向已死和未死之人報信，述說那災難的恐怖過去。

而《風前塵埃》之所以特別不凡，仍在於它那種有如揭謎式的多層次敘述。多年之後，橫山月姬罹患老年痴呆症，她的女兒無絃琴子為了要追索回自己的生命與身世之謎，而將整個歷史重走了一遍。這是極爲彎曲的歷史時間敘述。

透過這樣的敘述，佐久間左馬太總督任內的東台灣日本移民村經驗，討伐太魯閣蕃，以及討伐戰爭後原住民部落生存方式的巨變，都一一重新再現。而哈鹿克．巴彥和其他祭師即是例證。他們失去了祖靈之地，信仰和祭典趨於混亂，這是對祖靈與生命的褻瀆與侵犯，加以生活方式倒退回到了弓箭蕃刀時代，這是文化的斷根，再也不得平安。

而透過追溯，我們也看到像橫山新藏這種小吏，是如何的成了權力的象徵。他的自以爲是，對原住民妾的高高在上的態度，這都具現了「征服—被征服」的關係，而由范姜義明的「二我寫眞館」的「二我」，則印證了法農（Franz Fanon）所謂的由於承認本身爲劣等，因而自我分裂爲二。向強勢者屈服的意識轉化，加害必須要有被害的配合，文明的野蠻戲才可以持續下去。

而這種自我的分裂，橫山月姬則被寫得最爲深刻。她是個在台灣出生的所謂「灣生」日本人，這已是低下的代號，而她與哈鹿克．巴彥的關係當然更難見諸天日。於是無論爲了保護自己或保護女兒，她的自我遂分裂爲二。一個是佯裝成普通戰後日本人，另一個則是假冒但卻是眞實的「眞子」這個從未現身的角色。她把自己眞實的生命外在化，把記憶虛假化，變成「眞子」這個「異」己，而只有在談到眞子時，她那種生命的感情才得以湧現。在歷史的廢墟裡，婦女通常都是最後的承受者，當不堪承受時就分裂自己來分擔這種被扭曲的歷史的重量。這是自我分裂，用分裂來合理化自我欺騙的心靈過程。最積極的受苦是如此的不可思議，歷史最後都變成了風前塵埃，而橫山月姬則無疑的是最奇特的碎片！

而《風前塵埃》讓人動容的當然仍在於藉著無絃琴子而對日本戰時和服這種服裝記號所做的衍生敘述了。人類的身體、行為、服裝，都從來即被鐫刻著歷史的印記。戰時的日本，其實是近代的「政治美學化」的範例，它和幾乎同時出現的俄共的「美學政治化」完全不同。日、德、義等國皆把政治的表現型態往美學的記號上堆砌，無論動作舉止或服裝等都更加具有儀式性美學的特徵。精美的和服因此而和戰爭符號相連結。和服圖案會編織上戰爭圖案。當戰爭被穿在身上，被繫在腰間，戰爭也就有了更深的集體譫狂性。戰爭是美麗的，因為我們已將它美麗的穿到了身上！這樣的戰爭美學，不也正和佐久間左馬太總督官邸那種帝國美學相互呼應召喚嗎？

施叔青的「台灣三部曲」，第一部《行過洛津》說的是清代台灣的鹿港，那是個移民初期的掙扎時代，由民間戲曲濃縮為官民對立的社會特徵。而到了第二部《風前塵埃》她走得已更遠了，「征服—被征服」「認同—自我分裂」「受害—加害」「迫害—野蠻」這些自古以來的歷史課題已被鑲嵌進了更複雜、更細緻的架構下而一層層展開。這是個台灣文學史上的大豐收。縱使放在世界文學的書架上來評比，它也可以在一流大師面前抬起頭來。

歷史無明，它有如獸窟，有如鍋鼎，我們透過歷史天使那悲傷的眼睛，看到了那茫茫而蒼涼的過去。由「無絃」，由「眞子」這樣的命名象徵，或許重建那斷裂的絃線。用更眞誠而原生性的生命關懷，讓人自己保有那最後的守備線，才是救贖可能性的源頭吧！

風前塵埃

1 吉野天皇米

玄關外的秋雨滴答不停，落得無絃琴子心煩。每天這個白天與夜晚交接的曖昧時分，總使她情緒低落，陷入憂鬱，近日秋雨綿綿不歇，更令她愁上加愁。坐在昏暗的小客廳，無絃琴子不想開燈，反正亮著燈時，她心裡也是一片漆黑。

正想打開玻璃櫃，取出賸下半瓶的紅牌約翰走路威士忌，聽到叩門聲，獨居的家少有人上門，以爲是那隻紅翼黑鳥啄食路旁的銀杏樹，雨中聽到人聲，她這才開了門。

門外站著幾個陌生人，爲首的女子向她請安問好，自稱是台灣友人，無絃琴子拍了一下自己的前額，她記起來了，上星期也是個秋雨的午後，她提早打開玻璃櫃，藉著威士忌驅逐濕寒，電話響了，自稱台灣駐東京辦事處的祕書，請橫山月姬夫人接聽。

「啊，那是家母，她……」

沒等她說完，對方客氣的請她轉告母親，有幾位來自花蓮的原住民專程前來拜訪，希望橫山月姬接見。

「台灣花蓮來的，母親從前住過，可是，她已經……」微醺中，不知爲什麼把下面的話嚥了回去。聽見自己含糊的說些歡迎來訪之類的話，想趕快結束談話，是害怕電話中的人會感覺到她喝了酒吧？

小小的客廳，擠進三個客人，尤其是尾隨女子進門的兩個男人，骨架寬闊，比一般日本男人魁梧，塊頭大了許多。較年長的那個，穿著深色西裝，沒打領帶，敞開的襯衫更突出他寬橫的肩膀，眼眶深陷的眼珠，閃著闖入打擾了屋主的歉意，哈腰道擾。年輕的那個，卻是一臉理所當然，無絃琴子不免多看他一眼，直硬的長髮及肩，臉色黧黑，蕪亂的眉毛和眼睛生得很靠近，方形下巴留著髫鬚碴，好像多天沒刮了，兩隻大拇指各自插在牛仔褲的淺袋子裡，側著身子，一臉桀驁不馴。

他的眼神使無絃琴子沒來由的震動了一下。

那女子面貌姣好，過多的白粉還是掩蓋不住天生暗淡偏黑的膚色。她絮絮地自我介紹，橫濱來的田中悅子，歸化日本籍很久了，年輕時是花蓮阿美族文化村的舞蹈員，當地的旅行社爲了招攬日本觀光客到花蓮旅遊，組織了一個歌舞團，飛到日本表演，她隨團到橫濱，遇見一個中年喪偶的日本人，譜出異國戀曲，留了下來。和她同行的兩人是太魯閣族人，年紀大的是退休的山地警察，和年輕的這位合作從事族人歷史文物整理。

年紀已經不輕、身材依然窈窕的悅子，踏著輕盈的舞蹈步伐，上前雙手把一張請帖遞給無絃琴子。雖然早就是日本人的妻子，悅子與故鄉的連繫始終沒有間斷，這次受花蓮縣政府之託，代表花蓮人邀請橫山月姬夫人回去參加「慶修院」修復後的開光典禮。

說著，睃了一眼裡屋。

「夫人年紀大了，在休息吧！請帖麻煩代表收下吧！」

「慶修院」本來是「吉野布教所」，這座大正年間完工的日式佛堂，是當年來自四國的農民仿效故鄉德島的眞言宗萬福寺建造的，成爲移民的宗教與精神寄託之處。

戰後日本人離開台灣，布教所荒廢了多年，後來改名爲「慶修院」，花蓮縣政府爲了保護歷史古蹟以及推廣文化觀光，聘請專家斥資重修，恢復傳統日本寺院的形制原貌，使這座台灣少見的日式佛堂風華再現。

橫山月姬出生花蓮，吉野移民村的戶籍登記有名，邀請她回到出生地的原鄉觀禮之外，也可重溫從前的記憶。田中悅子強調台灣民選的總統對日本很友善，前一任的總統還接受過作家司馬遼太郎的訪問。

客人告辭後，小客廳又回復到先前的空寂，無絃琴子取出威士忌，狠狠喝了一大口，喝得太急嗆住了，握住喉嚨猛烈地咳著，突然意識自己像初老的女人一樣地咳嗽，使她心驚。

茶几上躺著退休警官的名片，他以還算流利的日語介紹自己，從勞委會申請過幾筆爲數不少的基金，輔導族人從事傳統手工藝製作。他在政府發還的土地上，一大片香蕉樹叢中，蓋了兩棟太魯閣族特有的高腳屋，一棟推廣展賣族人製作的工藝品，另一棟安裝電腦當工作室，儲存族中耆老的訪談準備出版。

退休警察指了指那個桀驁不馴的年輕人。

「文史工作室由他負責，他正在記錄族人的族譜，我們沒有文字，可是我們有歷史，不能被遺忘，以口傳的方式把祖先的名字背誦下來，代代相傳。他還編了我們族語讀本、神話傳說，原汁原味的，與漢人編的不同。」

蒐集族人歷史資料的過程中，他們發現最早從公元一九〇七年開始，日本人陸續選拔台灣各個族群部落的頭目到日本遊覽，最早由璞石閣支廳的警察吉岡率領布農族人赴日觀光，阿美族的野球隊也組團遠征東洋，歌舞團則到上野、橫濱等地的博覽會中載歌載舞，有當時的照片為證。

「這些照片最近都被挖掘出來了，啊，照片，日本話稱爲寫眞。」退休的山地警察殷勤地加上註解。

泰雅族的頭目莫那魯道，也在日本政府的慰撫政策下，被當作模範人物招待到日本，旅行到東京，還佇立二重橋遙拜皇居，他也曾在伊勢的皇大神宮中，擊掌祈求皇國的國運長久興盛。

「誰又能想得到，後來發生了霧社事件……」

垂下眼瞼，退休的山地警察喃聲自語，小屋陷入靜默，連窗外纏綿的秋雨也瑟瑟噤聲了。

「早在莫那魯道被招待到日本之前，我們太魯閣部落的長老，一共有五十多人，已經先後來了五次日本……」提到他的族人，退休的山地警察換了另一種口氣，他說第五屆的佐久間左馬太總督在任期內，招待他族中有威望的長老到東京、橫須賀參觀兵器廠的武器展示，藉港口的軍艦、海軍的威儀來打消太魯閣族的好戰不屈的反抗念頭。

「其實，對我個人來說，我是很感恩日本人的，安部先生幫了我們一家，還送我姊姊去學校學日文……」

退休警察說出此次東渡日本的目的，他們來找尋這些相關的照片——日本稱寫眞——只有在這裡才可能找到，他說，同時也希望拜訪日治時期住過花蓮一帶的日本人，請他們回憶當年殖民地的生活點滴。

「在山上做田野調查的過程中，有次訪問到一個住在天祥山溝裡的老人——七十多歲但一嘴牙齒沒掉半顆，吃山豬肉的結果，他過去是個優秀的獵人——老人說起一件往事，您一定會感興趣。當年駐哆比多駐在所的巡查橫山新藏，有次上山打獵，當時年紀還小的老人當過挑夫，扛了一隻長鬚山羊下山……橫山巡查是您的外祖父，對吧？」

無絃琴子點頭。

橫山巡查是警界的前輩，打聽調查的結果，知道他在日本人對太魯閣族發動的戰役後，從花蓮吉野日本移民村調到立霧山上的哆比冬。退休警察表示如果能採訪他的女兒，也就是無絃琴子的母親橫山月姬，談談她小時候在山上的一些見聞往事，從另一個角度來看族人的生存形態，應該會豐富他們的調查研究。

知道巡查的女兒橫山月姬已經不在人世，客人不勝唏噓，田中悅子看了一眼茶几上的請帖。

「對，恐怕母親無法參加慶修院的開光典禮了。」

「是啊，多麼遺憾！」

退休警察露出失望的神色，卻不肯完全放棄。他要求無絃琴子，是不是可以借看一下橫山家族所收藏的寫眞手帖。

「那些在駐在所拍的舊照片，可提供日本警察的生活面貌，我相信那次上山打獵一定拍了不少珍貴的留影……」

這樣的要求，頗令無絃琴子難以應對。爲了擺脫抱手等待的客人，她只好答應改日翻尋母親的遺物，客人堅持約好下一次見面的時間，才起身告辭，留下一包去年才複製成功的吉野米當作禮物。

隔著塑膠包裝，無絃琴子撫摸那包吉野一號有機米，滾圓的米粒，曾經是當年進貢日本天皇的白米，去年花蓮才複製試種成功。

無絃琴子想起母親曾經告訴過她，花蓮太魯閣山地的住民，本來不吃稻米，只知把小米視爲神聖的作物，山下的漢人栽種米粒細長、沒有黏性的在來米，不適合大和民族的口味。過新年時，在台灣的日本人對用在來米蒸出來的年糕沒有不皺眉的。

一直到昭和初年，才有帝國大學的教授磯永吉，引進日本種的蓬萊米在草山竹子湖改良試種。在這之前，吉野移民村的農民，早就把四國梶山種間寺寺前的水稻——傳說是空海大師親手種的——拿到吉野來試種。播種時十分愼重，村民拍手舉行宗教儀式，稻田四周圍上草繩，引來奇萊高山的泉水灌溉，反覆播種的結果，只留下最精強的稻苗另外闢地分開來種。持續試驗，結果種出品質良好的白米，進貢天皇，稱天皇米。

傳說吉野天皇米，粒粒滾圓，最特別的是頭部有一個圓洞，狀似一面日本太陽旗，吉野移民村出生的橫山月姬卻斥之爲無稽之談。

「米粒頭上一個圓洞，像一面太陽旗……」

回憶母親生前的評語，無絃琴子翻閱慶修院修復過程資料，彩色封面呈現一座日本傳統的佛堂，當年移民村的吉野布教所，正是慶修院的前身，供奉空海弘法大師本尊的佛堂離地而建，屬於抬高台基的高床形式，簷廊下木造欄杆圍繞，寶形造格式的四面鐵皮，屋頂覆盆式的伏缽，造型優美。

無絃琴子讀著日文的說明：

「……木構架上的頭貫、斗拱、木鼻等構件，散發著典型的江戶風格。」

耳邊響起歸化日本籍的阿美族舞者田中悅子讚嘆幸虧日本當局行事細心，一絲不苟，保留了當年吉野布教所的平面圖，負責修復的建築師從總督府官營移民事業報告書中出土布教壇的平面檔案圖，按照原始尺寸絲毫不差的還原這座日本風格的佛堂，使它風華再現。

日本人被遣回後，國民黨的裝甲部隊徵用吉野布教所，後來軍隊撤出，由一個曾爲吉野移民村的日本人做過事的人接管，在佛堂增祀關帝君，改稱慶修院，原本的日本佛堂變成台灣式的廟宇，加上幾次大颱風破壞，布教所已然面目全非。

田中悅子還告訴她島上民選出來的總統十分親日，爲了吸引日治時期居住花蓮的日本人，以及移民落戶的農民回返原居地探視旅遊，花蓮縣政府不惜斥巨資把吉野布教所當做古蹟修復，讓回來尋根的日本人重溫宗教氣息。

爲了向日本示好，田中悅子形容修復後的佛堂庭院新闢了一個水池，形狀採取四國島嶼海岸線外形，吉野布教所原本並沒有這個水池。

她還說當年募建這座道場的川端滿二，依循空海祖師遺規，行遍四國大師修行過的八十八個靈場，請回每一座寺院的本尊佛像，集中供奉在寺院迴廊下供信徒祭祀膜拜。

「佛像不斷被外人偷走，住持想把石像搬進佛堂看管，又擔心木造地板承擔不了石佛的重量，搬出去放在庭院，還是被偷，傷腦筋啊！」

八十八尊石佛賸下十七尊，這次修復慶修院，從四國香川縣找到一位藝匠兔子尾正，家族世代以雕刻石佛爲生，傳承了一百多年，兔子尾正觀摩了八十八個靈場，就每尊主神的衣著姿態、法器規範雕刻，完成了七十一尊。

「八十八尊石佛齊全了，」田中悅子雙手合十，讚嘆道：「啊，可以說又是一次日台合作吧！」

工作纏身，無絃琴子無法代替已故的母親回花蓮參加開光典禮。二十多年前，她曾經回到出生地的台灣，那是在日本與台灣斷交後的第二年，她跟著一群日治時代在花蓮日本移民村出生成長，而今白髮飄飄的老人們前去探訪他們過去的故鄉。

明治維新後，日本因引進西方文明而變成亞洲強國，但也產生一連串的問題，由於地主制的形成，農民大都淪爲佃農，農村日益窮困，勞動力不得不大量外流。爲了疏解人口過賸的壓力，從明治末年到大正時代，以台灣作爲熱帶殖民試驗基地，最先選擇地廣人稀的後山台東、花蓮設立官營移民村，顧忌到如果讓日本移民居住人口稠密的西部，則有被台灣人同化的疑慮。

殖民地建立日本村，以模範的日本農民促使台灣島民見賢思齊，因此挑選條件極爲嚴格，要求品行端正，勤儉而精勵農務，必須是有意長住下來的已婚家庭，無酗酒、賭博等不良嗜好者。爲了有效達成移民事業，台灣總督府給予極優渥的待遇，提供免費船票、貸款每戶分配耕地，補助住屋建築費、購買農具肥料，給予第一年農作物、種苗、醫藥等等。

第一批移民來自四國德島縣吉野川附近的農民，集體移居距花蓮市街不遠的七腳川，該地原爲阿美族人居地，面積爲花蓮市的兩倍，沖積平原廣闊，地質肥沃水源充沛，加上受太平洋氣流的調節，氣候溫暖。移民爲了紀念故鄉那條經常氾濫的河流，於是將七腳川改名爲吉野。

落戶後的第五年，移民募款建造了眞言宗的道場，吉野布教所成爲他們精神信仰的中心，接下來從九州博多等地來的移民，也在豐田、林田建立花蓮的另外兩個移民村。

日本戰敗後，三個移民村五百多戶，將近三千個日本農民，悉數被遣送回國，這些如今白髮蒼蒼的老人，回到昔日居住之地，重溫過去的回憶，其中也不乏出生於此，回來探尋原鄉的。

無絃琴子很是感慨，遺憾她的母親橫山月姬不能同行，而是讓做女兒的回來找尋從前寄居之地，幫她探視吉野移民村那一座日本弓橋底下的三條青石板。

橫山月姬神智清楚的時候，老是念著她住過的花蓮。過了七十歲生日後，她的心智急速退化，獨居的她，經常忘了鎖門、關瓦斯，有幾次甚至迷路回不了自己的家，急得無絃琴子找遍附近的警察局，最後才把蓬散著葦花一樣白頭的母親，像失物招領般帶了回來。

母親失憶嚴重的時候，甚至認不出自己的女兒，一臉茫然的問她是誰。束手無策中，無絃琴子把母親帶到老人福利中心，她聽說有一種新的治療法，叫做「回想法」。

患癡呆症的老人，對最近發生的事件往往一片空白，毫無記憶。「回想法」的治療方式就是藉用一些患者小時候或年輕時使用過的器物，讓她回憶舊時的生活，回到從前。

在有訓練的指導員協助下，藉用患者小時候的玩具、成績單、照片，或者早年用過的生活用具，例如洗衣板、放炭火的熨斗、洗臉盆等等，喚起患者的記憶，用這些東西當作話題，與他同時代的老人進行交流，一起回憶從前，打開患者自閉的心扉，改善癡呆的徵狀。

「回想法」的診所附設一個民俗館，收藏從前的生活物件之外，館內設有一個擬眞的商店和住宅，忠實地呈現從前的樣貌，讓患者看了，時光倒流，過去重又鮮活了起來。

無絃琴子配合輔導員的建議，從民俗館借回一個大腳盆和一塊洗衣板，讓母親用舊時的方法洗衣服勾起回憶。她發現依言坐在小凳子上的母親，雖然彎著背，雙手卻攏在袖子裡，並不按照指導員的暗示搓洗衣服。

橫山月姬兩眼直直盯住那塊斜放腳盆的洗衣板，看了大半天，伸出雙手把它舉起來平放到地上。

「一條青石板，還有兩條、三條……」

她說的是吉野移民村的日本弓橋下的那三條青石板。橫山月姬借住過的屋主山本一郎，從七腳川山上挖掘到長短相近的三條青石板鋪在小橋底下，鋪的時候她也在場。

月姬的父親橫山新藏是移民村派出所的警察，生下她後不久，第五任總督佐久間左馬太發動太魯閣戰役，親征討伐立霧山上的太魯閣族人，戰役結束後，橫山新藏被升任為巡查部長，派駐立霧山咚比冬駐在所，月姬的母親以山上蕃人瘴癘不適合女兒成長，讓月姬借住移民村山本一郎家。

橫山月姬要女兒回吉野，幫她看看那座日本弓橋，橋下三條青石板是否別來無恙。

一回憶起她五十年前住過的地方，月姬口齒突然變得清晰，混濁的眼睛也閃著光采，連聲音都變回少女時代的嬌脆。無絃琴子第一次發現母親頦下和脖頸的一條線長得很美。

吉野移民村一建立，就遇到最強烈的颱風，掃撞山脈崖壁的強風來回衝撞，發出像鬼哭一樣的淒嚎，一夜之間，山崖下的大樹連根被拔起，野草悉數被颳走，地表變得光禿禿的，寸草不留。

月姬聽浩劫餘生的日本移民形容：

「從房屋到衣服，連一撮鹽都被颱風颳得無跡無存。」

強風帶來的豪雨，海嘯般籠罩整個山谷，吉野村氾濫成災，移民因飲用水災過後的污水，上吐下瀉得到霍亂，或肚子長了寄生蟲，肚皮腫脹。

天災疾病肆虐，移民還得防範毒蛇、山上蕃人入侵，防止山豬野獸偷吃農作物，晚上輪班守夜，一遇襲擊，全村總動員，通宵驅趕。

活下來的本著忍苦是農民之道，憑堅韌的毅力忍受一切逆境，他們說：

「特地來這裡，又退縮回去，多難爲情！」

移民村的指導員安排倖存者向總督府借貸買肥料、水牛，讓他們一磚一瓦重建家園，又諄諄告誡：

「內地農民在這土地生活，日本才眞正領有台灣。」

重建就緒後的移民村，規模頗具，開墾畜牧的農民，散居神社前的宮前、清水、草分一帶，木造的農舍，斜斜的屋頂，覆蓋著黑色的日本瓦，外牆用木板以魚鱗的形狀築構，村子裡設有派出所、醫療所、小學校、眞言宗的布教所等設施，各家飲用的食水是用鐵管直接從山上引下山的澗水，水質清澈零污染。

月姬借住山本一郎先生家。他們本來是住在德島的佃農，農閒時以染布貼補家用，睡在沒有鋪地板的泥土房間，屋子裡大白天也像地窖一樣陰暗，一家人圍著爐火烤馬鈴薯，烤熟了，拿在手中轉動，直到不燙手才剝皮送入嘴裡。

吉野川一次大氾濫捲走了山本家的泥土屋，片瓦全無的一家人只好移民花蓮重起爐灶。月姬形容山本先生身材矮胖，貪好杯中之物，一遇有節慶，往往喝得爛醉，醉成蒼白的臉還對月姬擠出笑容，顛著腳步擠進跳插秧舞的圓圈，跳到醉倒爲止。酒後他會被悲傷所襲擊，躺在床上長吁短嘆。

「山本先生常常會因為看不到日落而心情低落。」

月姬向女兒解釋，台灣高山縱貫，屏障似的分隔東西，被高山擋住，東台灣看不到日落。

山本先生本來是個勤勞的農民，一開始耕前鋤後，種植菸草水稻，一家人早餐後拉著牛車到田裡耕作，中午坐在田埂上以白飯醬瓜便當充飢。這種刻苦的農耕方式不久後就改變了，幫他耕作的本地佃農過度謙卑恭謹的態度，使山本先生意識到殖民者的優越感，他自覺高本地人一等，對農事漸漸不屑親力而為，再也不肯起早下地種田，大白天流連花蓮街上的日本料理店喝清酒買醉。

蘿蔔腿、胖圓臉的山本太太，憂心忡忡的跟月姬說，醫生按照她丈夫失眠、心悸、沒有胃口、喪失性慾的徵狀診斷他得了憂鬱症。無絃琴子記得年過半百的母親說到「喪失性慾」幾個字，臉紅到耳根，她覺得很有意思，不禁問她：

「那山本太太呢？不是說女人得憂鬱症的機率，高過男人兩倍。」

「山本太太整天笑嘻嘻的，喜歡和鄰居串門子，不像她丈夫，老是喝悶酒。」

「啊，原來女人串門子可免得憂鬱症呢！」

無絃琴子記得母親神智還清楚時，不止一次說過，雖然離開那麼久了，還是聞到菸樓烤菸葉時飄出來濃烈的香氣。

「當年日本移民種的菸草，價值矜貴，被稱為『綠色黃金』哩！」

女兒感受到母親對花蓮的鄉愁。

有幾次月姬垂下眼瞼，撫弄藍色絞染浴衣的帶子，輕輕問女兒想不想到花蓮看看，當時無絃琴子以為這只是很平常的問話，母親住過的地方希望女兒也回去看看，如此而已，也就不疑有他。

與幾十位和母親同一代的老人坐在遊覽車裡，前去探望他們的原鄉，無絃琴子想起當時母親試探的語氣，有點吞吞吐吐，把想說的話嚥了回去，那神情好像另有暗示。

母親一生不曾明說，憂悶的內心裡隱藏了不止一個祕密吧？

奔馳花東縱谷，遊覽車駛上一座水泥橋，中年的導遊說著一口大阪腔的日語。他解說這座具幾何圖形之美的橋是日本時代造的，請車上的人注意橋的右邊有一處突出一大塊，因顧及橋面不夠寬，專為來往車輛錯車設計的。

「可見日本人心思多麼細密。」導遊說：「國民黨來了，認為橋面不夠寬，想拆了重建，沒想到水泥橋太堅固了，根本打不掉，只好放棄造新橋，最後把橋面拓寬，諸位請看，左邊加了橋柱，水泥顏色比較深，是後來建的……」

導遊請司機減速。

「諸位看到了吧？新的這邊顏色比右邊的深，諸位請注意，我要說到關鍵了：每年颱風，太平洋低氣壓形成，都是從右邊直撲而來，日本蓋的這邊當著風頭，因為結構堅固，風吹不動，相反的，國民黨拓寬的這邊，背著風，還禁不起，每年颱風橋墩都要吹斷幾根，偷工減料，咳，國民黨的工程……」

一車的日本人，除了無絃琴子，無不百感交集的回味導遊這段話。

大家要有心理準備，導遊提醒車上的旅客，等下到了目的地，眼前所見一定與上一次回來大爲兩樣。本來日本移民村無論建築、文物都還保存得相當完整，日本和台灣斷絕外交關係後，島內的人基於一種被背叛的仇日心態，大肆破壞，已然今非昔比。

遊覽車駛入一片空曠的田地，刻著「聚會一所」的納骨塔矗立在黃燦燦的油菜花當中，那是當年變賣一切家當遠走他鄉墾荒的移民葬身之地。

坐在無絃琴子身後的兩個老人嘆息著：

「唉，也有人得到撫卹金就回日本，並不想埋骨台灣！」

「這畢竟是少數啊！我們是把這裡當作家，如果不是被趕走……」

納骨塔附近豎立一塊刻有「地神」二字的大石頭，是日本人供奉的土地神，也是聚落、家宅的守護神，過去傳說經常以白色狐狸的外形現身。

進了當年的豐田移民村，派出所對面是一所國民小學，操場飄揚著青天白日滿地紅的國旗，這裡原是日本移民子弟就讀的小學，校園遍植茄苳、欖仁、垂鬚的老榕樹，粗大的樹幹可看出小學校悠久的歷史。

一個老婆婆抱住操場的一株老茄苳，回憶她做小學生的往事，激動得淚流滿面。九州來的老伯伯，滿臉的老人斑，他用柺杖指著牆邊一棵無鬚榕樹。

「啊，這一棵樹，我種的呀，從前這裡是劍道室，有一次我在外邊折了一根樹枝當作劍，練完後，往地上隨便一插，沒想竟然長這麼大呀！」

九州來的老先生拍拍他無心種下的榕樹，彷彿聽到劍道老師喊著：

「一刀化萬刀，萬刀歸一刀。」

只有樹還在，其他的都不一樣了。

一車的旅客都是豐田小學校的校友，他們有共同的記憶。

無絃琴子這才知道被旅行社弄錯了，她參加的是「日本豐田會」的旅遊團，而不是「吉野會」，日本與台灣斷絕外交關係後，當年豐田小學的老師井上幸雄擔任會長，第一次組團回到原鄉。

距離小學校不遠的豐田神社，已經被改爲碧蓮寺，進入神社步道的鳥居還在，旁邊一株枝葉蔽空高聳的麵包樹，矗立在東台灣十月的晴空下，見證了政權的遞換變遷。

「我家就在那株麵包樹旁。」

樹木成爲家的指標。一個很矮的老婆婆邁著內八字短腿，快步走向一堵半倒的水泥牆，手掌在牆上來回撫摸著，突然啞著嗓子大叫：

「找到了！」

水泥牆依稀殘留著刻畫的凹痕，她對聞聲上前的人們娓娓道來：

「這兩個字『本田』，我娘家的姓，當年我母親懷孕，父親高興極了，動工把房子擴建，預備養一大群小孩，不幸我母親難產去世，傷心的父親用手指在還沒全乾的水泥牆寫下『本田』，來紀念母親……」

導遊安慰老淚縱橫的老婆婆。又是一段傷心的往事。

穿日本服飾的老阿公在鳥居下東張西望。他的故居被拆毀了，找不到他的家。

「每天放學回家，走進這條參拜道，第三座石燈籠後邊的宿舍，就是我們的家。」

老阿公不懂他的家爲什麼憑空消失了。

「藤井先生的父親是豐田神社的祭司啊！」

一路上照料他的婦人告訴無絃琴子，又低聲自語：

「我看，先生還是不要再走進去了，聽說神社早毀了，現在是一座廟……」

「對，變成碧蓮寺，」導遊說：「只有一尊不動明王是神社本來供奉的！」

回到遊覽車，眾人嘆息：

「唉，當初以爲只要定居下來就會是故鄉！」

旅行團的中餐是吃河蜆海鮮。豐田附近湧泉豐富，水質清澈，適合河蜆生長，現撈現煮的蜆仔，味道鮮美。無絃琴子獨坐池子邊望著田裡美麗的紅冠水雞，棲息水牛背上的鵲鳥，以及展翅飛翔的白鷺鷥。

她沒有找到母親的家，那座日本式弓橋也不知在何處。月姬告訴過女兒，她借住的山本先生家，是在吉野神社附近，叫做宮前。神社主祭的神包括征台戰死的北白川宮能久親王，他是吉野移民村的守護神，每年六月八日鎮座祭典十分隆重盛大。

月姬回憶，吉野移民村沒有梅花報春，五月在日本是微風送爽的青葉時節，在吉野卻是已經汗水淋漓，汗從前額流下，滲痛了眼睛。山本先生的農舍，九里香的矮牆內，院子種著香蕉、釋迦、石榴等果樹，玄關右前方的玉蘭樹開著很香的花。屋子長長的，從一端到另一端有點距離，山本先生五歲的女兒，害怕一個人，媽媽走到哪裡，她就跟到哪裡。

無絃琴子沒有找到母親念念不忘的那間農舍，母親她早上從山本太太煮的味噌香味醒來的那間農舍。

2 野菜必須被馴服

花蓮來訪的原住民離開後幾天，無絃琴子坐在落地窗旁的小餐桌前，她母親橫山月姬生前常坐的椅子，支頤望著那一扇小木門，門後堆置著母親的遺物，自從她去世後，無絃琴子就不曾進去過。

陪伴發病前的母親度過漫長歲月的那幾本寫眞輯帖，其中一本收藏她的外祖父，橫山新藏帶著妻女在立霧山上當警察的生活行跡，應該就是那天來的那兩個太魯閣人所尋求的吧！

無絃琴子記得有一幀溫泉的寫眞，母親橫山月姬告訴她那是花蓮附近的瑞穗溫泉，專門供日本警察療養的所在。

溫泉坐落在與外界隔絕的山麓上，供憩息休養的房舍屋頂鋪上黑色的日本瓦，旁邊有一排較低矮的客房，照片中正屋玄關前兩個穿著浴衣的男人，穿格子的那個，雙手扠腰佇立，另一個穿白衣的，則支頤蹺腳坐在藤椅，時間好像是黃昏，兩人洗浴後悠閒地瞭望前面的台地。

他們應該是在這裡靜養的日本警察。瑞穗溫泉含有岩鹽鐵的泉質，可治療胃腸病及婦人病，水土不服染上後山症的日本警察都到這裡靜養。

穿白浴衣支頤而坐的那個，髮型和側臉有點酷似月姬的父親橫山新藏。不過，應該不會是他，橫山的坐姿不可能這麼放鬆，怡然自得。在療養院養病的他，一直是頹喪的低垂著頭顱，好像不雙手抱住，它就要掉下來似的沉重。

佐久間左馬太總督發動的太魯閣戰役結束後，橫山新藏被送到瑞穗溫泉來養病。

橫山新藏對日本討伐太魯閣族，抱持他自己的看法。他認為日本人花了長達十八年的時間與太魯閣蕃纏鬥，是為了立霧溪的黃金。

最早捷足先登的葡萄牙人，稱太魯閣族人盤據的立霧溪為「金子的河流」，淘金人只需把露營的毛氈鋪在溪底，任水流過，拿起來在岸邊石塊上讓東台灣猛厲的陽光曬乾，拎起來抖一抖，夾在毛氈的砂金便像秋天落葉一樣，一片片飄落下來。

西班牙的淘金隊跟著聞風而來，把淘取的砂金熔為金條金磚，結果為數不少的淘金人遭到太魯閣蕃的偷襲，魂斷金子的河流，後人在其埋骨之地發現提煉的金條、陶器等物件。

太魯閣蕃不知黃金的價值，金條藏在巨甕中，客人來了，打開甕子，黃燦燦一片，眩得讓人眼花，蕃人以此為樂，後來才有帶到雞籠、淡水等地與漢人換取布匹。

日本領台後，總督府設有金砂署，專司監視採金，由會社在金瓜石碾磨金礦，又派礦冶地質專家組織資深調查團去濁水溪流域、花蓮踏勘，從立霧溪河床所含的金砂粒，推測出豐富的金礦蘊藏。

參加探勘的橫堀博士形容太魯閣蕃人「把金子當枕頭枕著睡覺」。「有一個靠洗金子過活的漢人，」橫山新藏說起他聽來的故事：「彎腰從立霧溪下游拔起一叢堵住水流的蘆葦草，看到草裡黏滿了黃花花的金子。」

立霧溪有砂金，山中藏著金礦，只是藏在哪一座山？爲了探尋金礦，第五任的佐久間左馬太總督才向太魯閣發動戰爭。這是他的說法。

日本領台後對山上的先住民，一開始是採取懷柔政策。

樺山資紀上任台灣首任總督之前，曾經以間諜身分瞞著清廷潛伏東部山區結交蕃民，他深知對蕃民強硬不如懷柔有效。

日本統治後，樺山資紀、桂太郎和乃木希典總督，爲了鎮壓漢人的抗日活動，疲於奔命沒有餘力討撫桀驁不馴的蕃族，只採取隔離政策，將他們封閉拘禁在山上，限制他們的活動範圍，禁止自由進出，並在山地與平地界線的通路，用鐵絲網圈圍，又設隘勇線，主要據點有監督站，派漢人壯丁監視山地人的出入。

日本商社爲了擴大在山區伐木、採礦、煉製樟腦、種茶的利益，逼迫殖民政府逐步將隘勇線往深山推進，縮小山地人的耕地及獵區。每一次推進，都會引起反抗抵制，與日本商社發生衝突。

兒玉源太郎上任第四任總督後，漢人的抗日行動大致都在招降與討伐中消失，林少貓、吳萬興與林天福等的頑強抗日，也在淡水河最後一役被剿滅。

繼任總督佐久間左馬太把目光放在殖民地的資源開發，全力為日本母國開拓資本。他一上任即進行全島土地的總點檢，派出二千個林業專家，在台灣高山峻嶺間做地毯式的測量分類，做未來發展的規劃。

調查結果，蕃人盤據的山地佔台灣林產總面積的一半以上，除了豐富的原始森林，還蘊藏著礦產資源的山地，成為財團虎視眈眈的財源目標。

三井、三菱、藤山等各系財團，在溫熱的南台灣栽種甘蔗製糖取得暴利，成為世界第一個製糖出口國，如今把目光轉向蕃地的開發。那一片無盡的自然原始林，長著千年古樹，樟木、杉柏、珍貴的紅檜，都是內地神社佛閣前的鳥居、神殿內的支柱，富豪宅邸的建材，台灣檜木甚至也是擺壽司的上好木材。

財閥會社紛紛向佐久間總督進言：

「……樟腦之製造、山林之經營、林野之開墾、礦山之開發、對內地人之移民，無一不與蕃地有關。台灣將來之事業看在蕃地，若要在山地興起事業，首先要使蕃民服從我政府，使其得正常生活途徑，脫卻野蠻境遇。」

開發山上豐富的資源，先決條件是馴服盤據山中的蕃民。佐久間總督訂出「五年理蕃政策」，計畫以武力征服蕃民，從明治四十三年發動台北州、新竹州泰雅族的討伐，到大正四年，對「北蕃」以武力鎮壓為主，「南蕃」以懷柔為主，鎮壓為副，五年內十餘次的討撫，除了東岸立霧溪上游的太魯閣族猶自頑強不服，其餘各族均已被迫歸順降服。

太魯閣族由赫斯社勇猛的頭目哈鹿克・那威率領族中壯士，從台灣割讓那年開始，已經和日本統治者纏鬥了整整十八年。

日本領台之初，駐花蓮的守備日軍不時遭到太魯閣族人狙擊，手指被切斷，甚至馘首。當守備監站的十六名官兵一起被斬殺後，總督府壯大軍備，配合雞籠步兵、台北砲兵，乘軍艦進攻太魯閣社，以軍事優勢節節入侵，結果一千七百多人被哈鹿克・那威誘至深谷，傾巢痛擊，日軍死傷慘重，幾乎全軍覆沒。

日人在立霧溪採取沙金，守備的日軍強暴太魯閣社一名已婚婦女，丈夫視為奇恥大辱自殺抗議，引起群情憤慨，趁日人午睡悉數斬殺，花蓮港守備隊隊長趕到現場收埋屍體，連同隨行官兵一起遭馘首，無一人生還。

日軍討伐太魯閣社，一再挫敗。

佐久間總督動員蕃務本署及軍警蒐集情報，組織三支「太魯閣人居住地探險隊」，分別從合歡山、能高山以及奇萊山、立霧山探勘地形，無奈太魯閣族盤據之地，高山深谷，外人不得其門而入。始終無法直入現地調查，探險隊只好遙望內社各部落的分布，畫出極簡略的地圖。

天皇領台，島內沒有一寸土地不屬於皇土，太魯閣蕃憑恃天險，膽敢拒絕探險隊入內，第五任的佐久間總督怒不可遏。

爲了進一步了解這群頑劣不馴的生蕃，佐久間總督任命最早到台灣來做蕃人研究的人類學家山崎睦雄，以「台灣總督府蕃務本署囑託」的身分展開對太魯閣蕃人的祕密調查。

這是山崎睦雄第五次來台，先前四次的研究範圍集中在屈尺蕃、南澳蕃、溪頭蕃、大嵙崁蕃等二十幾個泰雅族蕃，以及南部的排灣族。

這次祕密之行的調查報告，山崎睦雄以祕件方式直接呈交總督。

「太魯閣群有內外之分，立霧溪上游及其支流地區爲『內太魯閣』，以東的立霧溪中、下游及其支流爲『外太魯閣』。三百年前，太魯閣群的東賽德克族，因爲人口增加，獵區不足，而且爲了找尋食鹽，離開南投山區祖居地，翻越過奇萊山、能高山、合歡山遷移到東部，沿著立霧溪峽谷而散居山坡。他們自稱Taruko族人，清國稱他們爲太魯閣族人，居住地也叫太魯閣。」

自稱「蕃通」的人類學家，透過自己的渠道踏查，報告書上這樣呈現太魯閣族的風貌：

「族人以狩獵爲生，過著馘首祭祀，血族聚居的生活，採取游耕火墾的方式，在陡峭的山坡種植玉米、小米。」

蕃人和日本資本家的糾紛，如拓墾花蓮的財閥賀田金三郎所組商社職員，以及上山採樟腦的腦丁，屢次慘遭太魯閣族人襲擊慘殺，主要原因，人類學家認爲是在於日本人不夠尊重蕃人的信仰風俗。

「……祭典儀式期間，外人不准進入部落，或是從部落離開，不得互相借火，不能接觸生麻，不得和外人交接，不得使用金屬器具……這些禁忌一再遭日本人破壞，因此嫌隙日深。再者日商在山地製造樟腦，開採礦產，拓墾蕃地，使蕃人耕地日益縮小。賀田組商社向蕃人出售槍枝火器，賺取暴利，挑起族群之間的衝突，雙方火併，致使山地不平靖。」

外人把他們認定爲「化外之民」、「生蕃」，人類學家在復命書中陳述他了解太魯閣族人的心情：

「有史以來，他們都沒有臣服於任何外界的政權，他們內心裡深信自己是完全獨立自主的人。所謂『順從』、『歸順』或『歸順的義務』，在他們心目中根本沒有任何意義。」

人類學家山崎睦雄以清國政府討伐蕃人爲例：

「通常結果是清軍不堪慘重傷亡而和解收場。清軍以財物換取和平，對上級宣稱『蕃人已歸順』，而蕃人的立場是『清軍以財物示好，要求和解』，根本沒有絲毫歸順的想法。」

至於他們如何對待日本人？

「即使日本官方與蕃人和談時，蕃人也認爲他們和日本人是站在對等的地位。」

人類學家不主張以武力鎮壓，強制太魯閣蕃臣服，那會使美麗的山地烽煙四起，他向佐久間總督諫言和平理蕃的方式，希望總督依照他已經「蕃化的頭腦思考」，他有信心用個人的方法操縱蕃人，使他們歸順。

「只要做得正確，蕃人可以接受殖民統治。」

山崎睦雄建議實際的做法，是全面封鎖太魯閣蕃對外出入。

「內社之地多半岩山，封鎖之後，山上耕作所用的農具損傷時，也無法從平地購入替換，打獵用的槍、刀損耗後也無法補充。蕃人來到海岸，自製所需的食鹽，既然我方將海岸線加以封鎖，蕃人的食鹽供應斷絕，令其生計困難達到極點，而不得不順服，俯首稱臣。」

那個秋雨淒淒的黃昏，花蓮來的三個原住民告辭之前，退休的警官告訴無紘琴子，離開東京後，他們將前往四國高知，去探望山崎睦雄的故居，這位日治時期第一位全面研究台灣先住民的先驅學者，據說身後蕭條，故居只留下一個沒有結婚的女兒。

他們希望面對面訪談，可從山崎小姐那裡獲得第一手資料，或許對她父親一生中那一段神祕的空白會有所回應，如果能夠爲那一樁學術界懸案找到答案，他們將不虛此行。退休的警察問無紘琴子，在日本她可曾聽說過山崎睦雄這位人類學家？

被問的不假思索地搖了搖頭，表示不知道。同來的那個眉毛蕪亂、桀驁不馴的太魯閣族青年，本來已往玄關外走，突然停下腳步，回過頭，狠狠地瞪了無紘琴子一眼，用眼神責備她的無知，怎麼連如此重要的人物都不知道。這麼凶狠的一瞪，使送客的無紘琴子倒退了好幾步。

最近幾年，自然寫作在台灣的文化圈掀起一股風潮，日治時代幾位研究原住民、自然生態的人類學家，他們當年所做的田野調查、日誌、書信廣被翻譯出版。研究台灣「蕃人」的拓荒者，山崎睦雄，在日本領台後第二年便隻身來台，背負沉重的寫眞器材踏查北部的泰雅族，以後幾次的學術旅行，範圍擴展至南部的排灣族。

山崎睦雄的研究成果專書，以及早年獵取的影像寫眞，對以後接踵而來的日本學者影響深鉅，時至今日仍然是台灣有志此道者崇拜的偶像。不久前台灣大學一位人類學教授翻閱前身帝國大學的舊文獻資料，意外地發現日本大正三年出版的《東京人類學會雜誌》刊登山崎睦雄第五度到台灣調查的消息，使他頗爲納悶，在山崎睦雄的自傳或後人整理的年譜都沒有記載這一次台灣之行。

有了這個出人意表的發現，這位教授翻遍大正初期日本出版的人類學報、各種相關雜誌，希望了解山崎睦雄第五次台灣之行的研究成果報告，結果卻是遍尋不獲，只從他與恩師日本人類學之父坪井正五郎博士的兩封簡短的信中得知，他是受第五任佐久間左馬太總督的囑託來台，進行立霧山太魯閣族的調查。

探訪無絃琴子的這兩個太魯閣族人，希望從山崎睦雄獨居女兒口中，打聽她父親的這次神祕之旅，對於下落不明的研究報告內容更是充滿了好奇。他們相信以山崎睦雄治學勤奮的個性，沒有一次田野調查的結果會是一片空白。

說不定四國高知之行可以解開學術界的懸案。

急於完成全面統治山地蕃人的佐久間總督，沒有採取人類學家封鎖太魯閣族人進出，迫其俯首稱臣的建議。他給山崎睦雄冠上「不合作的人類學家」的稱號，決定讓這份看法與他相左的報告書永遠不見天日，後人爲山崎睦雄撰寫的傳記，第五次的台灣之行將不在其內。佐久間總督自覺有權力這麼做。

他親自將山崎睦雄厚厚一疊的報告書深鎖在總督辦公室祕件安全櫃的深處，上完鎖，抬起頭，視線落在牆上的寫眞，他上任殖民地總督第二年，主持縱貫鐵路全線通車的紀念留影，他站在高雄火車站的南口，身旁有他題的「氣象雄深」四個大字。寫眞裡的佐久間總督，臉微側，眼睛從下往上看，一副睥睨一切的倨傲神情。

佐久間總督挺起他雖年事已高，卻依然挺直的腰桿，自覺志得意滿。繼鐵路全線通車這個歷史性的時刻之後，他在殖民地新樹立的政績更是歷歷可數：

完成台北城內自來水、下水道工程，爲了美化市容，府前街、府中街的兩旁興建仿英國後期文藝復興式的立面建築，成爲兩條西洋式美麗街道；他又大興土木蓋了紅磚白石典雅雄偉，氣派非凡的台北州廳；仿造東京日比谷公園的格局，闢地擴建了新公園，園內花木扶疏，是城內的日本人閒暇時遊冶的好去處。

新公園內剛落成的博物館，更令他引以爲傲，該處原本是一座媽祖廟，拆了以後蓋起宏偉壯觀的新古典式建築，主體是羅馬式的大圓頂，日本設計師間接把歐洲的建築形式移植到台灣，充分展現殖民統治者的雄心氣魄。拾階而上，一進入大廳，大圓頂下的彩色玻璃採光窗，在陽光照耀下燦爛輝煌到令人不敢逼視。

博物館是繼總督府官邸之後，另一座具有日本帝國特徵的建築，被識者譽爲「日本建築學界所主倡近代主義中，最莊重、技術最圓熟的作品。」

佐久間總督認爲這種讚美實至名歸，並不過譽。

日本打敗俄國之後，氣勢大增，進入大正時代後，國勢更是如日中天。佐久間總督爲了殖民地的永續統治，做長期留在台灣的打算，在他任內開始興建台灣總督府，這座耗費鉅資、全島最高的總督府，完工後將會是台灣的新地標。

興建中的總督府，五層樓高，呈日字型，主要入口設在東側，取旭日東昇的意頭，中央樓塔高達九層，可氣勢凌人地俯瞰全台北。相形之下，清代的四個古城門就顯得黯然失色了。

古城門使佐久間總督想到官邸後院庭園矗立的那塊石碑。

日本領台後，把臨時總督府設在清末的布政使司衙門內，這座中國式的官衙建築，完全不能作爲日本殖民統治的象徵。第四任的總督兒玉源太郎聘請帝國大學的建築師福田東吾設計總督府官邸，作爲最高執政官的官舍，以及總督辦公處理公務兩用。總督處理事務的行政中心設在官邸一樓東翼，寬敞威嚴的總督辦公室旁，配置祕書室與副官及書記室，另設大會議室與接待訪客的應接室。官邸樓上才是總督及家屬居住的私密空間。

施工後，工事主任向總督建議拆除清代建築的台北城牆石材作爲官邸的基座，這樣做可使官邸增加氣派，成爲權力的象徵。兒玉源太郎毫不猶豫的應允，只留四座城門，將城牆全部拆除。

佐久間總督走出總督辦公室，穿過長長的走廊，推窗佇立露台，負手眺望庭園北側的八角涼亭，隔著池泉，八角亭基座處有一個石碑，刻有「巖疆鎖鑰」四個大字，它原是台北北城門外廓的門額，拆除下來做涼亭的基座。

每一位下榻官邸作客的皇族貴戚，遊賞庭園曲水時，站在那座歐洲風味的綠色涼亭，那是庭園觀水賞景的最佳位置，觸目所及都會看到這塊石碑，聽說它的來歷，無不先是微露出詫異之色，然後微微一笑：

「啊，本來是清國城門的門額……」

現在被我們用作涼亭的基座。佐久間總督滿意地把視線從石碑移開，配合迴游式的庭園，水岸邊植栽的樹木也是經過一番精心設計的，沿著橢圓形狀的人工池栽種台灣海棗、島榕、綠珊瑚、文珠蘭等樹種，創造出台灣海濱的意象，西北角假山層層疊疊，高低起伏，植栽的則是台灣北部低海拔山區原生植物，如油杉、茄苳、烏心石、九芎、小葉桑、茶梅等，特意製造出北部山林的氣氛與景致。

佐久間總督最欣賞水岸南邊那一大片果樹園，栽種台灣本土的龍眼、荔枝、芒果、柑橘、人心果等亞熱帶果樹，來自氣候寒冷地區的日本人，無不對這片果樹林感到新奇。去年夏天佐久間總督的孫子從姬路來探望他，看到果實纍纍的龍眼、荔枝，開心得拍手大叫，整整一個暑假，他幾乎都坐在果樹下，恨不得荔枝趕快轉紅，好摘下來享用。

想到這裡，佐久間總督兩道因心思極重而緊蹙的濃眉，難得的舒展了開來。

不止他的孫子，下榻官邸作客的皇族貴賓，也無不點點頭稱讚。

「這樣富有亞熱帶特色的樹種造景，」皇族貴親們嘆賞：「無須舟車勞頓親往各處視察，只消在池泉園林裡散步，殖民地的台灣風情盡在眼前！」

官邸庭園唯一欠缺的，是台灣東部的植栽。上個月長駐花蓮阿美族村的日本植物學家，送來一隻颱風過後在後山捉到的穿山甲，以及一盆火刺木的盆栽。滿樹紅豔豔的果子煞是好看，火刺木俗稱狀元紅，是花蓮的特產。

植物學家也讚嘆庭園設計師極富創意巧思，幾乎網羅台灣的樹種，使庭園充滿了象徵意味。他向陪同前來的殖產局局長建議園內加種台灣東部的金花石蒜、土百合、越橘葉蔓榕等，並答應從他長駐的里漏阿美村移植一株麵包樹，種在官邸爲庭園增色。

「台灣本來沒有麵包樹這種喬木，」植物學家說：「阿美族人從南洋漂流北上，一起帶來的樹種，也不是每一個人家都可以種，在里漏必須是承祀祖靈、世系完整的家庭才有資格種麵包樹。」

麵包果成熟時還可以食用，金黃色的果實切成一片片，十分可口。

佐久間總督等不及看他的孫子引頸仰望麵包樹的神情，他吩咐植物學家挑選一株高大的成樹，從花蓮移運台北時，但願不至於因麵包樹太高，必須剪斷電線才進得了官邸。當年兒玉源太郎總督不惜工本耗費巨資建造官邸，曾經引起日本國會的抗議，凍結經費，沒有多餘費用購樹植栽，只好從北投溫泉醫院移植近千株的相思樹種植花園，又從他公務之暇，種植蔬菜、讀書修養的別館「南菜園」的兩株大榕樹分枝，植入官邸庭園。由於缺乏搬運費用，只好借調獄中囚犯勞役搬運，途中遇到電線阻擾，便命令通信局將電線暫時剪掉，以利通行，好將榕樹移入庭園內。

那一次植物學家也帶了一大藤籃阿美族的野菜，山蘇、過貓、山苦瓜、龍癸等，送給總督嘗新換換口味。官邸的廚子做出幾味野菜的菜式：小魚乾炒山蘇、香菇燜山苦瓜、林投辣椒肉末、鳳凰尾蕨炒肉絲、素炒過貓等。

據廚子後來說，佐久間總督舉箸每樣嘗了一小口，在嘴裡使勁嚼了好一會，五官緊緊皺在一起，很勉強才呑嚥了下去，放下筷子，說了句：

「野菜必須被馴服。」

總督訓示廚子，天然的野菜又酸又苦，難以入口，烹煮之前，得經過一番馴服調理，先用水浸泡去除澀苦，再加以揉捻，把揉出來的苦汁一遍又一遍淘洗，先馴服了那份野味再料理，成爲日本人的食物。

嘴裡嚼著野菜，佐久間總督腦子裡浮現了他的理蕃藍圖：

深受明治時代思想家福澤諭吉「文明開化」思想所影響的他，立誓拯救馴化山上那些不知道文明爲何物，鏢弩掛腰、兩頤針刺網巾紋的野蠻人。

他決定首先派出軍隊以強大的武力討伐，強迫獷悍橫行於一方的太魯閣蕃繳出槍械，一旦解除他們的武裝，馴服尚武好戰的野性，蕃人便無法繼續以狩獵爲生。在畏懼帝國威力下，勢必會妥協靠攏。令蕃人屈服之後，佐久間總督的下一步計畫是進行改造，把山上散居的部落集體從高山移民到山麓平地，教導山民固定的農耕，過著養豬養蠶的農民生活，以便於殖民者的統治管理。

低劣的種族本應受日本帝國的教化。

那位「不合作」的人類學家山崎睦雄似乎預見官方征服蕃民之後，勢在必行的遷村政策，在他報告書的結尾，特別語重心長地道出警語：

「強制把自從遠古時代就居住於高山的蕃人移居於平地，使蕃人喪失其傳統的生活方式與社會組織，將會導致蕃人傳統社會的崩潰。」

他還預言強迫蕃人下山，「社中姿態佳美的婦女，下了山多做漢人妻，山地壯丁無配偶，丁口滅失，蕃人喪失眞實面貌。」

屆時像他這樣的人類學家，將無用武之地。

六十九歲高齡的佐久間左馬太，身穿黑色筆挺的普魯士軍服，胸前掛滿勳章，腰際佩戴軍刀，威風凜凜的騎在馬上，他捻著八字鬍，眼睛望向極遠處，吟誦森槐南的詩句，詩人曾隨伊藤博文到過台灣。

火輪日旆虹霓韡　南荒去看生熟蕃
炎徼亦屬神州山　行化瘴癘為春暄

這是森槐南〈丙申六月巡台篇〉開頭四句詩。

第五任總督佐久間左馬太自信對台灣的蕃人毫不陌生。早在四十年前，一群琉球商人乘船途中，被暴風雨漂流到台灣東南八瑤灣港，上岸誤闖牡丹社，五十多人遭蕃人殺害，引發「牡丹社事件」，素來以琉球宗主國自居的日本出兵攻打台灣，當時三十歲的佐久間左馬太，官拜中佐，以「台灣蕃地事務都督參謀」的名義參加遠征軍。

四十年後，他以總督之尊親征，率領三一〇八人軍隊，十二隊警察共三一二七人，加上腳伕一四五一四人，一共二〇七四九人，配屬野戰砲四十八門，機關槍二〇五挺，又配合軍艦、飛機，兵分兩路東西夾擊立霧山上九十七社、一千六百餘戶，九千人口的太魯閣東賽德克族。

3 Wearing Propaganda

無絃琴子在東京近郊一家染織廠繪畫布料的圖案，她因參與六八年的東京學生運動，認識一個年紀比她小的學運領袖，倉卒地結了婚而中斷大學藝術史的學業，離婚後靠著她的繪畫天分找到這項工作自食其力。

染織廠老闆長谷川先生出身殷富的絲綢布商之家，他的父親從小在家族經營的昂貴絲綢堆中長大，憑著與生俱來的審美品味，年紀輕輕便已精於鑑別江戶時期細織手工精繪的織品。眼光獨到加上財力雄厚，使他成爲日本重要的和服收藏家之一，去世前聲名早已遠播海外，歐美各大博物館主辦日本文物藝術展覽，江戶時期豐麗典雅的和服經常從他的收藏中借去展覽，不久前紐約大都會日本館展出的小袖友禪染和服，便是他父親生前的最愛。

無絃琴子的老闆長谷川先生故意反其道而行，在藝術學院專修西洋油畫，立志當個西畫家。父親去世後，不得不回家繼承祖傳家業，開始接觸他視爲老古董的日本傳統藝術。面對精美絕倫的友禪染、西陣織編織的圖案，深淺層次細微變化，層層暈染的巧工妙技使他不得不讚賞嘆服，漸漸地對江戶時代的文物發生了興趣。

長谷川先生特別欣賞江戶文化巔峰的「琳派」藝術，認爲尾形光琳手繪的花卉屏風、陶藝漆器，圖案化的新造型以及色彩的運用，所表現出來的裝飾感性，才是純粹的日本審美趣味。長谷川先生放棄了西畫，轉而沉浸在傳統手工織物的鑽研與蒐集。

美國東岸一所長春藤大學附設的博物館，爲了紀念二次大戰終戰五十年，籌畫一個「Wearing Propaganda」——一九三一至一九四五年日本、英國、美國後方織物展。策畫這項工程龐大展覽的負責人金泳喜博士，是位韓裔美國學者，她打聽出長谷川家族兩代都是古代名貴和服的權威專家，透過東亞學系一位與長谷川先生相熟的日本教授引介，用博物館的名義寄去一封很正式的邀請函，聘請長谷川先生擔任此次展覽的日本部分顧問，央請他代爲聯繫東京、大阪、京都、廣島等地的收藏家，以及當年的染織廠，提供從一九三一至四五年這段期間日本後方老百姓爲戰爭做宣傳所穿的和服、包袱巾等紡織物。

長谷川先生找了無絃琴子當他的助手。平日閒談中，知道她的家族與布料織物頗有淵源，她的外祖父橫山新藏到殖民地的台灣當警察之前，是名古屋一家和服綢緞店的夥計，她的外祖母綾子年輕時學過和裁，對織工精雅的腰帶情有獨鍾，一直到年紀很大，還極爲講究和服與腰帶的搭配。家學淵源，無絃琴子的母親月姬遺傳了一雙巧手，精於洋裝裁剪，留下了一疊厚厚的洋裝設計速寫，其中不乏極富原創力的草圖，可惜生錯了地方，在殖民地的台灣發揮不了她服裝設計的天分。不過，據說回日本後，雖然正逢戰爭刻苦的年代，無絃琴子的母親拿出自己設計的洋裁紙樣做成衣服打扮自己，是位穿著令人側目、燙了頭髮的摩登女性，日本人所稱的Moga。

大東亞戰爭爆發，後方的日本人個個節衣縮食，政府規定婦女穿著「罔蔽」，一種上衣連褲頭束腰的藍色衣服，省布又適合勞動，據說她的母親嫌不夠好看，拒絕穿它。

遺傳了上兩代親人對絲綢布料的深情，無絃琴子從小喜歡閉起眼睛，伸出手掌在平滑的絲綢上滑行、游移，享受那份美妙的觸感。懂事以後，她撫摸絲綢，一邊幻想溫柔的情人，摩挲久了，有一次竟然產生一種近乎自慰的快感，羞得她趕忙放開。

從大阪、京都、廣島各個都市搜集來的，爲宣傳戰爭而做的和服，一共有幾十大箱，經過長谷川先生以及他爲了愼重起見組織的評選委員們千挑萬選，最後選定最具代表性的衣物，一共八十件，準備運送到美國展覽。

負責編輯目錄的無絃琴子，最初目擊這批和服時，大爲訝異。一直以來，她以爲報紙、歌曲、電影、戲劇、收音機、海報、甚至玩具才是宣傳的工具，從來沒有想到穿在身上的衣服也可用來當活動的宣傳。

和服是最正式的服飾，明治維新西化後的日本就少有人穿著，一般只在特殊的場合，如結婚典禮、葬禮、茶道儀式，或是神社舉行祭典時才派得上用場。

江戶時期和服是階級的產物。德川幕府嚴格規定不同階級層次的人穿不同顏色質料的和服，顏色富麗、質地精雅的絲絹和服，只有貴族、統治階層人士才能穿著，農工商只准穿清一色的素面衣裳。

隨著時代演變，本來屈居農、工之下的町人商人階級，靠買賣經商致富的富商暗地裡找裁縫訂做昂貴的和服，但是也只敢外衣內穿，偷偷穿在裡頭。織布的工匠爲了展現技藝，把這種稱爲「襦袢」的內衣編織得五彩繽紛，浮世繪的美女圖、賞心悅目的花卉無不盡現，甚至也可看到代表男性力量權力的老虎、鷹、蛟龍等圖案。

流風所及，歡場的藝妓也都外面穿著藍色簡單樸素的和服，襦袢內衣卻是美不勝收，精采得很，在客人面前展示漂亮的內衣，每每贏得讚賞驚嘆聲連連。

和服代表穿衣人的出身品味。日本女人的和服喜歡以四季爲主題，然而，穿上不合時宜季節的和服，會遭人恥笑缺乏教養，出身不好。

如果和服反映了穿衣人的素質思想，無絃琴子想像不到身穿這批宣傳戰爭的衣物的，居然都是一般的尋常百姓。

從日本在長春建立滿洲國到二次大戰結束投降，整整十五個年頭，日本後方的平民百姓爲了呼應對前線作戰的軍人的支持，把炫耀軍事實力的槍砲、轟炸機、坦克、戰艦，以及軍士們在中國大陸、南洋各地攻城掠地入侵的戰爭場面，畫成寫實逼眞的圖案，織在和服上。後方的百姓穿上這種服飾，不僅可宣傳戰爭，表現軍民團結一心，同時也感覺到參與了前線的戰鬥，愛國不落人後。

本來和服的設計寬袍大袖，少用剪裁，線條純淨簡單至極，好像只用一塊長布垂墜披掛包圍身體，只在腰間繫上帶子而已，胸前、背後整塊的布片一覽無遺，這正中宣傳戰爭設計者的下懷，像一塊塊空白的畫布一樣，他們利用和服特殊的形式，讓戰鬥機、坦克、大砲炸彈殺傷力最強的武器，配合荷槍實彈的日本軍隊長驅直入貫穿整件和服，成爲連續圖案，也有的分開上下兩段描繪不同的戰爭。

時光倒流，呈現和服、包袱巾的這些圖案，把無絃琴子帶到另一個時空，召喚歷史的記憶：畫上日本太陽旗的軍機君臨萬里長城上空、成排軍機轟炸重慶、持槍帶砲的日軍壓境，南京陷落前的暗夜肉搏……

那是什麼樣的時代？人們會把這些精心設計、充滿暴力美學的圖案穿在身上，在寧靜的街道大搖大擺招搖過市？軍國主義把持的政府是唯恐後方太平無戰爭，必須把戰爭帶到每個人的生活裡，讓老百姓身上背負著潛水艇、坦克、軍機、數不勝數的持槍士兵，把火藥庫背在身上！

這些細心保持，件件如新的織物，無絃琴子發現除了少數用那個年代開始流行的人造絲、尼龍，或是冬天穿的呢料，其餘幾乎都是質料上乘的絲織品，如西陣織，甚至參雜手工精繪的友禪染等，除了質地奢華富麗，絲的染色更是講究，天然染料做出來的紅褐、嫩綠、灰藍……經過一道道的漂染，色階變化微細，深淺層次細緻可辨，達到和服藝術的最高美學。

戰爭後期日本物資極爲缺乏，政府制定織品、尼龍的管制配額條例，老百性穿的衣服布料有嚴格的配給，學生的書包、塞在制服口袋裡的手帕用布都在限制之中，女學生達到沒有髮夾夾頭髮的窘境。工業大臣呼籲國民節衣縮食，在《主婦之友》雜誌「決戰家庭經濟號」一期上，以衣物與戰爭為題，統計日本女人的衣物，從七歲至二十歲、二十一歲至四十歲、四十歲以上，各年齡層所擁有的衣物，從三十到四十件不等。

「這些衣物加起來就是一筆巨大的日圓。奢靡墮落的美國敵人家庭，女人也才只有二十件或者更少的衣物。」

工業大臣強調女性為了美化身材添置新衣，等於從前線拿走戰機和武器，他禁止女人做新衣，而是得把舊衣改了穿，如必要做新衣，也要用不染色的白線縫紉，如此可省下無數噸的染料。

東京市民精神運動中心，貼上「奢侈是敵人」的布告。警察警告市民在公共場合嚴禁穿着華麗，女人燙髮、化粧塗脂抹粉、穿高跟鞋都會遭到取締，為了節省電力，關掉店面霓虹燈招牌，餐廳、娛樂場所也不准開張做生意。前線戰場形勢嚴峻，不要說尋常人家結婚做和服的布料省了又省，就連皇室婚禮也不敢太過鋪張，擔心禮服多了幾道褶子，拖地的裙襬太長了，會惹起民憤。在那個全國上下共體時艱視奢侈為罪惡的淵藪的年代，這批用來宣傳費布耗料的和服卻不在限制之內，從一般庶民穿的木棉織藍紋染的布衣，到上流人士的華麗昂貴的絲織和服外褂，生產數量之鉅，令人咋舌。長谷川先生從大阪、京都各地募集來的幾十箱，只不過是滄海一粟而已。

本來已經不常上身的和服，戰爭時期卻又回來穿這種傳統的服飾，日本人以此表現民族的本色尊嚴，和高其他國人一等的優越感，發揮武士的精神，穿上這種宣傳戰爭的和服，老百姓在潛意識裡結合了古代武士與現代化的軍備武器，莫不以現代武士自居。

軍國主義政府利用在政治上屬於中間階層的廠商、店主，把政治意識型態透過他們傳遞給群眾，愛國戰爭變成一種商品，當成一種消費，有誰敢抗拒這種流行時尚？出產這些衣服的紡織廠商，利用市民認同的心態來牟利，應運需要，大量生產促銷，穿上這種衣服變成一種社會集體的動力，一種意識形態，政府經由中間階層逐漸掌握了群眾。

4 風前之塵埃

第五任佐久間左馬太總督以對付官邸蟻害、趕盡殺絕的手段，來剿滅盤據立霧山上負嵎頑抗的太魯閣蕃人。

他的前任兒玉總督當年建造這座文藝復興風格的官邸，用的是松杉木構造的屋架，完工後不久，遭到颱風帶來的暴風雨損壞，台灣潮濕的天氣更助長蟻蟲細菌滋生，清潔的下女在一樓東翼總督行政公務辦公室的公文文件上，發現一小簇一小簇墳起的灰白粉末。

總督官邸遭到白蟻包圍。

佐久間總督大膽聘用建築理念先進的設計師森山松之助，讓他以官邸當作試驗，採用大正初期才出現，在母國因經驗不足不敢輕易試用的新的建築材料來重新翻修，在樓板、陽台埋入鋼筋混凝土，通往二樓的主樓梯鋪上大理石取代木結構，最創新的是屋頂用鋼骨取代原來的木屋架，以防止白蟻蛀蝕、菌類附著。

重新裝修後，官邸平面主體不變，外觀煥然一新，建築樣式從文藝復興形式轉為巴洛克風格，馬薩屋頂陡峭雄偉，形態考究，建築物除了原有的穩重外，更增添豪華氣派。

佐久間總督以為已經完全消滅了隱藏在黑暗角落的白蟻。

親自率領兩萬軍警討伐太魯閣族的總督，出乎所有人意料之外，竟然跌墜絲羅荷負幹斷崖，負了重傷，躺在擔架上從立霧山被抬了回來。

日軍步兵第一聯隊在台北火車站舉行平定太魯閣蕃的凱旋儀式，佐久間總督無法帶頭騎在馬上，威武的接受群眾勝利的歡呼，這使他深深感到遺憾。

身墜斷崖受傷，佐久間總督自覺不配住在總督私人寢室，那是官邸最寬敞華貴的套房，有著面積和一個房間一樣大的私人浴室，牆壁嵌上漂亮的葡萄牙藍花白底瓷磚，雪白的搪瓷浴缸和抽水馬桶，設備先進而舒適。

這一套裝飾豪華講究的大臥室、書房、浴室，最初是用來接待日本皇室華族的，當作他們巡視殖民地時的宿泊之處。官邸的始建者，第四任總督兒玉源太郎在任時，生活簡樸，從來不使用這個巨室，他將樓下一個小房間——本來是民政長官後藤新平用來伺候總督，聽其指揮之用的——占為己有，使得後藤只好轉而使用祕書室。

連官邸的始建者，治理殖民地功勳卓著的兒玉源太郎都不敢入住，為自己墜馬受傷感到羞恥的佐久間左馬太更不敢掠美。

佐久間總督從官邸二樓東翼的西式寢室搬到東南角的和式起居室養病。這是整個官邸唯一鋪上榻榻米的房間。明治時代上流階層的豪宅，和洋並存的現象十分流行，官邸的建築師把這種設計形式帶到殖民地來。

和室起居室以一對金地濃彩的六曲屛風作爲隔間，屛風上彩繪兩株巨大墨氣淋漓的日本松，病痛中的佐久間總督依然看得出屛風模仿桃山時代障壁畫的風格，織田信長、豐臣秀吉英雄霸業所建的城堡，爲了令陰暗的巨室閃閃生輝，畫師用金箔覆滿屛風紙面，膠彩再在金紙上揮灑，產生金碧輝煌、光耀奪人的效果。和室這一對彩繪的屛風，泥金底反射的光，也照亮了整個房間。

爲了展現英雄氣派，角落還陳列一襲古代忍者武士出征的盔甲戰袍，旁邊分別立有一匹陶器燒製的駿馬，以及橫跨黑漆木架上的武士刀，把手處垂下紅色的絲穗。

臥病無聊，和室木頭本色的方形木柱，使佐久間總督聯想到敷演能劇的本舞台，金色屛風墨氣淋漓的松樹，好比舞台上那一株老松，左側的通道等於演員進出場的橋掛，他想像戴著面具的角色，穿著白布襪的腳底，緊貼著地板滑行運步，左腳停止時，右腳已經踏出，流暢的動作產生舞蹈的韻律，果眞能劇的本質就是一種步行的藝術。

武夫出身的佐久間左馬太，深怕被同儕恥笑他粗鄙無文，年輕時即傾力學習和歌、蹴鞠等貴族遊藝，涉獵古董文物藝術，戎馬生涯中也不忘抽空到京都觀賞幽玄淒美的能劇。

「能樂演員在演勇捍的風體時，萬不可忘記在心裡保持柔和之心，在演優美的做工時，不可忘記剛強的心。」

世阿彌這兩句表演藝術的心得，佐久間左馬太細細思索體悟其中的深沈涵義。

樂隊鼓笛伴奏聲沒有在期待中揚起，佐久間總督憑著久臥病床變得格外敏銳的聽覺側耳傾聽，卻聽到另一種聲音：和室的梁柱、壁櫥間發出極為細微的咬噬聲，白蟻啃咬著木頭的聲音。

早年他為了訓練耐性，使自己更沉得住氣，佐久間左馬太強迫自己坐在沒有棋子的空棋盤前，瞪著眼睛盯看，拖長時間，以便到真正對著棋盤下棋時，能夠長久冥思，不會因輕舉妄動而輸了棋。現在他集中心念，以同樣的耐性凝神傾聽。

難道兩年前他下令重新翻修官邸時，漏掉這間木造結構的和室，整座建築中最容易遭到蟻害的房間？

隱藏在黑暗角落的白蟻，正在不眠不休地啃噬著，要把這間和室起居室蛀空，甚至整座官邸。他畢竟沒有完全消滅它們。

討伐立霧山上的太魯閣蕃，他得到勝利了嗎？

鎯頭敲擊鐵釘的聲音傳過來，躺在走廊盡頭的和室養病的佐久間總督，知道工人正把一個水鹿的頭懸掛在會客室的橫梁，當作征服太魯閣族的勝利象徵。

按照原本的計畫，九月八日在官邸款待征蕃有功的軍官，總督從二樓穿過那面美麗的彩色鑲嵌玻璃，踩著白色大理石樓梯下樓，接見眾將官表揚，然後將應接室的推拉門打開，由總督帶頭進入隔壁的大食堂，舉行慶功宴會。

慶祝勝利的壓軸節目，是入夜後總督沿著二樓螺旋鐵梯登上官邸的露天涼台，全台北的最高點，接受百姓提燈遊行歡呼勝利，由他據高臨下向群眾致意。

民政長官眼看佐久間總督傷勢嚴重，加上年事已高復元緩慢，恐怕到時無法走樓梯下樓，建議接見儀式改在二樓的大會客室，這間以巴洛克風格所布置的會客室，經常作爲來台灣訪問的皇室華族接見貴賓的謁見之所。

璀燦的水晶燈下，高級的欅木拼花地板，鋪上厚重的毛絨地氈，門簾垂下腥紅色的織花窗簾，壁爐是用英國維多利亞式瓷磚砌的，高背椅子裝有輪子，移動時不發出聲音，這是特爲一位怕吵的貴族而做的。後陽台可直接眺望北側花園，觀賞園中美麗的庭石勝景。

九月八日那天，但願他能夠全副軍裝，戴著勳章，坐在水鹿頭下的主位，威儀十足進行儀式性的接見。

出身下級武士家庭的佐久間左馬太，從小耐勞苦行，蔑視痛苦，然而，畢竟年事已高，負傷後，身體無法像懸掛刀架上的那把武士刀，只要每天勤於擦拭，便能閃閃發光。好幾次他不聽醫生警告，逞強的試著起身，最後還是不支頹倒下去。

懊喪的試着翻過身，肩胛、肋膜一陣徹骨的劇痛阻止了他的動作。咬緊牙，他強忍著，不允許自己呻吟出聲。

佐久間總督沒估計到身披雲豹皮、手持蕃刀、背弓擎矛的蕃人戰士，面對兵精糧足、武器精良的日軍潮水般湧過來，竟然毫不畏懼。彈盡糧絕之下，並不轉身逃命，反而以血肉之軀迎上前去做肉搏之戰，不願被俘虜的，集體在樹上上吊自殺，太魯閣蕃這種死而後已的悲壯意氣，與日本武士道的精神竟然有些類似。

果眞如那個不合作的人類學家山崎睦雄所預言：太魯閣族人面對日本有計畫的軍事行動，視爲觸犯了他們的Gaya，如果不勇敢殺敵，將來死後就會成爲惡靈。爲了爭取生存空間，族人將會以一場以寡敵眾，以劣勢抵優勢的對日戰爭。

捂住劇痛的肋膜，佐久間總督覺得他沒有贏了這場戰爭。率兵親征就是爲了迎戰與日本官方纏鬥了整整十八年的哈鹿克．那威，那個神出鬼沒的蕃人將領，他期待著面對面像兩個戰士做一場生死決鬥。

閃著幽靈似的步子，他銳利的老鷹一樣的雙眼直直扣住對方的喉嚨，毫不遲疑的出劍，致對方於死地。擺好架式，決鬥還沒開始，神出鬼沒的哈鹿克．那威還不知所蹤，腳下一滑，自己失足跌落絲羅荷負幹斷崖。躺在深谷底處的佐久間總督但願自己就此死去，不再轉醒過來。

似睡非睡之間，佐久間總督感覺到躍出自己的身體，從榻榻米一躍而起，他穿上那套古代日本武士的盔甲戰袍，變回到失足前的勇猛英武，拿起橫跨黑漆木架上的那把武士刀，嘩一聲，拉開雕刻精美的刀鞘，抽出閃著冷冷青光的長刀，變成他肢體的延伸，跨上那匹陶器駿馬，挺起胸膛，向立霧山巔的科羅古戰場飛馳而去。哈鹿克．那威據守在那個岩石堆砌、形狀像圓桶的碉堡裡。

一刀化萬刀，萬刀歸一刀。佐久間總督揮舞著武士刀，他要和勇猛的敵人來個最後的了斷，完成他未竟之夢想。

如眞似幻，耳際傳來一陣淒絕美絕的笛聲，哈鹿克・那威那圓桶似的碉堡，轉換成另一個時空的古戰場，金碧輝煌的屏風上的巨松變成能劇本舞台的那一棵老松，正在敷演世阿彌的「敦盛」，這齣以幽魂爲主角的夢幻能，是能劇的精髓，鎌倉初期的武將熊谷直實，一位傲視群雄的英雄，在一場決鬥中一劍刺死平安末期的少年武將權貴平敦盛。雖然得到勝利，熊谷直實卻是悔恨交加，深感人世間變化無常，最後落髮出家剃度爲僧，法名蓮生。

樂聲中，手持摺扇的遊方僧蓮生，以緩慢無比的舞踏回到兩人決鬥的古戰場，四周開著美麗的虞美人花，蓮生遇見一個當地人向他訴說古戰場的緣由，他就是武將平敦盛幽鬼之靈的化身，暗示自己生前的身分後，隨即消失。

在遊方僧蓮生的等待中，平敦盛以往昔作戰的形姿出現，鼓笛伴奏的歌詠隊吟唱重述過去一連串的戰鬥。在清醒與昏迷的可疑地帶之間，佐久間左馬太感覺到平敦盛的鬼靈與一個個身披雲豹皮、斜掛腰刀的怨靈重疊，是那些喪命在他手下的亡魂怨靈，受苦的幽鬼從地獄向他索命來了……

鬼魂隨著樂音顚狂而舞，最後盤繞遊方僧的頭頂，欲置蓮生於死地。

一陣哆嗦，佐久間總督驚醒了過來。這齣夢幻能的結局是蓮生在未敢稍歇的念佛聲中解救了自己，最後摘下虞美人花供奉佛前，天亮之後，幽魂也隨著消失。

原來這一切都是遊方僧的一場夢。

是一場夢嗎？佐久間總督睜開眼睛。從地獄來向他索命的亡魂怨靈消逝了，陽光不知什麼時候從和室的凸窗隱逝了，他的形體被幽暗形影包圍，四周幽深而死寂。他體內最深處的火熄滅了，佐久間總督冷得牙齒打顫。

官邸樓上樓下幾十個房間的壁爐，都是用來當裝飾的，從來沒有眞正用過。殖民地的冬天，一年比一年冷。佐久間總督記得他剛上任那一年，冬天僅穿單衣，洗冷水澡，還抱怨台灣亞熱帶的氣候，沒有冰天雪地讓他鍛鍊體魄，像在日本一樣，冬天可破冰游泳。

一年年過去，他發覺自己身上的衣服愈來愈厚。去年冬天寒流來了，他不僅穿了兩層袷衣，冷得眞想用壁爐烤火，最後還是忍住了。

而現在是盛夏。

他老了嗎？身爲總督今年已是第九個年頭，這麼長的任期，既是空前，也很可能會絕後。佐久間左馬太以六十歲高齡出任台灣總督，爲了證明不因年紀太大，就缺乏果絕的決斷力，他超越年齡的限制，逼迫自己出人頭地，實現明治時代的「立身出世主義」，堅持天下事沒有什麼是不可能的信念，把殖民地當作實驗的場所，放手去做。

早在五年前，他已經達到陸軍大將法定退役年齡，可是他卻未受此條文所約束，因爲他策畫了「五年理蕃政策」。佐久間總督不是不知道東京傳來他爲了眷戀總督職位，爲了能夠繼續留任，才想出理蕃計畫。對此風言風語，他一笑置之。

輾轉病榻，佐久間總督不得不承認自己過了退休的年紀，他一生倥傯，難得空閒，早該擺脫一切俗念，回日本過逍遙隱逸的晚年，順隨造化，以四時為友，傲遊山林，靜觀雲月花等自然風物，閒來下棋，吟誦西行和尚的和歌。隨著年歲增長，他逐漸能夠體會這位平安時代的禪僧那份枯淡空寂、孤絕的情懷，感悟到無常的流轉，不止是人，連山川草木也逃不出這個自然的法則。

「旅中罹病忽入夢，孤寂飄零荒野行」，另一位他心儀的詩人芭蕉這兩句詩正是此刻心情的寫照，果真是「長夏草木深，武士留夢痕」。

佐久間總督深深的嘆了一口長氣。他是身不由己，出身下級武士家庭，生逢日本受制西方列強不平等條約的束縛，內遭封建的地方軍閥割據分裂，他義無反顧的披上軍袍報效天皇。明治政府眼見歐洲列強瓜分中國，俄國修建西伯利亞鐵路，東進的速度愈來愈快，鐵路每多完成一英里，日本便愈接近被侵略的勢力範圍。為解除威脅，自我保衛，危機意識使天皇進行維新改革，對內統一，富國強兵，對外爭取平等獨立，建設文明開化，近代化的民族國家。

身為天皇的子民，佐久間左馬太克己禁欲，嚴防自己耽溺舊習，服膺「儉樸剛毅為興國之良藥，奢侈輕薄乃亡國之酖毒」的訓戒。日俄戰爭中日本以小國獲得勝利，加上現代化的成功，一掃前此的自卑，敢於公然與西方列強分庭抗禮，接下來以朝鮮獨立、東洋和平為名發動甲午戰爭，清國割讓台灣，朝鮮納貢稱臣，或為日本的殖民地，從此稱霸東洋，雄視列強。

正逢其時，大正以來更是如日中天的國勢，他如何能急流勇退！

冷汗涔涔，佐久間總督身上的白色單衣被汗水染濕了，腋窩粘液滯留，有潔癖的他，一想到雪白的衣服被玷污了，汗漬斑斑，令他作嘔。動手想解開紐扣，把不潔的單衣從肩頭脫下，手臂竟然無力舉起來，佐久間總督心頭一驚，害怕自己成了殘廢。他試著轉動同一個姿勢躺得太久的身體，左腿一動，一陣椎心的刺痛。

他已經氣衰力微，胸口虛火上升，堵在喉頭。衰老跟著病痛一下子來臨了，精氣從他的指尖毫不留情的滴落消失，佐久間總督鼻子聞到從自己腋窩散發的酸臭腐朽異味，六曲屏風泥金反射的光也隨之暗了下來，和室壁龕的百合花軟垂了、枯萎了，周遭彌漫著衰亡的氣息。

一陣風越窗拂來，把病榻旁的書翻到西行和尚寫的一首詩，這位原來侍奉天皇的武士，出家後寫下他對人生的體語：

在超脫世俗的心裡，
悲哀突然湧上心頭，
只因水鳥從沼澤飛起，
在秋天的夕暮。
諸行無常，盛者必衰，驕縱蠻橫者
來日無多。正如春夜之夢幻，
勇猛強悍者終必滅亡，
宛如風前之塵埃。

5 立霧山上的日本庭園

討伐太魯閣社的征戰部隊凱旋而歸，警視隊在花蓮花崗山舉行解隊儀式結束後，橫山新藏卻進了瑞穗溫泉療養院，他為自己在戰役中染病倒下，沒能參與戰鬥有辱使命而感到羞恥。他總是垂著頭，沉默不語，害怕接觸到別人批判的眼光，給他冠上「病夫」的稱號嘲笑他。

他從小就被教育要做一個謹慎自重的人，不但要小心察顏觀色，還要強烈的意識到別人隨時會對自己的言行有所批評，只有受到別人肯定時，才會有安全感。

討伐結束後，佐久間總督把隘勇線向山地深處延伸，更縮小太魯閣族的生存空間。鐵柵欄通上強大電流，甚至還設觸發性地雷，以防備蕃民越過隘勇線偷襲；又在山上開鑿更多的山路，架鐵索橋，並設立警察通信電話，以便於通訊，防止太魯閣族人死灰復燃，再起來造反。橫貫山脈設立十九個「蕃務官吏駐在所」，四十八所「隘勇監督所」，七座砲台，眞是三步一哨五步一崗，隔離山上住民的隘勇線延長到四三六公里，幾乎是圍繞了整座中央山脈。

如此步步設防，需要廣大的警力來管制。

橫山新藏本來是名古屋一家和服綢緞店的夥計，甲午戰爭後，聽說到殖民地的台灣當警察待遇十分優厚，薪俸之外，升遷也比內地的警察要快，還可領住宿費，在日本要服勤十五年才可退休後按月支領年金「恩給」，在台灣則縮短爲十年。

剛結婚成家的他，在本地看不到將來，不想當夥計庸庸碌碌的過一生，於是偕著新婚的妻子綾子，應徵到台灣來。在南來的船上，他見識到形形色色的日本人，不少是逃債避難的，也有到新領地冒險投機的，也不乏手持武士刀的浪人。與他們夫妻同艙的一個木匠，背了一大口袋的工具上船，說是拿公家的錢作旅費，到台灣來萬一免職，還有退路，以老本行謀生。

這個木匠被派發到號稱「土匪窩」的雲林當警察，因害怕命喪土匪之手而逃之夭夭，後來下落不明。

佐久間左馬太總督親披戰袍討伐太魯閣社，任職花蓮吉野移民村派出所的橫山新藏也被編入征戰隊伍。戰爭前夕，安靜的花蓮市街一夜之間，湧進一萬多個出征的部隊，腳伕到酒樓喝酒滋事鬥毆，山上的仗還沒開打，平地已淪爲戰場。

橫山新藏和他的同事爲維持治安而疲於奔命，花蓮市最熱鬧的春日通及黑金通的商店、餐廳、酒樓後來都不敢開門，以避免無妄之災。

討伐隊伍裡，橫山新藏被分派到輕機槍隊，躲在壕溝掩體中，舉槍擺好姿勢預備攻擊敵人。長達七十四天的戰役，剛開始時日軍士氣高昂，他也縮緊下巴，扣住下頦，精神抖擻如臨大敵。

這種情況沒維持多久，接下來連日暴風雨，軍人飲用不潔淨的泥水，個個上吐下瀉，沒得霍亂的，也因赤痢傷寒紛紛病倒，橫山新藏得了瘧疾，躺在壕溝裡一陣冷一陣熱。風雨過後，猛厲的太陽曝曬下，他已奄奄一息，隱約聽到轟隆的砲聲，淒厲慘絕的嚎叫不絕於耳。

佐久間總督跌落絲羅荷負幹斷崖受傷，日軍為總督復仇，殺紅了眼，重彈砲轟部落，連婦孺亦不放過，進行滅族式的屠殺。

七十四天戰役中沒發過一槍一彈的橫山新藏，在日本征服太魯閣族後，被升任為巡查部長，負責立霧山咚比冬駐在所。沒有學歷的他，深深感到承受不起這種抬舉，他倒寧願被直屬長官呼斥失職，把他遣送回日本。

上山就任途中，橫山新藏以自虐來報答提拔他的長官，路過一條溪澗，他從口袋掏出小紙包，揚手丟入溪中，眼看那紙包順著水流而去，嘴角浮現笑意。他以不再繼續服用奎寧丸治療他的瘧疾，寧願病發時忽冷忽熱說譫語，讓肉體受苦虐待自己。

冬天時海拔兩千多公尺的高山寒氣逼人，橫山新藏每天起早，面朝東方向天皇皇居的方向跪拜，然後脫光衣服，掬起水桶中幾乎結冰的水，一桶桶往頭上澆淋下來，以之清洗他自覺不潔的身體。凍得青紫的嘴唇哆嗦著，但死命咬住，不允許自己發出寒冷的哞哞聲。

以戴罪立功的心情，把深負天皇之恩的羞恥感化為原動力，新上任的巡查部長對蕃務工作全力以赴，不管颳大風落雹雨，他每天早晚兩次各走幾里路親自巡邏他的轄區，注意道路、橋梁是否安全暢通，監視蕃民動態，取締賭博、打架等不軌行為。

執勤途中，橫山新藏把所見所聞詳細記在手帖上，回駐在所後再登錄到日誌中，晚上就著微弱的燈光苦讀山上郵務緩慢、過了期的警察誌，一直讀到夜深，還寫月報。他總是全年無休，年年全勤。

月姬小的時候，父親牽著她的手散步，常常走到一處用石頭堆起的紀念碑，上面矗立長條形的木頭，用毛筆寫著：「太魯閣戰役巡警殉難諸士之碑」，父親挺腰肅立，向引魂碑致敬，表情極為複雜。

距離哆比冬駐在所不遠處的佐久間神社，日本政府感念這位總督征服太魯閣社有功，砍伐樹齡千年的檜木，建造雄偉的神社，神木造的鳥居周圍，遍植日本移植過來的櫻花，附近除了備有寢室的撫子小學校之外，還有療養所、教育所，以及設有酒吧的舒適客房等。

佐久間神社每年一月二十八日的祭典，總有千人到場，不僅有遠從花蓮上山的參拜者，當地的山民也共同參與盛事。

至今這座佐久間神社只存在月姬收藏的《台灣寫眞帖》裡。日中戰爭結束那一年，山上一次大颱風，隨風而來的暴雨竟將整個神社沖走，注定了日本帝國主義的敗亡，冥冥之中皆有定數。

橫山綾子跟隨丈夫轉調立霧山上，住在山寨一樣的位於駐在所旁的宿舍中，四周環繞著蒼莽的高山。

從宿舍前木頭鋪設的階梯一路走下去，下到一處斷崖前，峽谷絕壁高懸一座顫巍巍的鋼索鐵線吊橋，它是山中唯一與外界的通道。吊橋鋪兩尺寬的木板，比榻榻米還要狹窄，橋身又長，站在一頭望著煙霧籠罩的吊橋，往往見不到另一端盡頭，峽谷更是深不可見底，懸崖的落石墜落深谷，久久聽不到掉入水裡的噗通聲。

這座孤懸的鐵索吊橋，不要說橫山綾子看了膽戰心驚，往往連膽子小的山地少年也不敢過橋。來到橋頭，嚇白了臉，死命往後縮，同行的族人把少年推到橋板上，他趴了下來，狗爬式的匍匐前進，還是不敢過，族人氣沖沖的把他打昏了，一前一後抬過了橋。

不要說是人，連豬都怕過吊橋。橫山綾子看到一頭豬在橋頭磨蹭著不敢過，主人只好拿繩子綁住牠的前蹄，硬拉過橋。

駐在所的日本警員坐轎子過橋，也經過一番折騰。山地的轎夫先拿腳踢動橋板，讓它搖晃，然後順著起伏配合呼吸搖擺過橋。竹搭的轎子很高，又沒有頂蓋，轎中的人高出鐵線橋兩側的保護網，人等於坐在網外。膽子再大的也不敢往下看那萬丈深淵。倘若掉了去了，肯定屍骨無存。

轎夫看到坐轎子的日本人害怕，故意惡作劇，把人抬到橋中央說是累了，停下來休息抽菸斗，以此示威。

鬼比冬駐在所增加警力，從新竹調來一個年輕的警員，他帶著新婚的妻子來上任。妻子顯然有備而來，紅梅和服罩上厚厚的外套，頭戴上山防寒遮雨的頭罩，顎下圍上領巾，她知道霜降後，山上早晚溫差大。

腳踏足屐，新娘子來到吊橋的一端，從雲霧騰騰的空隙，看到寒風中搖擺的吊橋，她身體隨著搖晃，高山症發作了。新娘子手撫著頭，思索了好一回，突然以一個大動作轉過身，背對著吊橋往回走，讓丈夫獨自一個人上任。

要回去的路也不那麼平坦。午後一場大雨，沖下斷崖幾株大樹，連同岩石滾落梗在路當中，花蓮派來接人的車子過不去，那新娘子只好拖泥帶水走了兩里泥路，一身狼狽才上得了車。

年輕警員的新婚妻子不敢過吊橋，聽說搭船回返北海道的娘家。橫山綾子留了下來。她自覺被拋棄在這山上與世隔絕。接連兩個月的霪雨，雨勢大的時候，群山不分遠近，染成一片白色，豪雨形成的瀑布藏在原始林叢裡，伴著雨聲不捨晝夜的奔騰下瀉，吵得她頭痛欲裂。

雨終於停了，山谷靜極了，橫山綾子挺身打開套窗，被自己穿著布襪走在榻榻米上的聲音所嚇到。她跌坐下來，撫摸著臉，不知自己爲什麼會在這裡，被放逐到這個壁虎、蜈蚣出沒的山巔，與毒蛇、黥面的蕃人爲伍。

橫山綾子只想做一個安分守己的女人，在她小小的世界安身立命。

她嫁的是名古屋一家和服綢緞店的夥計，這家古風的店鋪招牌高掛，從外面掀開厚厚的暖簾，紅漆格子門內桐木衣櫥擺著昂貴精美的織錦、香雲綢、京都縐綢，店裡又亮又長，適合攤開和服布料讓上門的尊貴而多金的客人挑選。

綾子以爲她和丈夫會在織錦綢緞堆中過一輩子。她可以用陪嫁的手搖縫紉機，從和裁師傅宮本夫人學的手藝幫人做下手貼補家用，有了小孩的話，最好生的是女兒，她會讓她穿上漂亮的長袖印花和服，在名古屋河邊草地上晾曬的綢子當中像隻花蝴蝶一樣穿梭玩耍！

等到丈夫熬到「番頭」當掌櫃，他坐在帳房桌子後面打算盤算帳，時時被請出來鑑定別人染好的友禪，讓夥計把它們鋪在藤席上，由掌櫃決定是否收下，人家把設計的腰帶圖案請他過目，他會給予意見，如果是要搭配少女的和服，腰帶不要太素雅，應該鮮艷一點，然後憑著多年經驗，他會介紹合適的手藝人用手織機來織腰帶。

春天河邊公園的櫻花盛開，丈夫請她一起去賞花，她會有點羞澀的接受了，走在丈夫身後兩步之距一起去賞櫻。

爲什麼把她帶到她的世界外邊？綾子心中埋怨她的丈夫。

山中長日漫漫，時光遲遲，如何打發應該被打發的時間？

橫山綾子以妝扮消磨時光。每天早上跪坐在臥室的角落，端出蒔繪漆器的方形鏡台，掀起上面折疊式的鏡子，取出一條白紗細抹布輕輕拭去鏡面的灰塵。零污染的山間，鏡子纖塵不染，她還是細心地來回抹拭。

抹好了，把依然雪白的抹布折疊出平齊的四個角，起身來到泥地的廚房，淘水洗手，一隻一隻手指分開來洗得很乾淨，然後回到鏡台前，打開下面的抽屜，取出粉盒，白粉是託人從家鄉帶來的，必須節省著用，薄薄的一層慢慢塗，塗得又細又勻，可花費多一點時間。

今天早晨，綾子一如往日坐在鏡台前，有點興味索然。那個不肯過吊橋返身下山的新娘子的背影，幾天來一直在她心中縈繞不去。機械地抹好了白粉，綾子看到鏡子裡一張白濛濛的臉，這是她嗎？拿手帕細細擦拭漫到唇緣的白粉，歪咧了一下嘴唇，鏡子裡齜牙咧嘴變了形的這張臉，像是在哭又像是不懷好意的在笑。

上半身趕緊往後仰，綾子垂下眼睛，不敢看鏡子裡的自己。她可不能失去自我控制。

日影爬過起居室的凸窗，平常這時候，她已妝扮妥當，已婚婦女的圓髻髮髻梳得一絲不亂，褪下藍絞染的浴衣，換上家居的和服，靜靜對著宿舍前的山巒等待天黑。

今天她蓬著頭坐著，心裡想著那個隻身上任的年輕警員，黃昏後會不會又吹起簫來？他以如泣如訴的簫聲思念離他而去的新婚妻子。迴盪山壁間的蒼涼簫聲，使山上更寂寞了。

既然住下來了也總得活下去。

四年半前她跟丈夫坐輪船在雞籠上岸，看到市面要比想像中的興旺，丈夫派駐花蓮當巡警，綾子很後悔沒將陪嫁的手搖縫紉機帶來。有了它，她可以幫警官夫人裁縫，甚至替富有的客家人的女兒設計結婚穿的日本禮服。

因爲沉重搬運不便，綾子不得不把手搖縫紉機留在娘家，每次想到它孤伶伶地留在日本，眼眶都紅了。

太魯閣戰役後第二年，花蓮港廳太魯閣支廳下成立九所「乙種蕃童教育所」，實現佐久間總督讓蕃人邁向文明開化的理想，殖民政府出資，教導部落兒童日語，目的是把他們訓練培養成日本人。

綾子教部落的小女孩上縫紉課。這些山地的小女孩，用竹片削尖刺穿耳垂，戴著綴飾珠貝的耳環，脖子掛上貝殼、獸牙、琉璃珠、鈕扣串綴而成的項鍊。

比起琳琅滿目的掛飾，身上的衣服就乏善可陳了。她們用手動的織布機穿梭把苧麻織成粗硬的布，縫做沒有袖子的筒衣，再用兩塊布遮住下身，先從左腰圍起，兩端在右腰相接，成爲腰布。爲了遮蓋右腰露出的大腿，用袈裟似的披肩從左側肩部斜斜垂掛，和男人的披肩一樣，都叫做Pada。

綾子剛上山時，看到苧麻織的粗布都是素色的，灰灰黃黃、又粗又硬，最近一年才有在素色的麻線之間，摻雜紅、紫的絨線，重複織些幾何型的圖案。

然而，橫山綾子的和裁縫紉技術，在山地派不上用場。

兩年住下來，橫山綾子還是適應不了台灣的氣候。明明已經入秋了，該是茶色的秋衣上身的時候，這裡卻連穿浴衣都嫌熱，楓樹的葉片還沒來得及變顏色凋落，枝頭卻又搶著冒出新芽來。不合時宜開的花尤其令她感到掃興，牆頭外那株九重葛紫艷艷的花，如火如荼怒放了一整年，從不凋謝。

花不知疲倦地怒放，看的人卻疲倦極了。

她多麼懷念四季分明的家鄉，雲月花時感受季節變化的情趣。四季之美使綾子感到幸福，春來了，雪溶了，小草從地下鑽出，初春柳樹的新綠，美得不近情理，櫻花怒放的盛景，令人有不虛此生的感慨。

雲仙、杜鵑、石楠花謝後，秋天滿山楓紅，層林盡染，接下來初雪飄落……

綾子把手中的摺扇搧得叭叭響，立霧山上時節亂了套，令她無所適從，苦惱極了。她拿出家鄉帶來的紙屏風，上面畫著日本每個月的歲時節物行事，稱做「年中行事」，綾子決定按照屏風上的時令過日子。

廚房櫃子裡的兩套碗盤餐具，屏風上的行事曆指出該是夏天吃涼麵的季節了，綾子不管外面的天氣，取出夏天用的碗盤吃涼麵。她無視於戶外艷陽高照，一過八月，告訴自己時序已是秋天，綾子收起夏天穿的白色、淺藍衣服，也不管夏蟬猶在嘶聲鳴唱，她還是汗流浹背。

綾子也只能在飲食使用的餐具、以及衣著顏色質料上，按照屏風上的四季時令一廂情願的過日子，隨著季節變化，家鄉所舉行的節慶祭典儀式，她也只能靠記憶回想重溫，這使綾子深感遺憾。她慶幸沒把女兒月姬帶到這蠻荒的蕃山上，讓她寄養在吉野移民村，與山本一郎家過着日本農家的生活，應該會有一個比較眞正的童年吧！才幾歲大的女兒不在母親身邊，綾子對她充滿歉疚，每次見到月姬時都緊緊地把她摟在懷裡，心疼得直流淚。

綾子心目中的異鄉，身爲咚比冬駐在所巡查部長的丈夫橫山新藏不能苟同。

怎麼會是異鄉？踩著腳下的土地，他莊嚴地說：

「這是皇土呀！」

妻子抱怨山上的冬季天黑得太早，下午四點鐘不到背著陽光的山壁就陷入一片幽闇，氣溫很低又不下雪，更覺得森冷。她的心也和外面的天氣一樣冰冷。

橫山新藏卻很欣賞山上的自然景致，他注意到春天清晨漸漸發白的山頂，敷上紫色的雲彩；夏天夜晚螢火蟲在樹上閃亮，與夜空的星星別苗頭；秋天的黃昏，可遠望雀鳥成群歸來。

「冬天，是啊，山上的冬天是寂寞了點！」

如何讓妻子在這山上有歸屬感？橫山新藏望著屋前一片未曾經營的礫石地，心中有了主意：在這兩千公尺高的山頂營造一座有假山曲水的日本庭園。

他叫人先把地整出來，周圍種花植草，又在角落搭了個花架，灑下種子讓瓜藤攀爬。橫山新藏從日本寄來的雜誌剪下石燈籠的圖片，讓部落擅長雕刻的石匠模仿雕刻了兩座，擺在人工挖的水池旁。

整地挖出的石塊，仿照水戶市的著名花園「偕樂園」的假山堆砌，又在入口到玄關之間開闢一條細石鋪的砂礫道。橫山新藏把一座日本式庭園搬到立霧山上，他佇立園中欣賞看似不假思索，其實特意堆砌的假山，很是得意，本來是為妻子造的庭園，完工後，橫山新藏自我感覺良好。

清晨，他走下庭園的踏腳石，欣賞攀爬籬笆盛開的牽牛花，摘下一朵，拂去花瓣上的露珠，心中有了觸動，牽牛花是茶道早上喝茶時所插的花，隨開隨謝，又名朝顏。

從前名古屋綢緞店的老闆舉行茶道時，茶室壁龕總是只插一朵花。一朵含苞待放的花。老闆說：一朵花比一百朵花更美。

橫山新藏望著庭園西邊角落空地，也許在那株扁柏樹下蓋一個小小的茶室，茅草屋頂的草庵，竹片灰土砌的牆，散發著簡樸的鄉野自然情趣，富有禪意。茶室應該很小，才兩疊榻榻米大，只容他們夫婦對坐。

綾子建議把那株台灣扁柏移開，種上日本松樹，地上擺置踏石，並配有洗手水罐與石燈籠，茶室的味道清雅風情才顯現得出來。

綾子出生在距離產茶聞名的靜岡縣不遠的村子，附近採茶的女工黃昏收工後，經常聚在她家旁村路上的茶室，捧著粗陶茶碗品茗消倦。喝茶之前，先把茶碗在手中轉動，欣賞茶陶之美。綾子的和裁師傅宮本夫人更是精於茶道，她耳濡目染，多少學習了沏茶的禮儀，知道如何與當季的鮮花、掛畫搭配。

婚後隨著丈夫到神戶搭輪船來台灣，順路遊覽產陶著名的瀨戶，在河邊賣工藝茶碗的小店鋪內，綾子憑著她對茶陶的認識，選了一套旅行的織部窯茶碗作為路過的紀念。

這套茶碗仿造著名茶人千利休的弟子古田織部的風格，他所做的茶陶一反早期素淡的單色釉，而是以多彩稱著，粗獷厚重的造型，釉上得很厚，而且故意塗得不均勻，黑褐色、綠色彩繪的海草植物，線條奔放簡約。

這套茶碗裝在木盒裡，至今還沒動用過。如果在蕃人聚居的山上派上用場，橫山新藏想道，該是別具意義吧！他想像茶室蓋好了，下班回家後，在茶室外脫下金線邊的黑帽子，卸下警官不離身的長劍，一如桃山時代提倡茶道的豐臣秀吉，武士以品茗靜心，進入茶室之前，必須把武士刀、劍等武器留在茅庵外，爬進狹小的茶室內，一杯在手摒除雜念。

橫山新藏希望公餘抽身退隱到茶室，靜心飲茶，觀照自心。

綾子從丈夫手中接過那朵陽光下正在逐漸軟垂的朝顏牽牛花，輕輕嘆息。這枝紫色的花如果插在葫蘆形的陶器花瓶，該有多別致！受到丈夫的感染，她也湊興構想茶室的布局：

西邊角落擺放著炭爐、茶鍋，黑木盒裡放置沏茶時用的湯杓、茶匙等茶道用具，她想像從並列的木盒裡取出瀨戶買的茶碗，夫妻面對面坐著品茗：

「……春天喝黑中帶青的茶，春綠初萌，搭配的花是菖蒲，水盤插上美麗的菖蒲，壁龕的掛軸是春天的顏色……」

被丈夫賞花的姿態吸引，而到庭園的綾子，剛剛看到屏風上的時令，說出春天喝茶的講究。

茶室還沒動工，布農族聚居的丹大山卡西巴那駐在所出了事。

十月的一個中午，巡查部長南彥治和駐在所手下的九個警察聚桌吃午餐，突然十幾個蓬頭垢面的布農族人氣沖沖的衝進來，摔破茶杯，翻覆飯桌，揮起蕃刀亂砍。一時之間，槍聲大作，十個日本警察統統被馘首，蕃人把砍下來的首級綁在刀鞘，放火燒屋，駐在所在熊熊之火中付之一炬。

日本人稱布農族為「高山縱橫者」，認定他們生性剽悍，順應性低，族群遊走於海拔二千公尺以上的高山，行動飄忽，遠離統治者在山區開闢的交通路線，是日本警察最頭痛的族群。

在高山獨來獨往的布農族，與立霧溪畔聚居的太魯閣族並不友善，然而，兩個族群對日本人的統治同仇敵愾，視爲共同的敵人，都抱著除之而後快的心理。

卡西巴那駐在所的慘案傳揚開來，太魯閣社人心浮動，橫山新藏聽線民報告，蕃人不滿山林場的漢人鋸木工勾搭太魯閣族少女，企圖藉出草獵人頭滋事。族中前額刺有黥紋的勇士出沒在懸崖林子裡，伏擊落單的林木工人，先發出令人頭皮發怵的呼嘯聲，挫敗敵人的膽子。

馘首成功，歡呼聲響徹山林，砍下來的首級綁在刀鞘，族人爲凱旋而歸的勇士舉行慶功宴，通宵達旦又歌又舞，喧囂無比，故意向哆比冬駐在所的警察示威。

橫山新藏抱著胳膊沉吟，一臉陰翳。此次太魯閣蕃人不僅砍下漢人的頭，還攻擊山腰的漢人住家，用弓箭點火射擊燒屋，逼出屋子裡的人，被攻擊的吹海螺敲鑼示警，情勢大亂。橫山新藏很清楚太魯閣蕃的射擊技術，他們精於這種無聲的武器，從來箭無虛發。

意識到他治下的蕃人蠢蠢欲動，萬一他們呼應布農族，聯合起來造反，山雨欲來，整個中央山脈危在旦夕，橫山新藏在駐紮於海鼠山的日本軍隊拔營之前，吩咐妻子煮一頓最豐盛的晚餐，他擔心在救援軍隊抵達之前大家已經遇難。

綾子拿出一直捨不得用的陶器食盤，那是和一套茶碗一起在瀨戶買的，仿照吉田織部的造型，扇子形狀的食盤，蓋子的把手是竹節的形狀，故意做得不完全蓋緊，留出空隙隱約可見盤底的紋飾，打開後，隨著食客夾走食物，盤底花紋漸漸顯露出來，一邊吃可一邊欣賞。

橫山新藏打開珍藏的月桂冠清酒，夫妻交杯而飲。他捋著被清酒浸濕的八字鬍，啞聲說：

「啊，也許是最後一餐啊！」

夫妻相敬對飲而泣。

丈夫顯出上山以來從未有過的軟弱，綾子在不安中更爲憐惜，自然地向他依靠了過去。微醺中，丈夫放下酒杯，突然以近乎粗暴的動作把她按倒在榻榻米上，撩起妻子和服下襬，以前所未曾有過的熱情和她做愛。此生最後的激情，熱烈中帶著自暴自棄。

做丈夫的沒想到在他懷中雙肩顫抖的妻子，竟是如此動人，不禁俯下身，頻頻親吻她白皙的頸子。

隔天在秋蟬聲中醒來，他手肘撐著頭，以從來沒有過的眼光注視妻子黎明中的側臉，撫弄因昨夜的激情弄亂了有點扁的圓髻，就在這一刻，他愛上了他的妻子，想與她白首偕老的欲望竟然是那麼強烈！

綾子醒來，張開眼看到身旁的丈夫，轉過身子與他相擁，喜極而泣。

又活了一天！

還沒到日午，蕃人又開始唱歌了，山壁迴盪過來的歌聲響徹山谷包圍著他們，齊唱的歌聲，穿透靈魂，聲音是那麼淒涼哀傷，彷彿在訴說著無盡的冤屈與怨恨。滿心憂慮的綾子側耳傾聽，尋找幽幻歌聲的來源，唱歌的好像知道有人在打探它的出處，突然歌聲停止了。綾子錯愕在那裡。

今晚又將是個漫長的失眠之夜，夜半深沉時，那輪皎潔得令她害怕的圓月升上樹梢，幽闇的林子後傳來陣陣獸嗥，好像有提著紅色燈籠的狐狸之火從山下滾動而過。

綾子乞求丈夫讓她離開這危機四伏的山上，回日本探望她的父母。異鄉歲月疏遠了她與親人的感情。

「離開太久了，如果連鄉音都快忘了，會回不去的！」

本來想告訴丈夫自己又懷了身孕，丈夫嚴肅的臉色使她話一出口，變成談起娘家院子裡那兩棵柿子樹：

「應該果實纍纍了吧！多麼想看一眼掛在樹上的柿子的模樣哩！」

「回日本看妳娘家的柿子樹？在這種時候？」

丈夫拒絕了她。

卡西巴那駐在所的慘案發生兩個半月之後，立霧山的蕃人出草後沒有其他動靜，橫山新藏安慰自己似的向妻子說：

台東有個駐在所的巡查部長，爲了取得卑南族頭目對他的信賴，把他十一歲的獨生子太郎送到頭目家，說是讓他薰習山民的英勇之氣，約好兩個月後再去接回家，妻子以爲兒子就此一去不回，生離死別，痛不欲生。

「到期那一天，一大早，太郎在一群卑南族蕃民簇擁之下，安然出現在家門口，還帶了一大堆頭目饋贈的山豬肉、雞和蛋……」

綾子撫摸自己依然平坦的肚腹，她不要她的第二個孩子在這裡出生。

懷孕後的綾子更加悶悶不樂了。

有天橫山新藏下班回家，蜷縮榻榻米上的綾子，哆嗦著膝行上前，抱住丈夫的腿。大白天時，她看到一個黃褐色皮膚的蕃人，低矮著身子潛伏在宿舍周圍的樹叢中，睜大眼睛向屋裡窺伺。

橫山新藏聽了，先是一驚，但很快地釋然。他告訴妻子這是不可能的。她又不是不知道山寨上的宿舍防衛森嚴，幾乎是銅牆鐵壁。

「周圍幾丈深的壕溝深塹，鐵絲網通的電流最近又加強了，誤闖鐵絲網觸電而死的野兔，警丁每天撿拾一大籮筐，蕃人知道厲害的，不要胡思亂想了。」

綾子聽不進丈夫的話。

建在山巔的宿舍，屬於日本書院造建築，這種形制注重與自然接近融爲一體，人在屋裡，可聽到蟲鳴鳥叫，如果將四周的紙門拿掉，便只賸下木柱和屋頂，屋裡的人好像被暴露於外，毫無遮掩。即使是門窗緊閉，也是薄牆紙門。

綾子缺乏安全感。

以爲看到蕃人向屋子裡窺伺，大白天她也門窗緊閉，用黑布罩住，但願這樣就可與外界隔絕，把那雙凹陷的眼睛擋在外面。不管天氣如何濕悶，綾子再也不敢打開紙門，和從前一樣在廊道緣側鋪上蓆子睡覺了。

那雙窺伺的眼睛始終跟隨橫山綾子。

山上霧氣深重的十一月天，丈夫帶她到露天的深水溫泉洗澡。這溫泉是花蓮分區的大隊長深水少佐發現的，以他的名字命名。日本人開鑿溪底的火山岩，溫泉即咕嚕咕嚕的冒湧了出來，利用上面的岩洞遮避，闢出一處隱祕的天然浴場。

橫山夫婦抵達溫泉時，天還沒完全黑盡，綾子看到溪谷對岸的林子，幾天前和暖的天氣，各種顏色的山杜鵑不合時宜的開了一山丘，由四個荷槍的警丁在溫泉外站崗，她覺得很安全。跪在丈夫身後，用一塊絲瓜囊幫丈夫擦背，煙霧騰騰中，她從丈夫的肩膀看出去，岸上白色的山杜鵑花叢似乎動了一下。山丘上有人。綾子還聽到花叢被撥開的沙沙聲。

她說她看到有個人弓著背腰，踮著腳，像猴子一樣的上坡，這是走慣山路的蕃人特有的走路姿態。

那雙窺伺的眼睛始終跟隨著她。

橫山新藏下山到花蓮述職，留下綾子一人，那雙眼睛穿過蒙上黑布的紙窗，侵入她的家，重重踩在榻榻米上的聲音由遠而近，一步步欺近，綾子感覺到蒙住頭臉的棉被被扯開了，一把蕃刀架在她的喉嚨，她聽到自己的叫聲，好像從遠處傳來……

橫山綾子形容自己「靈魂感冒」，鼻子不通，說話鼻音很重，她為自己創造出這個新詞而苦笑。長時期的失眠，早上找不到起床的理由，大白天也不敢一個人獨處，這些毛病始終沒有好轉。

6 身世成謎

工作纏身，無絃琴子無法代替母親月姬去花蓮參加吉野布教所重修復後的開光典禮。她每天早出晚歸，全心投入Wearing Propaganda的目錄編撰，與這批宣傳戰爭的和服衣物日夜爲伍。

一件又一件男人穿的羽織，那是穿在和服外面的短外套，有長有短的襦袢裡衣，寬袍大袖，幾乎千篇一律地染印著戰艦、轟炸機、大型坦克、幾何型的軍隊，一幅又一幅槍擊、砲轟，攻城掠地的圖案，看多了這類的戰爭場面，望著焚燒村落的螺旋狀濃煙，無絃琴子彷彿聞嗅到火藥煙硝味。

衝鋒陷陣打仗是男人的事，與女人無緣。女人的天職是增產報國，最好是生出長大後可以從戎當戰士的男孩。這次展覽只選出幾件女性的和服，是以日本民族性柔和的一面，婉約含蓄的手法來宣揚戰爭。

淡紅、淺紫、初綠，顏色一貫柔和優雅的女性和服，香雲綢、京都縐紗等質地，暗花浮現，乍看之下以爲與尋常的和服無異，仔細觀察，圖案設計師把工夫落在腰帶上，讓降落傘、飛機的螺旋槳、軍刀機停駐在腰帶上，以之宣揚戰爭，然而用色、造型極盡優雅唯美之能事，即使其中有一條腰帶滿布持槍前進的士兵，也不像男人和服上的圖案一樣劍拔弩張。

女人的衣物比較愛用象徵隱喻的圖案，腰帶上織繡櫻花，象徵自我犧牲，戴著它的女人誓爲天皇國家而死。

無絃琴子注意到一件日本建立滿洲國後，開始有爲數可觀的日本人移居滿洲，廠商供應移居的顧客特別設計出品的女性和服，圖案極爲搶眼，上半身太陽旗與滿洲國旗幟並列，和服下襬浮現幾朵美麗的菊花，以之象徵天皇王室，在中國的領土建立滿洲國，扶立遜清皇帝溥儀，對日本帝國意義非凡，類似兩國國旗並列的設計，無絃琴子以爲一定不令其數。

精心挑選出來參加展覽的女人和服中，她最欣賞一件用特別絞染的手工絲織成的漂亮和服，通體絳紅，停駐轟炸機的四條跑道是白色的，像書法流暢曼妙的線條，從肩頭袖子迴旋而下，曲線之處可見淺灰藍的飛機，機翼兩旁各見日之丸的太陽旗。

用這件顏色搭配、設計巧思幾乎無懈可擊的和服來宣傳，達到了所謂的戰爭美學吧！

那成疊宣揚戰爭的男童和服，卻使無絃琴子無以釋懷。選出來展覽的八十件當中，男童的和服竟然佔了極爲可觀的比率。

日本一向注重孩童，尤其以男孩更爲矜貴。男嬰出生滿月就被抱到神社接受祝福，視爲重要的祭儀。富貴人家講究那天男嬰所穿的小和服，特別聘請織匠設計圖案，家族顯貴有身分封銜的，更要織上世襲的家徽。

男孩到了五歲要慶祝男童節，家裡有五歲男孩的，屋外懸掛鯉魚形狀布條，稱爲鯉幟的旗子，男童被打扮成古代日本武士，頭戴鐵帽到神社祭拜祈福舉行儀式。

父母對男孩長大後爲天皇效忠、爲國效勞的期望都表現在這些小和服裡，無絃琴子注意到男嬰胸前穿的肚兜被畫成戰士出征的盔甲背心，男嬰額頭綁著日之丸的國旗頭巾，手上握著手榴彈，成群向浪濤前進，未來的戰士跨海而去打擊敵人。

有一件小和服，上面有著三個戴鋼盔持長槍的男孩，在軍神的旗幟下與身後的大砲前衝鋒前進。眞實事件中以身殉國的三個日本英雄，在這件小和服的圖案變成了三個小男孩來歌頌英雄事蹟，身懷炸彈的三個戰士把中國一處碉堡炸開一個大洞，使日軍得以長驅直入，同歸於盡的戰士開了自殺轟炸員的先例，也是後來的神風特攻隊的前身。

穿這衣服的小男孩的父母希望他長大後當自殺轟炸員，好讓他的神位供奉在靖國神社內？其餘的男童小和服出現戰爭時期，小學科學課程的教材，讓國家未來的棟梁提早認識飛機、潛水艇、砲彈等種種現代化武器，一群小男孩排隊參拜靖國神社悼念陣亡軍人，男孩寫信慰問前線戰士等等。

一件男嬰滿月穿的小和服，無絃琴子看了心爲之一悚，衣長不及一尺半，質地是上乘華貴的織錦，身上的圖案赫然是日軍入侵南京火光沖天的情景。另外還有一件，也是男嬰第一次參拜神社穿的，場面更爲血腥。小和服背面右上角斜刺一隻大砲，炸彈從戰鬥機丟擲下來，焦土一片的地上有一幅地圖標出被轟炸的南京的位置。

無絃琴子移開眼睛。

下班回家的路上，她思索著什麼樣的父母會讓滿月的嬰兒穿上這種衣服？才剛剛降生人間，最先接觸的竟然是戰爭，那是個什麼樣的時代？

有生以來纏繞著她的疑團此時重又浮現上來，軍國主義者發動大東亞戰爭，美國轟炸台灣的那一年，她人在哪裡？台灣或日本？那時她大約幾歲？

無絃琴子有一個空白的童年。她從未像其他的日本小女孩，穿著打了大蝴蝶結的花布和服，頭上紮著漂亮的絹帶，打扮得像個人偶，被母親帶到神社慶祝三歲的女童節。

回到家，她推開那扇母親去世後就沒有打開過的小木門，從母親留下來的遺物堆裡，翻出藏在最深處的那本家族寫眞帖，無絃琴子在找不到她影像的輯帖尋覓自己的童年，召喚沒有記憶的過去，追憶不知道的往事。

這本橫山家族寫眞帖佔最多篇幅的是她的母親月姬，從出生的嬰兒照，不同表情角度的獨影，被她母親綾子抱在懷中到垂著兩條胖胖的小腿坐在父親膝上，然後是她四、五歲，手上拿了一頂有花邊的草帽，愛嬌地倚在雙親身邊，一直到她七、八歲的倩影，不管獨照或合影，一幀幀透露出父母慈愛女兒之心。

攝於花蓮立霧山駐在所宿舍前的全家福，無絃琴子的外祖父橫山新藏當時還很年輕，個子十分矮小，脖子短短的，蓄了八字鬍，腰間繫了一把劍，戴著金邊警帽，也有不戴帽但穿制服，腳上有綁腿。其中一幀穿著條紋浴衣倚在門邊，看起來比較不嚴肅。

無絃琴子曾經不止一次質問母親，這本全家福的寫眞，爲什麼她小時候的照片一張都沒有？回答女兒的質問，橫山月姬翻來覆去總是那麼一句話：

「妳出生時，正趕上戰爭，兵荒馬亂，逃空襲都來不及，哪還拍什麼寫眞！」

然後爲了阻止女兒提出另一個問題，她先發制人：

「咳，兵荒馬亂的年代，誰說不是呢！連你父親出征，也從此一去不回啊！」

說這話時，月姬把眼睛移開，並不看她的女兒。

懂事後，無絃琴子讀了一些日中戰爭的歷史記載，台灣遭受美軍戰機轟炸，是珍珠港事變之後，按照母親的算法，她三歲，一九三八年的台灣還很平靖，蘆溝橋事變後中國的抗日戰爭，對殖民地的台灣來說，畢竟還很遙遠。

出生平靖的年代，地位優越的日本人，沒有爲初生的嬰兒寫眞留念，連一張也沒有，幾乎說不過去吧！

看不見自己小時候的留影，使無絃琴子對母親懷有深刻的敵意，甚至懷疑母親是否愛過自己。可以說母女間的裂痕就是由此而起的吧！

拂去封面的塵灰，無絃琴子重重的嘆了一口氣。

還有她這輩子從沒見過，如謎一般的父親。

無絃琴子記得小學放學回家，常會看到母親坐在窗前的籐椅，膝上攤開這本家族寫眞帖，她以手支頤，對著窗外的小院陷入沉思。有時練琴回家晚了，母親也不開燈，就坐在黑暗裡，心思極爲遙遠，必須她輕喚了好幾聲，才會回過神來。

這種習慣一直維持到她中學畢業。

有一回她回家晚了，母親坐在黑暗裡，無絃琴子啪一聲打開母親身旁的檯燈，發現她膝上的寫眞帖，翻到的那一頁上排有三幀被撕掉了，留下的一幀看起來格外顯眼。

一股奇異的吸引力，令無絃琴子趴上去看那幀僅存的留影，一個約莫十幾歲少年的獨影，站在一間茅屋前，身上的和服好像爲了寫眞臨時披上的，相紙泛黃陳舊，還是可看出他膚色黝黑，眼睛凹陷，輪廓和日本人很不一樣。

他是誰？母親支吾其詞，始終沒有給她明確的答案。

捧著母親的遺物，幾十年來無絃琴子未曾淡忘的，茅屋前那個少年的容貌，和幾天前來訪的兩個太魯閣族原住民中，那個年紀較輕，一臉桀驁不馴的有幾分相似。

無絃琴子但願她自己能夠以女兒的身分接受花蓮縣政府的邀請，代表已逝的母親參加吉野眞言宗布教所——現在改名爲慶修院修復後的開光典禮，趁這個機會到吉安鄉公所走一趟。上次到花蓮時，她最應該去，卻由於一種難以解釋的心情沒能去成的地方。

她想去吉安鄉公所的檔案室，查看日治時代的存檔資料，戶口名簿、身分證明等任何文件，她想知道自己確切的出生年月日。無絃琴子懷疑母親帶她回日本後爲她登記的日期並不正確。

身分證上父親一欄塡的是渡邊照，她從未見過此人，不知母親憑什麼冠在她名字上的。當年自己會那麼輕率的結了婚，無絃琴子苦澀的想，其實是因氣憤母親對她的身世的隱瞞，爲了把這個虛假不實的姓氏「渡邊」換掉，她隨便找了個人結婚，不到一年又離了婚。離開夫家時，她什麼也沒帶走，只帶走他的姓氏：無絃。

一個身世成謎，不確知自己生辰及親生父親的人，只有出生之地確實在台灣花蓮。

母親一下說珍珠港事變爆發那年，她三歲，一下子又說日本戰敗後，帶著剛滿一歲的她被國民政府遣送回日本，她身無分文，在船上拿吉野移民村山本家佃農送的年糕餵著肚餓啼哭的女兒。

如果此言屬實，她應當出生於一九四五年，向母親求證，誰知她一下又改口，說是日中戰爭方酣，台灣厲行皇民化運動，總督在美軍轟炸台灣之前撤離日僑，她們母女也在其中。帶著兩歲的她回到滿目瘡痍的日本，無路可去，母親帶著她到四國德島投奔山本一家，然而，他們重回家鄉，卻已經失去房屋田地，被當作台僑備受冷落歧視，不得已，母親帶著她輾轉來到東京。

到底她是哪一年來到人世間的？什麼樣的母親，前言不對後語，自己女兒的生辰竟然有不同的版本。無絃琴子拒絕設身處地體諒母親的難處，一個「灣生」在台灣出生的女人，拖著身分不明的女兒回到階級制度嚴明劃分的日本社會，找尋容身之處所可能遭遇到的種種困難。

對母親的憤怒，所有忤逆、故意違反母親的舉動，無絃琴子沒有一件沒做過：離婚、墮胎、濫交、抽大麻，六〇年代的全學連、全共鬥、遊行罷課、暴力示威……她走過全過程。

筋疲力盡的回到家，母親和往常一樣，膝上攤開那本全家福的寫眞帖，又在回味從前的日子，活在記憶裡。夕陽的霞光斜射在落地窗，染紅了母親的頭髮，她的側臉爬滿了深深的皺紋，無絃琴子第一次發現母親老了。

聽到腳步聲，母親回過頭來，問女兒她身在何處？花蓮還是東京？指著小院的柿子樹，說從來沒見過這棵樹。

在母親的腳旁跪下，無絃琴子移去母親膝上的寫眞帖，撫著母親的膝頭，她依偎上去，輕輕的悶聲飲泣。

眼角瞥見桌子上花蓮縣政府的請帖，邀請橫山月姬回去參加慶修院的開幕典禮，無絃琴子抽出夾在請帖裡當天活動的流程，四國德島縣眞言宗萬福寺住持福島誠淨舉行祈福儀式，帶著貴賓巡走迴廊下八十八人座本尊佛相，結束後，下午在吉安鄉公所二樓會議室將有一場日本與台灣耆老的座談會，以吉野移民村生活史爲談論主題。

多麼想望能夠代表母親月姬回花蓮，無絃琴子可以藉這機會到吉安鄉公所，她相信鄉公所的檔案室保存了當年移民村日本人的戶籍資料，派駐移民村派出所的橫山新藏在女兒月姬出生時，一定報了戶口登記有案，花蓮縣政府根據這線索追蹤，這封請帖才會在母親離開半世紀之後送到東京來吧！

無絃琴子想像她的出生證明一定深藏在吉安鄉公所厚厚的檔案堆裡，被妥善的保存著，等待她這當事人去詢問挖掘。無需親眼目睹，無絃琴子知道親生父親一欄塡的不會是渡邊照。

那麼會是誰？究竟誰是她的生父？無絃琴子打了一個冷顫，就是害怕發現眞相，上次花蓮之行，她才沒有到吉安鄉公所吧！

7　弓橋下的青石板

母親過世後，無絃琴子看到一篇報導，美國療養院把老人癡呆症患者帶到美術館、音樂廳，藉視聽藝術來與患者作情感的溝通。大多數癡呆症都有語言障礙，無法用說話表達自己，然而，面對一幅繪畫，或聆聽一支曲子，腦子會有反應，甚至喚起創作的潛在能力，從來沒執過畫筆的，居然開始塗鴉。報導提到著名的美國抽象畫家德固寧，老年患了癡呆症，卻變得多產而且創作力十分充沛。

可惜沒有早一點讀到這一篇報導。無絃琴子遺憾她沒來得及借用視覺藝術來與母親溝通之前，她就去世了。

她也是最近才發現母親的藝術天分的。那個落雨的黃昏送走了花蓮來訪的原住民，無絃琴子在母親的遺物中找尋她年輕時的台灣留影，無意間翻出一本洋裝設計的草圖，裡頭還夾了幾幅與人等身的紙板，折疊得整整齊齊。她第一次看到母親手繪的圖樣，炭筆速寫線條流暢，而且充滿自信。

上一回她到台灣去的前幾天，母親夜裡睡不安穩，無絃琴子常常半夜醒來，發現她坐在黑暗的小客廳，有一次打開屋子裡所有的燈，問女兒爲什麼不天亮。離開的前一天，無絃琴子起了個大早，母親比她起得更早，或者一夜沒上過床，她靠著窗坐在常坐的位置，頭垂得低低的，藉著窗外泛白的曙光，凝神注視茶几上攤開的畫冊。

悄悄走到母親的身後，無絃琴子從她肩膀看去，那是一幅美國畫家安德魯·懷斯的作品：《安娜·克麗絲汀娜》，患有小兒痲痺症的安娜，背對著觀者，在草地上匍匐前進，左手指向前面的農舍。

「看不到她的臉，但可以感覺到她很快樂。」

一向說話有困難的母親，流暢地跟身後的女兒說。

「怎麼會知道呢？」

手指著畫冊上的農舍，橫山月姬口齒清楚地說：

「因爲她要到那房子去，」頓了一頓，又說：「我也想去。」

她指的是哪一個家？

「豐田會」日本移民村返鄉之行的旅行團，離開花蓮到台北外雙溪參觀故宮博物院，接受外交部雙十國慶晚宴招待，尋根之行圓滿結束，隔天打道回日本。

無絃琴子脫隊留了下來，獨自在花蓮盤旋。

導遊看她孤伶伶一個日本女人，言語不通，好心的寫下幾家餐廳，讓她試試花蓮的台灣菜餚，好些菜式都混入了日本料理，因之風味別具，是台灣其他地方吃不到的。日本人愛吃海鮮，導遊建議她品嘗當地的特產——翻車魚的腸子，老饕稱爲龍腸的人間美味，又爲她安排一系列的旅遊活動：文化民俗村欣賞阿美族山地歌舞、坐漁船出海賞鯨，接下來，瑞穗洗溫泉、觀賞著名的掃叭石柱遺址，然後沿著東台灣海濱公路一路南下，對北迴歸線指標做一番巡禮，這是到東部的日本遊客必到之處。

無絃琴子對這些景點一一搖頭，禮貌的謝絕。導遊把她當成爲獵奇而來的單身女遊客，提議帶她到台東去看魯凱族老太婆的紋手。

「泰雅族山地人黥面，那不稀奇，紋手的才稀罕哩，魯凱族只有貴族才有這種特權，而且必須是父母特別鍾愛的。」

導遊形容老太婆的兩隻手背，從手腕到指頭，紋上一行行圖騰刺青，紋的有整個族群的，有家族特有的標誌。

「紋手的少女必須是處女，要不然刺青會失敗。」

他又加重語氣地說。

無絃琴子依舊搖頭。她不是一般的遊客。

她是替暮年得病的母親回到生息過的地方，幫她探看記憶中吉野移民村那座日本小弓橋，探看橋下那三塊青石板，是否還安放在那裡，別來無恙。

「吉野日本移民村！」

又是一個來探望故鄉的日本人。導遊說起一位經常回來的宮崎老先生，父親到吉野尋常小學當教師生下了他，自稱在太平洋游泳長大，父親在戰爭最激烈的那年回日本，所乘的船被美國潛水艇發射的魚雷擊中，做兒子的說父親把自己的肉體還給台灣大海。

宮崎老先生是「吉野會」的會長，每次回花蓮都會帶禮物送給從前的故舊友人，捐贈大批鉛筆、棒球、ＯＫ繃以及外用藥品給吉安小學。

「老先生人緣很好，每次回來，從前的朋友們帶著孫子到旅館看望他，一起敘舊，唱日語的〈望鄉之歌〉，老先生還教小孩唱日本童謠，〈黃金蟲〉什麼的，熱鬧得很！」

改名為吉安的吉野在哪裡？

即使晚年得病，她的母親月姬對移民村的方位可倒背如流：

走出春日通，通往阿美族蕃社的路叫高砂通，要到吉野移民村，則走筑紫橋通。沿著這條道路，來到筑紫橋，站在橋上便可看到移民村的農舍，屋頂鋪著黑色的日本瓦。大清早，內地的農家少女頭上戴著草帽，牽著牛車，走出村子到花蓮街市販賣蔬菜……

「嗯，筑紫橋，橋的名字眞美啊！」

無絃琴子問母親，少女時代的她看到山本先生鋪在橋底的三條青石板，是不是就是這座橋？

老年得了癡呆症的月姬，以罕有的清醒，口齒清晰的斷然回答：

「喲，絕對不是。筑紫橋是座大橋，可以通車子的，而且是在移民村的外面，這條路因這座橋而叫筑紫橋通。山本先生從七腳川山挖掘的青石板，是鋪在宮前圳——神社前面的小弓橋下。」

月姬嗔怪女兒糊塗，點綴風景的小橋怎可和車輛行走的交通大橋相提並論。

幾天前的豐田移民村尋根之行，返鄉的老人們經歷了滄海變爲桑田，一場戰爭的勝敗讓故鄉變異國，無絃琴子對即將到訪的吉安絲毫不樂觀。

「也許就學學宮崎老先生吧！回來看看故人，回憶從前種種，唱唱小時候愛唱的日本歌。」導遊要她別抱太大希望。

母親形容記憶裡的移民村，一排排整齊的日式農舍，屋頂覆蓋著日本瓦，桁架及天花板都是檜木板所構成，牆壁是編竹加上黃土、稻草混合而成，牆面抹上石灰，屋外牆覆上魚鱗狀的檜木……

「屋舍是簡陋了些，不過，提供了移民一個能夠遮風避雨的『家』！」月姬說。

名字很美的筑紫橋已不存在，早在無絃琴子預料之中。當年來自四國的移民從家鄉帶來優良的稻米種子，利用清澈無塵、水質甘甜的砂婆礑溪水灌溉，生產進貢天皇的吉野一號米，也已然成爲歷史。無絃琴子不敢寄望走完筆直的柏油大道後，母親記憶中與本島人隔離的移民村，日本黑瓦的農舍、醫療所、小學校、眞言宗布教所會呈現在她眼前。

日本戰敗後，移民村的農民悉數被遣回日本，國民政府規定每人限帶一千圓現金做旅費，只准攜帶一件行李。他們回到田地早已變賣，家產蕩然、無家可歸的母國，同胞們對這些重回家園的「台灣村」農民歧視排斥，把他們列爲不受歡迎戶，當作是來自會吃人肉的地方。

移民留下來的吉野日本村，經過國民政府市區改建，拓寬道路，把原本棋盤式規畫齊整的日本式村落開膛破肚，當年爲了紀念北白川宮能久親王收復台灣的功績而建的吉野神社，僅賸一塊奠基鎭座紀念碑，被拋棄在蚊蠅群聚的檳榔林裡，無紘琴子在成群小黑蚊的攻擊噬咬下，連拍一張照片回去給母親懷舊都不可能。

狼狽的奔出檳榔園，她問人宮前的日本小弓橋現在何處？居民們個個搖頭不知所云。最後找到一位從前替日本人種田的佃農，鬚髮皆白的老人把她引領到軍營圍牆外，一株叫不出名的大樹下，矗立一塊「拓地開村」石碑，邊緣還沾著泥土的石碑似乎才出土不久，部分的碑文被塗抹了厚厚的水泥，一眼看得出是蓄意破壞。

無紘琴子驅前試著辨識漫漶不清的碑文，老人解釋是日本和台灣斷交，爲了洩憤被人破壞的。斷交後，好一陣子絕跡的日本人，最近又陸續回來了，吉安鄉長已經下令清理石碑，讓碑文重見天日。

「從前這一帶很多日本宿舍，」老人手臂從左到右揮了一大圈：「他們在的時候，不讓台灣人進來，我的兒子看到日本小孩玩野球，想跟他們玩，結果被日本仔用野球棒打出來，一邊打一邊罵……」

無絃琴子舉起相機，焦距對準覆蓋水泥的「拓地開村」石碑，卻按不下快門，她頹然放下相機，仍然不肯放棄地問老人：

「神社前有座日本小弓橋，我在找宮前，想看看弓橋下鋪的三塊青石板……」

無絃琴子花蓮之行的目的。

「你講什麼筷子？」

日語「橋」與「筷子」同音，耳朵有點背的老人日語有限，糊塗了。無絃琴子連忙解釋是座橋，而且是座小弓橋。雞同鴨講，用手比畫半天，還是不得要領，最後她在隨身帶的導覽書上畫了一座弓形小橋。

「小小的，像這個形狀，就在神社宮前附近……」

老人湊前細看，在記憶中搜尋，最後把頭搖得波浪鼓似的，斬釘截鐵的說：

「宮前沒有橋，沒有這樣的弓橋，日本仔走了以後，我第一個進來的。沒有弓橋，不會錯的。」

老人告訴她，日本人走了以後，佃農接收吉野移民村的房屋，住進去後發現種種問題：

「日本人喜歡整整齊齊的街道，房子的大門都對街，台灣人習慣房子正面朝東，就把朝西的正門封閉，改由東面做爲出入的大門，日本人的廚房，叫做土間，對吧？」

無絃琴子點點頭。

台灣人喜歡大的廚房，把土間加建擴大了好使用，或者另外改建，還有日本人室內脫鞋的習慣也被改掉了。

搬進日本式農宅的客家人，時間久了，房屋需要修繕，爲了節省費用，把日本房子的樑柱拿來做新房的基礎。

「有一個日本人回來找他從前住過的家，和你一樣也看不到什麼，」老人回憶：「我帶他到客家人家裡喝茶，日本人發現當年他家的樑柱還在，好像看到舊人，眼眶都紅了……」

老人指著街口一家剛落成的合作金庫。

「這裡本來有一間日本宿舍，好大的一棟，去年拆掉蓋了新樓。」

移民村的日本小弓橋，會是母親月姬的臆造，她憑空想像出來的，從來不曾存在過？無絃琴子否定了這種想法。筑紫橋一定眞的存在過，否則移民村通往花蓮街市的這條路，不會命名爲筑紫橋通。

沒有找到移民村宮前圳的日本小弓橋，她手拿著母親讓她帶來的「花蓮港市街圖」，她想到市區按圖索驥，一步步踏尋少女時代的月姬的足跡，在她曾經生息過的空間徘徊緬懷。

當年加拿大的傳教士馬偕乘著獨木舟到東台灣來散布福音，他描述了目睹的花蓮港：「在海邊沙堤上，有兩排茅屋及兩呎寬的街道，郊外有少數平埔蕃，住民大部分是漢人，和蕃人從事交易，附近並有一兵營。」

在「日化東部」的政策下，殖民政府選中了花蓮，作爲日本的延長線，在這裡複製出一個日本城市，為了凝聚日本神道信仰，首先在阿美族大巨人神話傳說之地的美侖山麓來了個乾坤大挪移，建了座莊嚴肅穆的大神社，把阿美族人的聖山轉變成日本的神域。五座鳥居的第一座最是雄偉壯觀，用整株千年檜木建成，號稱全台灣第一大，走不完似的長長的參拜步道用白色鵝卵石鋪成，兩邊每座石燈籠當中栽種日本移植過來的松樹，神社供奉日照大神，美侖山已成為宣揚天皇神道的自然地景。

嗜武的日本人又在山腳下建立武德殿，舉辦劍道、柔道武道比賽，武德殿與距離不遠的野球場都是前所未見的新的地域景觀。

在全面有計畫的規畫經營之下，短短幾年從無到有，把花蓮建設成為「距離母國一千浬外最美麗的內地城市」。

市區從交通要衝的火車站輻射出去，橫盤式網狀的街道散布，熱鬧繁華的黑金通、春日通，殖民風紅磚西式建築的官廳公共建築銀行、郵便局林立；稻住通、福住通，東洋風的旅館、酒館、祇園、花屋，夜晚酒客與酒女對唱，尋歡客無醉不歸，喝多了清酒又唱又跳，日本料理店更是櫛次比鄰。

一位來旅遊的日本作家對花蓮的印象，形容「站在街頭，就像日本的市街一樣，」使他「恍若走進內地的街頭一角。」

腳趾夾著日本木屐的中學生在街巷追逐嬉笑，穿和服的日本婦女，三三兩兩挽著籐籃，從郵便局旁邊的市場出來，作家描寫：木板式的平房市場「生鮮獸肉、海鮮魚類、蔬菜水果集中在合乎衛生的場所內經營」。

這些日本主婦有的買了「勝山堂」的羊羹，有的從日本人經營的商店買了剛下船的東京蛋糕，有的籐籃裝著京都著名的醬菜、「福神漬」、「澤醃」的梅乾、味噌、黃蘿蔔等。

一個穿紅木屐的妙齡少女一走出商店，忍不住剝了一粒森永牛奶糖，趁沒人看到她，迅速地丟入嘴裡，用手掩著嘴，一邊嚼一邊偷笑。

作家這麼寫道。他還提到市區有三家電影映畫館，其中設備摩登的筑紫座劇場，放映電影之外，還會上演和劇，自詡為「映畫和劇的殿堂」……

無絃琴子聽母親告訴過她，花蓮港廳的建築是熱鬧繁華的黑金通的路標，大門柱上懸掛了兩盞門燈，辦公廳玄關二樓呈塔型，上面有一根避雷針，花蓮港廳使橫山新藏，月姬的父親，無絃琴子的外祖父想到日本的大阪城。當年與橋同名的筑紫座劇場，一場大火將它燒毀殆盡後，觀眾轉往大洋館劇場看戲。幾年後日本推行皇民化運動對台灣加強同化，大洋館改演日本武士遊俠故事和現代劇，太平洋戰爭爆發，上演的台灣布袋戲木偶穿上和服，演些激勵民心的劇情。

無絃琴子穿行於摩托車與汽車爭道的鬧市，物換星移，黑金通已改名為中華路，舊地圖上的街名也遍尋不獲，大火焚毀後的筑紫座劇場的遺址蓋起了一棟三商百貨公司，另一家大洋映畫館變成花蓮最高級的美琪飯店。無絃琴子坐在飯店的咖啡館，遙想少女時代的月姬曾經在這裡看日本現代劇。

她是和誰一起來看戲的？

這個人後來成了她的生父？

撫著胸口，無絃琴子被這個想法給嚇住了。

如果不是爲了可憐的母親回來探望日本移民村弓橋下那三塊青石板，幫她完成未能親自成行的心願，無絃琴子是不會踏足花蓮的。幾天來她踩在出生的土地，卻沒有回家的感覺。她自覺與咖啡廳裡的男女，以及街上來往的行人毫無瓜葛，儘管當這些人一發現她是日本人時，爲了討好她，都會爭先恐後的用日語和她交談，像旅行社派來的導遊、飯店的侍者、料理店的老闆娘，一廂情願地以爲她與他們彼此之間說著同樣的語言，好藉此接近她。每當這些帶著腔調，或者發音奇怪的「日語」從無絃琴子的耳邊掃過時，她都像是被冒犯了，不自覺的抬起下顎，以一口純正的東京腔應答，好像是藉此可與他們劃清界線。

無絃琴子這口標準的東京腔是在學校花功夫學來的，她早有意識到自己不是完整的日本人，這種不純粹使她自覺殘缺，害怕同學瞧不起她，於是在說話腔調上學舌，好像學會一口標準的發音，就可以忘記自己是第二代的「灣生」，而且生父不詳。

爲什麼母親會出生在一個最後她必須被趕走的地方，連帶的讓女兒受累？無絃琴子心中埋怨，走出咖啡廳往海邊的方向走去，她要去看她們母女當年坐船離開的港口。

一到南濱，視野陡然開闊，藍色的晴空不禁使無絃琴子脫口而出：

啊，日本晴。

佇立海港岸邊，遠眺初秋東台灣依然猛厲的陽光下，一望無際閃閃發亮的太平洋，那座她在范姜義明的《台灣寫眞帖》看過的，通體雪白的奇萊鼻燈塔依然矗立。無紘琴子記得母親說過，花蓮港是在霧社事件發生時，爲了運輸討伐的軍備彈藥而趕工建造的。

少女時代的月姬，經常來到海邊，對著奇萊鼻白色燈塔想她滿腹的心事。她不曾告訴女兒自己在想什麼心事，倒是跟無紘琴子形容海港沒擴建之前，她不止一次在海邊看到的奇景：

從日本來的輪船進港了，嫁到台灣的新娘子站在甲板上，揮一條白色的蠶絲大手帕，岸上迎接妻子的新郎更是興奮，也拚命揮動手帕。一對新人水陸相隔，揮手帕表達度日如年的相思之情。

輪船漸漸駛近海岸，汽笛嗚嗚地響著。以爲終於可以手執手面對面盡訴衷情的一對新人，激動得眼眶濕潤，沒想到一個滔天大浪襲捲過來，把輪船飄回茫茫的大海中，甲板上的新娘迅速地往後倒退，白手帕投向海港天空，白蝴蝶似的消逝於海中。

岸上的新郎急得跳腳，失望的眼淚奪眶而出。大海總算善解人意，知道新人迫不及待的心切，大發慈悲成全。一個大浪濤又把輪船向岸邊簇擁過來，水陸相隔的新人重燃起希望，熱切地期待著，甲板上的新娘愈來愈近，幾乎立刻就可上岸，踏在堅實的土地上了。

「大海好像故意捉弄人，」月姬眏眏眼，不懷好意地笑著：「又打了一個大浪，輪船又被飄回大海，就這樣一整個下午，潮水忽進忽退……」

「最後呢？」

「哈，連妳也爲他們著急。最後還是上不了岸，船往高雄順流而下，白手帕揮啊揮，到後來看不見了……」

無絃琴子記得母親幸災樂禍的拍了一下手，笑得很開心。幸運靠岸的新娘，她說穿著木屐，爬上一長段崎嶇難行的海岸，發誓即使夫妻失和，離了婚，也不要搭船回日本。

她們母女也是從這裡離開花蓮的。母親曾經表示她希望繼續留在花蓮，無絃琴子不知道她指的是戰爭時，向護送僑民回國的日本政府提出這項要求，或者是日本戰敗後，才向接收台灣的國民政府反應，希望不被遣送回日本。月姬只是說政府原先答應，後來又改口，母女還是回到了母國。

這當中相差有好幾年，母親帶她坐大阪商船株式會社的貴州丸離開花蓮的那一年，她到底是幾歲？

她的父親又是誰？

一群年輕人騎著自行車，從她身邊呼嘯而去，他們沿著美麗的東海岸，趕到七星潭去欣賞清水斷崖的落日。目送風馳而去的背影，無絃琴子想到花蓮《台灣寫眞帖》裡神社吊橋上手牽自轉車留影的范姜義明。

8 後山走反

橫山月姬收藏的寫眞帖中，其中厚厚的、開本最大、裝幀最精美的那本，收輯了台灣風土民情的影像，一幀幀風景、人像寫眞，無論從取景的角度、光線的講究，一看就知道出自有訓練的攝影家之手。

這本《台灣寫眞帖》扉頁題贈橫山月姬，下款范姜義明應該就是寫眞帖的作者。第二頁是一個中等身材的年輕男子的獨照，手牽一輛嶄新的自行車，站在一座吊橋上，看起來神氣非凡，背景是花蓮港神社，可看到遠處雄偉的鳥居。

無紘琴子問母親那年輕人是她的什麼人？

「范姜義明樣，他是個攝影家，在花蓮市熱鬧的入海通開了一家寫眞館。」

月姬指著影中人牽的那輛自行車：

「范姜樣的自轉車——二〇年代才從日本進口到台灣，可稀罕呢！」

范姜義明在炫耀他的自轉車，難怪他神采飛揚。無紘琴子又一次追問到底他是誰？

還是中年的月姬執着女兒的手，怔怔望了她好一回，並不回答。

十幾歲的琴子困惑於自己不明的身世，懷疑身分證明上的「渡邊」並非他的親生生父，一廂情願的以爲范姜義明是母親在花蓮認識的日本人，和她有過一段不可告人的秘密私情。

「范姜」這個姓氏，使琴子以爲他是日本人。其實他本姓潘，從小過繼給複姓范姜的客家產婆爲養子後改了姓。

複姓范姜的平妹是新竹芎林的客家人，祖先過海移居台灣，胼手胝足開拓幾畝薄田。日本人接收台灣後，軍隊進入芎林，砲車轟隆而過，日軍手持長槍，到山上樹林裡的草寮、岩窟去搜查抗日的農人。她父親手持鐵鍬站在田畔護衛辛苦耕種的田地，被日軍用鐵絲捆綁，和抗日的村民串成一串，帶到林子裡。

日本兵讓他們面朝一個已經挖好的土坑跪成一排，兵官一聲令下，揮刀砍下，人頭紛紛落入坑中，士兵把依然跪著的身體踢入洞穴裡掩埋。

躲在甘蔗園裡的范姜平妹，親眼看到穿黑色軍裝、綁著白色綁腿的日本兵，點燃火把丟入池塘邊的茅屋，她的家，薄板釘的牆立刻著了火，火舌竄到茅草屋頂，熊熊烈火驚動了牛舍的水牛，放聲悲鳴，豬隻、雞鴨驚慌亂竄。

家毀了，母親帶著兩個弟弟投奔銅鑼娘家，爲了怕十七歲的平妹遭到日軍蹂躪，把她託付給一個到後山花蓮避難的遠親。母女分別時，母親把大火搶救出來的一條棉被塞到她腋下。

平妹跟著親戚走反。從宜蘭沿著崎嶇的山路跋涉，整整半個月才踏足後山花蓮。那個時候，後山是獵人頭的蕃人盤據之地，風土病肆虐，蓁莽蒼蒼的荒厲之地，清朝的封山禁令使漢人裹足不前，只有殺人犯罪、躲避債主走頭無路，或失意落魄的人才自我放逐到這窮山惡水之地。

遠親帶著她，到客家鄉親聚居的鳳林。這裡古稱「馬里勿」，是阿美族語上坡的意思。客家先民入墾時，見藤蔓纏繞巨木，如鳳凰展翅，群集於林，以鳳林名之。才住下沒兩天，平妹全身打擺不停，大熱天裹著母親給她的棉被，猶是冷得顫抖不已。一下子又有一股熱流湧上腦門，竄遍全身，熱得她恨不得剝光所有的衣服。

冷熱交戰中，一個牙齒全掉光的老太婆捧了一碗黑黑的草藥，用凹陷的嘴唇喃聲說是她阿公祖傳的土方：

「……把草搥搥，摻進狗仔毛，糊在手腕也能治好，囝仔不能過問幹啥用的，要不然會失效啦！」

平妹喝了幾次摻狗毛的草藥，瘧疾霍然而癒。老太婆說她到後山來換水土，大病不死，必定能夠住下來，又囑咐她水土病好了，絕對不可吃香蕉，吃了不會斷根。

平妹的遠親經過壽豐時，聞到日本財閥賀田金三郎經管的賀田組糖廠飄過一陣蔗糖的甜味，爲了餬口，遠親決定當蔗農，替日本人打工。平妹爲此對他很不諒解。

遠親毫無選擇的接受與日本蔗農之間同工不同酬的差別待遇，在熾熱的蔗田工作，有次口渴難受，隨手折了一截甘蔗吃，被日本監工抓到派出所當作小偷拷打拘禁了一個月。

失去依靠的平妹被好心的鄉親引介給一位年事已高的「先生媽」，她爲村子裡的婦人接生時，平妹當她助手。先生媽去世後，范姜平妹接續了這項營生。她決定終生不嫁，靠爲產婦接生自食其力，不管夜黑風高，只要門板響起拍門聲，她立刻抱起黑布巾的包袱，裡頭包著她接生所需的器具，抓過門邊一把油紙傘，匆匆出門。

走進門口貼有安產符的產房，不管天有多熱，陰暗密閉的產房，角落有一個燒木炭的火爐，不時灑上鹽巴燃燒，讓煙味除去穢氣，平妹常常被一屋子的騰騰煙霧薰得睜不開眼睛。

羊水破了，按照風俗，臨盆的產婦被扶下床，助手攙扶她的背，讓她腰部浮起，躺在鋪著蒲團草的地上，上面蓋一塊黑布，接生婆站在面前，伸手接取即將娩出的新生胎兒與胎盤。如果順利生產，她立即用紅色的絹絲綁住臍帶，並以剪刀剪斷，處理好胎盤。

這個矢誓不嫁的先生媽，經由她的手，把一個個新生命捧到人間。

萬一碰到難產，胎兒坦橫逆位，她會拚命在產婦的肚子上揉摩，企圖使胎兒打直。如果倒頭生，腳先出來，俗稱倒踏蓮花，或者臍帶繞著頸部，先生媽一邊催促這家人趕緊去請道士司公來作法，一邊手伸入子宮把胎盤拉出來。

往往一扯一拉，大小兩條命可能喪失在她手中。順利把孩子生下的，產婦因不懂得消毒，不注重衛生，感染產褥熱死亡的也不在少數。

總督府衛生署的官員認爲嬰兒死亡率偏高，關鍵出在接生時候缺乏衛生觀念和消毒的知識。民間婦女生產的禁忌、迷信不勝枚舉，爲了革除這些陋習，快速增加台灣人的出生率，好爲殖民政府增加勞動力，衛生署制定「台灣產婆規則」，在台北醫學校設立產婆講習班。

以本島婦女為對象的講習班，教授新式的接生技術，總督府提供獎學金補助，不僅學費全免，參加培訓還有津貼可領。開始招生後，卻無人報名。衛生署請的日本講師全以日語授課，本島婦女因言語不通而怯步，後來還是加拿大傳教士馬偕博士的女兒帶頭宣傳，聲明提供台語翻譯，才召集到十三個婦女。

范姜平妹看在有津貼可領的份上報了名，她的日語就是在受訓聽課時學的。講習班除了教授現代化的接生技術，還要上修身課，記誦「教育敕語」，面向象徵日本皇室的東方鞠躬行禮，結束為期三個月的課程，回花蓮時，平妹的行李多了一座時鐘。

講習班的教師嚴守準時上下課的觀念，每堂課由工友搖鈴報時分秒不差，稍稍遲到就遭到處罰，宿舍的作息規定更為嚴格，學員如須外出，得事先登記，掛上自己的名牌，如不在限定的時間內返回，遲歸者會被護士長嚴厲呵斥，並以長跪處罰。

缺乏時間觀念的平妹，受訓之前，只知按照節慶時辰、日落月升、雞鳴星斜過日子，一時之間適應不了切割得如此細緻的鐘點，受訓期間屢屢遲到犯規，在眾目睽睽之下受到處罰，使心氣高傲的她，又羞怯又慚愧，結業後，拿出津貼的一大半，買了一座時鐘帶回花蓮。

現在她每天早晨起床後，站在客廳對著供桌上的時鐘做半個小時的體操，延續受訓時的習慣，以此鍛鍊體質，她學習改造自己的生理時間，在滴答聲中過著守時、惜時的新生活。范姜平妹已決定今年不再像過去一樣，偷偷過傳統的舊曆年了，她已經接受日本人的規定，要開始過陽曆新年，明治維新後，日本廢除太陰曆，改定陽歷一月一日爲新年，強制殖民地效法。

然而，由於職業使然，身爲產婆，她必須隨時待命，生活無法刻板的按照鐘點來切割，像那些受僱於壽豐糖廠的工人，每天由水螺汽笛響聲機械地按時上下工，吃飯休息。產婦的羊水可說破就破，胎兒也拿不準什麼時刻瓜熟蒂落，降生到人間。

等不及五更雞報曉，也不管夜有多深，一聽拍門聲，范姜平妹還是得迷糊著眼，抓過門邊那把油紙傘匆匆出門。與從前不同的是，受訓回來後，她不再拎那個洗白了的黑布包袱了，現在她手肘挽的是只白色的小箱子，裡頭溫度計、消毒過的剪刀、白手套等接生用具井然有序地排列，她已經從傳統的先生媽變成了懂得現代衛生接生技術的產婆，與人說話時，夾雜著受訓時學到的日語。

傳說矢誓不嫁的她，暗戀著授課的一位日本醫生，回花蓮後，頭一回接生碰到一個臍帶繞頸、俗稱「掛數珠」的難產病例，用日文寫信向醫生討教。信寄出後，平妹每天盯著供桌上的時鐘，等待郵差送信到來，一天天過去，日本醫生音訊全無，最後平妹只好死了心，拿一塊黑布罩住那座時鐘。有人拍門請她去接生，當她把那個出生時辰由不得人爲操控的胎兒接到人間時，感到一種對分秒必爭守時的日本人報復的快感。

不過，她還是不得不感激日本人，現在她的收費比先前高兩倍。接生一次可買一錢的金子，等於一只金戒指。忙的時候，一個月可換二十五個金戒指，她用紅色的棉線把戒指串成一串，擺入一只黑漆描金鳳的皮盒，上了鎖，藏在床旁五斗櫃最隱祕的裡處，日子過得和以前一樣刻苦，每餐以鹹菜、豆腐乳打發。

過了二十五歲，范姜平妹梳起已婚客家婦女的髮型，放出有意領養一個男孩爲後嗣的風聲。話一傳出去，立刻有貧窮人家把兒子送上門來。她在四十幾個幾乎全由她接生的男孩中，精挑細選，像買牲口一樣看牙齒、摸骨架，最後選上潘家眉清目秀的男孩。

這家人本來有幾分薄田，種花生、蕃薯勉強度日，日本財閥賀田金三郎擴充樟腦產業，強制徵收潘家的薄田種植樟樹，失去田地的一家人生活陷於絕境，不得已把六歲的兒子過繼給她。

平妹給養子取名義明，報戶口跟她姓范姜，對養子的教育並不熱中，她看出日本人統治下，本島人能出人頭地成大事的可能性微乎其微，讓養子學習日語五十音，會書信的寫法，懂得珠算、記帳也就夠了。平妹不敢有非分之想，以爲養子可進入專爲日本子弟而設的小學校。

這座高人一等的小學，坐落在花崗山麓，風景優美，天晴時站在校園升旗台上可遠眺太平洋。小學校也收極少數的台灣子弟當點綴，學生必須來自中上階級，通過戶口調查，經過嚴格的筆試才准入學，一班五、六十個學生，本島子弟僅佔十分之一，五、六個人。

范姜義明讀的鳳林公學校在壽豐溪的另一頭，他每天走幾里路上學，打赤腳走路，把養母替他縫的包仔鞋提在手上，到學校洗過腳再穿上，免得打赤腳被日本老師取笑。

枯水期間，壽豐溪水位低，童心未泯的范姜義明，故意不走架在兩岸的鐵索吊橋，他赤足踩著河床的石頭溯溪而過。一遇天雨，布巾包好書本斜掛身上，披上麻袋當雨衣擋雨，麻袋浸透了雨水，背在身上愈走愈沉重。

雖然這樣，還是比颱風來時，山洪暴發，溪水暴漲，走在幾乎漫到橋面的吊橋過溪好受些，他害怕萬一腳下不小心，掉到水裡葬身魚腹。好容易掙扎到了學校，本田老師拿著藤條等著他，劈頭一陣毒打，罵他是個膽小無用的清國奴，老是上課遲到。

本田先生沒有學歷，經過檢定考取教師資格，書教得很馬虎，對學生動輒拳打腳踢，尤其視范姜義明爲眼中釘，據說是因爲本田先生到賣淫的阿珠家時，湊巧被他看到。

到了范姜義明上中學時，趕上第一任文官總督田健治郎上任，其時日本國勢如日中天，大正民主時期，爲了配合國際間對人權平等的呼籲，殖民政府改變治台政策，結束早期隔離政策，宣揚內台一體的理念，實行內地延長主義。

同化政策下標榜內台共學，其實只是虛有其名。日本人爲了阻止台灣子弟進一步受教育，不管考試成績如何，中等學校限定台人子弟入學的人數，如果名額不滿，也不會從本島人遞補，而是讓落第的日本學生入學。勤奮用功的本島學生常常得到第一名，照說畢業典禮應該由成績最好的學生致辭，日本人覺得這樣做太沒面子，限定官立學校的第一名非日本學生不可。

公學畢業後又上了兩年高等科，養母感受到台灣人的出路有所改變，鼓勵范姜義明學醫。

「最好賺第一醫生，第二賣冰。」

平妹把這句話掛在嘴上。她以花蓮第一位婦產科醫生黃贊雲爲例，向養子曉以大義。黃醫生是日本人推行日台共學制改名後，台北醫學專門學校第一屆畢業生。

台北進修三年後，黃醫生衣錦還鄉，在花蓮市最熱鬧的春日通開業，診所整潔明亮，接生設備先進齊全，雪白的牆上掛著診治難產的費用：

嬰兒巨大分娩障礙，產鉗手術十圓，斷體手術十五圓，迴轉術四圓，縫合術三圓，注射催生藥三圓……

沒想到開業半年，卻門可羅雀。保守的產婦不願掀開衣衫讓男醫生檢查，有些孕婦被觀念比較先進的丈夫送來看診，輪到叫自己的號碼時，寧死也不願上內診台，奪門而出。

產婦不願給他接生，無可奈何，黃醫生甚至兼任獸醫，替難產的牛、羊接生。

「不要說和賣冰的比，」范姜義明反駁養母：「黃醫生給牛羊接生，賺的錢還多不過你這產婆。」

養母看他不願學醫，對務農進農校也興趣缺缺，退而求其次，鼓勵他去台北考國語師範學校，不僅是公費，出來還保證當教師。

范姜義明的志向是到日本留學，進東京寫眞學校，養母聽說一組寫眞等於一斗米價，比花蓮港廳長的月給還多了兩圓，就被他說服了。

平妹從床邊五斗櫃深處那只密藏的黑漆描金鳳的皮盒，取出五串紅棉線串起的足金戒指，給養子換了一張到東京的船票。

行期確定了，范姜義明回到鳳林公學校，把校園好好走了一圈，在操場升旗台前坐了好一會，每天早上的朝會全體師生向明治天皇、皇后御眞影的奉安殿行最敬禮，彷如就在昨日。他好像看到一搖一擺趕來朝會的女同學，她裹了小腳，走起路來十分吃力，范姜帶頭模仿她，害得那女同學自動退學，不敢來學校了。回想起來，他對那個女同學感到十分歉疚。

臨走前一個晚上，養母關起門來，給他過了早年。平妹還是又回到過舊曆年的習慣，每年把蒸好的年糕藏在房梁上，以防日本警察突擊檢查。范姜義明帶走養母半夜用石磨磨好米蒸出來的年糕，到南濱登上吐著黑煙的宮崎丸汽船到基隆，換上越洋郵輪走內台航路蕩漾碧波抵達東京。

到了日本，他發現家鄉那些對台灣人頤指氣使，自覺高高在上的日本教師、警察，只不過屬於日本社會的中下階層，本國內的日本人反倒比較講理。

東京寫眞學校最後一年，范姜義明單戀校園旁邊一家小酒館的女侍，小小的酒館，由一個中年婦人伺候客人，年紀極輕的女侍幫忙招呼。每天下午范姜下了課，路過小酒館，總會看到小女侍跪坐在榻榻米上，擦拭几上的杯盤，她的每一個動作，都是那麼專心一意。

范姜在小酒館外徘徊，出神地望著小女侍古典而稚氣的側臉，很想爲她拍攝一幀人像藝術寫眞。榻榻米上的小女侍意識到屋外投向她的眼光，臉紅到脖子，害羞得不敢轉過頭來。

范姜的日本同學看出他的心思，勸他把自己說成是九州的福岡人，鼓起勇氣去追求小女侍。范姜以爲日本同學恥笑他日文不夠標準，有台灣口音，下決心苦練，拿了一把鏡子看自己的嘴型做五十音練習，等他練到滿意，那個小女侍已經不在酒館了，打聽之下說是回鄉下去了。

范姜義明的初戀還沒開始，就這樣結束了。

抱著破碎的心參加了畢業典禮，回到租來的小屋，榻榻米上躺著一封信，養母的筆跡，媒人拿著范姜義明寄回鳳林的獨照寫眞，爲他撮合了一門親事，對象是璞石閣曾姓大地主的千金。養母要他一拿到畢業文憑，馬上束裝回國，選了個好日即可成婚。

養母幫他訂親的人家，地主妻妾成群，擁有上百甲的田地，這一大片土地全是不費吹灰之力得來的，曾姓地主每嫁一房的女兒，便毫不吝惜以好幾甲的土地陪嫁，這樣大的手筆傳到范姜平妹耳裡，頗令她怦然心動。

曾姓地主平白獲得這大片土地的過程，至今猶令璞石閣附近一帶的農民頓足後悔不迭。日本領台後，總督府爲了落實土地政策，讓農民在自己的土地上拉草繩爲界，每塊田地結上姓名牌以便利於登記。不知從哪裡吹過來的謠言，一旦土地登記名下之後，就會被課以重稅，此後一輩子當日本人的農奴，即使子孫也不得翻身，而且登記過後，凶暴成性的日本人也會奪去農民的田地去耕種，這樣一來會落得雙重的損失，因此很多農民都不願在自己的土地拉草繩結牌。

人緣極壞的曾某，得罪了不少村民，大家對他恨得癢癢的，當公所的官吏通知要結繩測量登記時，與他不合的農民以爲報復的機會來了，天黑後，全家大小出動，將自己的田地，以及附近一帶山坡地拉上草繩，全都結上曾某的名牌陷害他。隔天曾某一看，上百甲土地都登記在他的名下，嚇得面無人色，向日本官吏辯稱這大片土地非其所有。官員看到草繩上的名牌歷歷在目，不理會他的強辯，強行登記了事。

曾某在一夕之間變成大地主，不但沒遭課稅，想陷害他的農民反而成爲他的佃農。

范姜平妹就是看上準媳婦的陪嫁而爲養子訂下這門親事。她對土地有一種深情的眷戀，抱著「有土斯有財」的信念，一輩子節衣縮食，捨不得吃捨不得穿，把她當產婆接生的報酬，從早先的金戒指到後來的一捲捲紙幣，一股腦投到房地產。

這個終生未嫁的客家女人，中年後髮髻上罩了一塊黑布，纏繞到頸子後，一身黑衣黑褲，跟著土地仲介跑遍後山向阿美族、泰雅族人買「蕃仔田」。

這兩族的先住民都認爲土地是生身立命的場所，並不屬於任何人，他們對自己耕種的田地界線沒有概念，只隨便在田地四周用石塊堆起當作地界。

移居後山的漢人漸漸增多了，他們與先住民爭地耕種，漢人偷偷把石塊往內搬移，使阿美族、泰雅族人的耕地愈變愈小，更有的謊稱先住民當作地界的石塊被風吹颳走，漢人於是順理成章地佔有了那塊公有地。

另一種騙取土地的方式是漢人在蕃地築屋而居，開起雜貨店，從西部進一些鹽、火柴、毛巾布匹等民生用品，供應部落的住民。山地人拿不出現金交易，雜貨店老闆慷慨地給他們賒帳，帳愈欠愈多，最後只好拿土地來抵債。鯉魚潭四周一大片土地就是這樣落入漢人手中。

山地人不用印章，出讓土地時，在代書面前張開大手掌，往印泥盒一沾，蓋在契約上，以大大的手印爲記。范姜平妹臥室床邊五斗櫃裡，有一個祕密的抽屜，裡頭鎖了一大疊地契，全都蓋著血紅的大手印，全屬於「蕃仔田」的契約。

范姜義明把養母文法錯誤百出的日文信揉成一團，不予理會。接連寄來幾封催促的信得不到回音，養母祭出一招，以斷絕養子的經濟援助爲要脅，說到做到，下個月立即停止匯款。

從銀行提出所有的存款，范姜義明又在東京晃蕩了三個月，積蓄用光了，不得已和養母談條件，他答應回花蓮和那大地主的千金相親，見面後如果滿意，也不急於成婚，他希望在花蓮街市開東部第一家寫眞館，等到事業有成再結婚不遲。

捏著單程船票，在一個淒風苦雨的午後搭上越洋輪船，滿心愴惶的范姜義明揮別了他心愛的東京，立在甲板上，他實在不情願回去養母那傳統陰暗又喪氣的家。東京幾年，他已無法在同一個屋簷下，每天面對養母那張苦緊、寡婦一般的長臉，餐餐靠鹹菜、豆腐乳過日子了。

面向台灣的方向，范姜義明心裡湧起一股悲壯之情，他心目中的情人，應該是有著薔薇一般的皮膚，雙頰常是燃燒著害羞的紅暈的女孩，而不是什麼大地主的千金。

走完東京到基隆的內台越洋航線，范姜義明換上吐著黑煙的宮崎丸抵達花蓮南濱，由於海岸崎嶇不平，五百噸的輪船無法停泊靠岸，只能在大海中拋錨，旅客再換上舢舨上岸。

范姜義明登上舢舨時，望著洶湧起伏的浪濤，負氣的想到，如果縱身投入大海，海浪會把他帶離花蓮，這個他不再有鄉愁的所在吧！還沒上岸，他已經開始懷念東京赤坂的料亭、銀座的咖啡廳和酒館、歌舞伎院、上野公園的櫻花了，他尤其想念帶著學生到茶室上課的藤井教授。

正在想著，小船搖晃，一個大浪迎面撲了過來，把他的西裝淋得濕淋淋。折騰了半天，風浪太大，舢舨還是靠不了岸，最後還是綽夫跳入浪濤裡，合力拉著繩纜，才把舢舨拉到沙灘。

回家還沒喘上一口氣，養母就催促他主動和銅門的保正打交道，她看準那一帶的土地日後勢必升值。養母再是精明強悍，畢竟是女人，對仰仗日本人的威權向自己同胞狐假虎威的保正懼怕三分，她要養子抬出日本留學的身分與保正周旋。

養母告訴范姜義明，鳳林街上理髮店的老闆，利用保正拉線，憑手藝籠絡日本警察，免費替「金線仔」的高等警官剃頭刮鬍鬚，還請他們到花蓮街仔路的「朝鮮亭」喝酒，找朝鮮婆溫柔伺候，燒酒喝多了，日本人毛巾綁在頭上，伸手探足跳起舞來，把地板踏得碰碰響。

「金線仔喝醉了，答應剃頭師到十六股的蕃仔田釘椿圍圈，」范姜平妹說著，雙手一拍：「釘到圍到的土地都歸了剃頭師！」

養子懷疑天下有這種便宜的事。

范姜平妹說：

「怎麼沒有，早年帶我到花蓮的阿叔，用一只懷錶，加上一口時鐘換了一甲的蕃仔田。古早時，花蓮一大片土地才值多少錢，你知道嗎？」

范姜平妹給養子講起古來：

嘉慶年間，兩個漢人，一個姓李，一個姓莊，從噶瑪蘭越過山嶺，用布匹向奇萊五蕃社的通事換土地，花蓮一大片地，北起荳蘭，南到覓里荖溪之地，才用區區五千二百五十個銀元換來的。

范姜義明反駁他的養母：

「算了吧！你以為日本人的胃口才這麼一點點大，給他剃頭，讓朝鮮婆陪酒，一頓飯之恩，大片土地就歸他所有？」

經過打聽，才知道理髮店老闆圈圍到的蕃仔田，是塊沼澤地，人踏進去腳也拔不起來，牛趕進沼田，等於活埋。

范姜平妹打消讓養子和銅門的保正打交道，跟日本警察牽線的念頭，自己裹著黑頭巾找仲介，以最低的代價換取她要的土地。五斗櫃抽屜祕藏的血紅大手印的地契愈積愈厚。

一直到她臥病在床，每天依然睜大眼睛，守住床旁的五斗櫃，夜晚都不敢闔眼。范姜平妹害怕她的養子半夜進屋敲開抽屜，偷走她用一生心血換來的一疊厚厚的地契。再怎麼說，他不是從她肚子出來的血親。

一生當中，除了早年剛到花蓮，傳染了後山的風土病，躺了幾天，靠偏方治好，范姜平妹簡直百病不侵，一直以來連傷風感冒都不太有過，更不要說臥病不起了。

然而，就在養子搭輪船從東京回來不久後，她卻突然病倒了，先是全身倦怠無力，骨頭關節一碰一動就疼痛異常，梳頭時篦子觸到頭皮，痛得差點暈死過去，篦子沾了一大綹頭髮，隨手往頭上一抹，又扯下一大綹，轉眼之間成了半個禿子。鳳林的老中醫給她把脈，開了藥方，囑咐她每天喝馬尿，強調一定要喝沒交配的牡馬早上灑下的第一泡尿，平妹遵從指示，頭髮還是一綹一絡的掉，唇邊卻長出濃黑的髫鬚。

病情急轉直下，她感到頭重腳輕，走路歪歪斜斜的，視線常駐著一群小黑點，影像重疊好幾層，看仔細了，好像是一團團不成形的肉塊，范姜平妹心中叫苦，她以為是那些團頭團腦、沒長成人形的嬰靈在作怪，恨她接生技術太差，不甘心胎死腹中，一群群向產婆討命來了。

緊接著，肚皮、大腿長出了一塊塊紫色的斑疹，和嬰兒的手一般大小，嬰靈找她算帳，欺負她擰得她身上五癆七傷的，到後來吃什麼吐什麼，喝下的馬尿儘往外吐，范姜平妹說是來報仇的小鬼齊了心要餓死她，掐住她的喉嚨連水也不讓她下嚥。

停喝了馬尿，平妹整個樣貌迅速起了變化，年紀不到半百的她，沒幾天工夫衰老得像百歲老人，枯槁的形容，養子范姜義明看了，嚇得差點奪門而出。

病了的范姜平妹不得不暫時按下養子與曾姓地主千金的婚事。她倒是遵守諾言，拿出部分積蓄，讓養子在花蓮濱海的入船通開了一家寫眞館，范姜義明為它取了個頗富禪意的名字：「二我」，把日本帶回來的三台手動式單眼照相機擺在櫥櫃裡，以昂貴的租金租給人家照相。

一安頓就緒，范姜義明以鳳林與花蓮街市距離遙遠，往返勞頓不便為理由，在寫眞館暗房旁的儲藏室鋪了兩塊榻榻米，夜晚下榻當床鋪，只偶爾回去問候輾轉病床的養母。

寫眞館前面一條清水溝，水質清澈見底，岸邊楊柳低垂，開張後范姜義明注意到一位穿長衫的老者，每天拄著枴杖在岸邊徘徊，忍不住上前搭訕，老者捋著長鬚，對著溪裡漂浮的落花，隨口吟了句詩：

傍花隨柳過前川

攀談之下，才聽說他祖上是前清的秀才，入海通這一帶的土地原屬於他家的產業，日本人強行拆散他家族三進三落水的傳統祖屋，這一帶的地貌完全改變了。老者搖搖頭頗有興廢之感，又吟詠了杜甫的兩句詩：

王侯第宅皆新主

文武衣冠異昔時

老者意識到從小念日本書的范姜義明不懂中文，還向他要了紙筆，寫下這兩句詩，才拄著拐杖離去。

佇立街心，范姜義明看到迎面而來的兩個穿和服的日本婦女，挽着菜籃，他們剛從市場回來，走到十字路口，用日語互道再見，再三彎腰鞠躬，望着商店日文招牌林立下的這兩個和服女子，刹那間，范姜義明以爲來到東京郊外的某個市鎮。

才幾年不見，花蓮附近一帶的地貌整個翻新變了樣，變得范姜義明都認不得了。好幾處他去國之前的地標，好像自古以來就一直屹立不移的那些石柱古蹟，已經不知去向，他童年記憶中的，去國之初經常在夢中出現的地點，也早已遍尋不獲。

范姜義明發現鳳林近郊的幾個村子，本來的村名被抹掉了，換上日本內地的地名，像大和、瑞穗、舞鶴、壽豐、初鹿等，他以爲是利用這些地名來撫慰移居花蓮的日本人的鄉愁。不止是村名改了，他注意到兩旁所種的路樹、花草也都是前所未見的新品種，瑞穗山坡還種了一排排的日本紅櫻。

築港町佔地十五萬坪的高爾夫球場更是前所未有。前兩年上任的港廳廳長召集有錢有勢的日本商人，以及地方士紳分資建成的，一望無際的草地有如鋪在大地的綠絨毯席，當中一座金字塔形的涼亭格外觸目

高爾夫是貴族的玩意，球場入會費雖然昂貴，打球的裝備行頭，球桿、有鞋釘綁帶子的皮製球鞋、手套價格更是令人咋舌。范姜義明聽說有志這時髦運動、把它當做身分象徵的士紳們，聚集在黑金通一家高級料亭，打通房間，從日本請來的教練在榻榻米上示範揮球的姿勢。

9 荒廢的日本宿舍

那次花蓮之行，無絃琴子沒有放棄尋訪母親月姬生息過的立霧山，她專程上太魯閣踏尋哆比冬駐在所的遺址。

動身前往的這一天，無絃琴子竟然有一股近鄉情怯的感覺。計程車在峽谷斷崖上慢行，湍急的立霧溪對岸，奇峰相連綿延不斷，七千萬年前造山運動的結果，陽光照射聳然屹立的山崖峭壁，陰影盤繞谷壑之間，無絃琴子手上的導覽書如此記載：

昭和三年，《日日新報》選出太魯閣為台灣八景之一，田村林博士的評語：雄大、莊嚴、豪放、神祕等形容詞，對太魯閣峽谷而言，卻太空虛了。

太魯閣的山色之美是日本所無法看到的。

車子在峭壁間的洞穴鑽進鑽出，轉了一個險彎，對岸山腹間一條盤旋而上的橫貫山路，在初秋的陽光下清晰可見。這條取名為能高越嶺的古路，是台灣第五任總督佐久間左馬太，當年為了征服盤據內山的太魯閣族，不惜耗費龐大鉅資，動員大批人力，把垂直豎立的大峭壁從中切割，開鑿出的一條警備道路。

在奇險的高山峻嶺開路，工程之艱鉅，死傷之慘重可想而知，聽說長達八公里的天長隧道，因意外傷亡頻出，鬧鬼之事層出不窮。

這條於今廢棄不用的越嶺古路，當年曾爲殉職者立了紀念碑，供奉不動明王雕像，溪畔還設有茶室，冬天櫻花盛開，附近還有飛雁瀑布、屏風岩等名勝。

越嶺古道有一座全部用檜木建造的日本宿舍，月姬告訴無紘琴子那是爲掛帥親征太魯閣蕃人的佐久間總督而建的。據說雖然坐落高山頂峰，設備卻很完善，爲了防衛強悍的太魯閣族人的侵襲，宿舍四周用石棉水泥薄板圍成，裡面的檜木建材散發好聞的香氣。

事隔半個多世紀，這座散發香味的檜木宿舍於今何在？

迎面一座孤山昂揚聳立，灰黑色的鳥群只在山腰間盤旋，似乎飛不上太高的孤山峰頂，眞的是千山鳥飛絕，那裡是哈鹿克台，曾經率領族人與日本統治者纏鬥長達十八年之久的太魯閣族頭目，哈鹿克．那威的根據地。

無紘琴子在長春橋附近下車，導覽書上寫道：「當年太魯閣特殊的景致就從懸架著的仙寰橋揭幕，寬幅僅僅三尺的鐵線吊橋，風吹過來，或人走在上面，搖搖晃晃有著完全浮在空中的感覺。此時如果有一陣風從不見底的溪谷吹起白霧，橋上的人會有著羽化登仙之感。」

抵達天祥的飯店時，已是起霧的黃昏，一縷縷黃色的雲霧繚繞飯店前的山門，四面包圍著無絃琴子的群山，當中有一座特別突出三角形的絕頂，鑲著一圈日暮的晚雲，顯得神祕而莊嚴，那是太魯閣族東賽德克人遷徙史上的聖山，山中的牡丹石被認是族人發祥之地。

傳說山石旁有株高聳入天的大樹，樹根的木神精靈化爲男女二神，生下子孫，這就是太魯閣族東賽德克人的由來。聖山一直被族人視爲神聖的禁區，如果有膽敢不守禁忌、逾越涉入禁地者，皆有進無回。

入夜後，無絃琴子披衣外出散步，踩著星光下霧氣騰騰的山間小路，她感到渾身輕盈，幾乎要飄浮起來似的。

這一晚，無絃琴子不用安眠藥，一睡到天亮。清晨醒來，發現飯店的房間設計得匠心別具，臥室與浴室之間，只用一道透明的玻璃阻隔，躺在浴缸裡，不僅床鋪、檯燈盡在眼中，連落地窗外的樹林也一覽無遺，使房客感覺到與戶外的大自然連成一氣。

走出房間到飯店外，一抬頭，太魯閣族人崇奉的聖山就在眼前，仰望著聖山，無絃琴子心裡感到多時以來未曾有過的沉靜。

清晨空氣的水分有如薄薄的絲絹，包圍著山野，她深深的吸氣，鼻子聞到沾著露水的青草散發的氣味，一片樹葉飄落到她肩膀上，無絃琴子拿著它，感受到山上秋天的氣息。

好久以來她第一次那麼貼近自然天地，被群山圍繞，與風雲草木爲伍。以後幾天，她領略山上晨昏光影特有的色彩變化，發現不少在日本山上未曾見過的樹木，它們矗立青空之下，看起來格外沉著莊嚴。

捧著那張日治時期立霧山太魯閣山的舊地圖，無絃琴子找尋面臨立霧溪，建於大斷崖盡頭，位居山峽中要衝的哆比冬駐在所。

她的母親月姬形容矗立山巔駐在所旁邊的日本宿舍，抬頭可望見三面山勢的全貌，不時有雲霧從她面前一縷縷飄過，仿如只要她一伸手，就可抓一把在手似的。

走下房舍前的陡坡，來到懸盪在兩個懸崖之間的吊橋，天晴時，斷崖峽谷的線條有如鬼斧神工刻畫，壯觀神奇無比，令人讚嘆大自然的偉大。黃昏起霧，從溪谷底冉冉上升的雲霧，令她舉手投足之間，有若騰雲駕霧。

雨天過後，山後一條千丈白練飛瀑奔騰而下，瀑布聲吵得擾人清夢。

月姬口中的哆比冬駐在所在哪裡？

無絃琴子在台灣退役官兵開闢出來的橫貫公路上彳亍，也不知走了多久，轉了一個陡彎，看到左邊岔路斜坡上，一面隨風飄揚的青天白日滿地紅的國旗，那裡是山地的天祥警察局，穿制服的警員值班，不時注視著外邊觀察動靜。

警察局使無絃琴子想到她看過的一張日治時期博覽會的舊海報，它原屬於她的外祖父橫山新藏所有。海報把警察塑造成救苦濟世的觀音像，上面橫寫「南無警察大菩薩」幾個大字，中間戴黑帽穿制服的警察右手執刀，左手拿一串念珠，坐在蓮花座上，另外幾隻手分別掌管思想取締、逮捕犯人、惡疫預防等工作。

日治時期的警察法力無邊，舉凡治安、戶口、交通、納稅、衛生，無所不管。

值得玩味的是，在她的外祖母綾子的心目中，對她升到警界中最高職位、統領一方的丈夫卻絲毫沒有妻以夫貴的榮譽感。望著頭戴鑲有金邊、象徵位階的帽子，腰間垂掛長刀，手捻八字鬍，搖擺走路的橫山新藏，綾子感到陌生，怎麼也不像她當初下嫁的，名古屋綢緞店那個穿著短衣，腳踏木屐，向前來選購衣料的貴婦哈腰鞠躬，滿臉笑容的夥計。

躲過警察局警員監視的目光，無絃琴子朝著旁邊一條小徑走了上去，來到盡頭，視野豁然開朗，發覺自己站在山丘頂上，前面群山重疊，悠然見山，她不禁深深吸了一口大氣，正想找個石塊坐下來，欣賞午後簇擁的雲起，讓自己融入天地之間。

側轉過身，一個不可思議的景象抓住了無絃琴子的視線，荒煙蔓草之中，竟然矗立一棟已然荒廢的日本式宿舍建築，深褐色的門板剝落殘破，經過風雨侵蝕，銘刻一道道歲月的痕跡，傾圮半倒的屋頂，殘賸幾塊日本黑瓦，無絃琴子認出一塊圖案特殊的瓦當，俗稱「鬼頭瓦」，據說作用是保護屋宅不受邪靈侵襲。幾天前她參觀豐田日本移民村，曾經是醫療所的醫生的家，入門玄關上也看過圖案相同的瓦當。

一片廢墟中，依然可看出宿舍屬於日本書院造建築，屋子的格局與大自然融爲一體，人在屋裡，可聽到蟲鳴鳥叫，如果將四面的紙門拿掉，屋子便只賸下木柱與屋頂。

當年她的外祖母綾子害怕太魯閣蕃人侵犯，住在駐在所薄牆紙門的宿舍，她缺乏安全感，總覺得自己暴露在屋外，毫無遮掩。恐懼令她神經衰弱，被丈夫送回日本靜養。

傾圮的屋舍前面，雜草叢生的庭院，已然看不出經營過的痕跡，倒是兩座殘存的石燈籠，使無絃琴子想到當年爲了使妻子適應她眼中窮山惡水的異鄉，橫山新藏曾經命人整地，在宿舍前的粗糲礫石上整治出一座有假山曲水的日本庭園，讓部落的石匠依照圖樣，雕刻了兩座石燈籠，安置在養錦鯉的心形魚池旁邊。

那座不知藏在立霧山中何處，仿造日本水戶市的著名花園所堆砌的假山，如今也只賸廢土殘垣吧！橫山夫婦本來還預備在庭園西邊角落，那棵挺直的扁柏樹下，蓋一間小小的帶著鄉野情趣的茶室，因爲布農族的蕃亂而沒能蓋成。

人去樹存。無弦琴子感嘆世事滄桑。

荒廢的房舍，從屋子走下庭園的腳踏石還在，無絃琴子坐了下來，放眼四望，觸目盡是白花花的五節芒。山上的秋天來得很早，漫山遍野的芒花，隨風海浪一樣翻騰。無絃琴子抱著手臂，思忖她的外祖母綾子幾年的山居生活是怎麼捱過的？她會不會因爲太過絕望不快樂而失神，把自己投身到山坡一望無際的五節芒叢中，茫茫然毫無目的地前行，但願自己掩沒在芒花中，連同她的哀傷、寂寞一起消亡？

綾子敢這麼放縱自己嗎？她是那種一切行動、舉手探足都必須按照規範行事的舊式日本女子。無絃琴子以爲她即使實在受不了了，偶然一次失去控制，做出讓自己吃驚的舉動，她也一定會立刻恢復常態，等丈夫回家後，趴伏在榻榻米上，爲自己的失態再三道歉，乞求原諒吧！

無絃琴子拔起腳旁一枝五節芒白花，拿在手中把玩，學過小源流花道的綾子極可能會告訴自己，秋天是賞芒花的季節，她是為了選擇花材，找尋一枝最飽滿、姿態最美的芒花，配上枯藤卵石，插上一盆風味別具、野趣十足的花道來取悅丈夫，而入芒花叢中的。

綾子被丈夫送回日本養病。改建後的雞籠新式碼頭煥然一新，橫山新藏在設備舒適的客輪與妻子話別，安慰她放心養病，他很快會帶女兒回日本探望她，神戶和雞籠之間的交通近年來便利了許多，每星期有三班航次往返。

綾子站在甲板上與丈夫揮別，她在旅人抛下的彩色紙條裡尋找漸遠漸去的丈夫的身影。笛聲響起，橫山綾子在笛響餘韻中就此離開了台灣。

回到日本後，雖然身邊少了丈夫女兒，橫山綾子氣色好了許多。

由弟弟代寫的家書，夾著一幀寫眞，神清氣朗的站在家中院子黐樹籬笆旁，背景是遠遠的富士山頂，她信中讚嘆：

「永遠看不厭富士山主峰下那優美的裙襬似下垂的弧度。」

綾子很高興重回四季分明的家鄉，感受季節的變化，按照花樹榮枯的時序過日子。

「多麼幸福啊！春天櫻花，夏季一片翠綠，石楠花多麼美麗；滿山紅楓的秋天之後，初雪飄落，冬天到了。哪裡像在台灣山上，一年到頭常綠的山景，令我感到多麼疲倦！」

綾子在家書裡傾訴對丈夫女兒的想念，盼望家人早日團聚。她深深自責沒有盡到做母親的責任，母女天涯分隔，無時無刻不令她懸心。當初丈夫以她回日本養病為理由，不讓她帶月姬回去，綾子說如果不是把女兒寄養在吉野移民村山本一郎家，接受正規的日本教育，她是無論如何也不會獨自一個人回日本的。她不敢想像月姬在不受制約規範下成長。

綾子對吉野移民村日本學校的德化教育還算放心，雖然比不上內地的學校，她相信女兒會學到做人必須的德義的教訓與性格的陶冶，養成從順、誠實、勤勞、守本分的美德。

最讓綾子耿耿於懷的是女兒身處疾病叢生的殖民地。「還好是住在日本村，有著比較完善的醫藥設備，請千萬注意衛生，身體健康是孝行的開始。」

寄來的家書，總不忘記訓誡女兒要注意言行舉止，不准有孟浪無禮的行爲。每一個動作、言語都必須高雅守禮，坐著的時候，雙手平放膝上，身體不可移動，如一定得挪動，則應先合攏衣襟，微轉過膝蓋，隨時保持貞淑端莊的儀態。

綾子一再提醒女兒珍惜身爲日本人，在天皇統治下的台灣，必須時時考慮到自己的身分，表現出好日本人的精神涵養。

東京大地震後，綾子對震災發生的可歌可泣的事蹟不能盡書，特別舉出年紀和女兒一樣大的玉江的故事，她勇敢地帶著三個妹妹逃到寺院，避難逃過浩劫，玉江應付災難的冷靜沉著的態度，太值得女兒效法學習。

談到女兒即將來到的未來，做母親的表示如果月姬非留在台灣不可，那麼她認爲最適合女兒從事的工作，是在學校教日語當女教師，給殖民地的學生培養日本精神。日語，這情深無比的母親，是日本人的精神血液，把它溶化到本島人身上，統一他們體內的精神血液，使他們成爲日本人，月姬應該視此爲己任。她很欣賞男老師在慶典時，穿著文官大禮服，戴上有金邊的帽子，腰間佩戴長刀，氣派威嚴。

女教師穿的白衫素裙看起來也很端莊文雅，不過，女兒如果眞的擔任教職，學校的畢業典禮或慶典時，她建議還是穿日本和服，它不僅比洋裝看起來正式莊重，在殖民地的台灣尤其意義深重。

綾子託人帶來四隻金箋摺扇，扇面分別彩繪四季不同的風景，囑咐月姬隨著季節更換，在宿舍玄關處打開展示，綾子明知按照日本的四季景物所繪在扇子，在立霧山上完全不合時宜派不上用場，她每封家書都當一回事地叮嚀著。

綾子回日本養病後，她的丈夫和女兒相依爲命繼續住了下來，她按照季節的變化寄來親手爲女兒縫製的不同顏色、質料的衣服；春天嫩綠淡紫的上衣，夏天藍色的紗羅衣，十二月讓女兒穿紅梅的和服。

無絃琴子從綾子收集的那一本家族寫眞帖中，看到一幀少女的月姬，倚在一株盛開的桃花樹下，應該就是取景於他們宿舍前的日本庭園。寫眞裡的月姬，雙手交疊，臉上帶著矜持的微笑，符合綾子要求的端姿正容，想來它是爲寄給綾子而特地拍的，從嘴角上牽的微笑，無絃琴子似乎讀到月姬的頑皮促狹。

那一回她被警察父親送回名古屋探望養病的綾子，月姬接觸到當時流行的唯美派文學，沉迷於谷崎潤一郎耽於感覺、官能享受、好色審美情趣的小說，感到母親的生活過於規矩無趣，月姬幻想著早日跳脫倫理道德規範，將心靈放在自由廣大的天地，對官能歡樂充滿了好奇與響往，她自覺站在青春的門檻，一心想陶醉於搖蕩的情緒，追求自我滿足，豐富生命的內容。

在小說中她讀到古代日本人認爲性愛之神的時間帶是夜晚，男女的愛與性都發生在漆黑的夜裡，男子到女家求歡，夜訪早歸，只限一夜，女子對男子的面目尚未辨清就必須分別。最後一句使月姬羞臊到連脖頸都紅透了，又爲這對稍聚即分離的情侶心中哀感。

荒廢的庭園乾涸的水池畔，斜立著一株花樹開著紅艷的花朵，無絃琴子心中想著寫眞裡月姬倚立的桃花樹，不禁從踏腳石站起身，走近那株盛開的花樹，茶花樹下一塊半陷泥土中的石碑，是一座墳墓，墓地已經塌陷，若非仔細留心，很容易錯過那塊不起眼的小小墓碑。無絃琴子伸手拂去上面攀爬的野藤，試著辨識墓碑上的字跡，可惜受到風雨侵蝕，已經漫漶不清。

她舉起相機，對那墳墓拍了一張。

塌陷的墳墓使她想起母親月姬同父異母早夭的弟弟。

「雖然有一半蕃人血統，弟弟很有優越感，凶暴的對待同族的小孩，把他們當馬騎，籐條的馬鞭抽下去，打出一條條血痕，實在是過分呢！」月姬微喟：「是這樣才活不大吧！」

太魯閣族的女人是站著生產的，無絃琴子聽她母親說過，臨盆時，通常由她的丈夫緊緊抱住產婦的腰部，並幫助她用雙手使力向下腹部推揉，使嬰兒呱呱墜地。

妻子回日本後，橫山新藏響應第一位文官總督田健治郎漸進的內地延長主義，實行內台一體的同化政策，將日本國內所制定的法律，擴大到殖民地實施。

同化政策的條例之一是開放日台人通婚，日本人娶山地蕃女也在政策之內。橫山新藏娶了太魯閣族赫斯社頭目的女兒。他聲稱此舉與他個人無關，完全服從政府的決策，他個人的價值完全取決於是否能使日本母國獲益。

「把日本人優越的血液注入未開化的野蠻人是我應盡的義務。」他說。

其實橫山新藏早已與那頭目的女兒有染。大清早他掩上蕃女家的竹籬笆離開時，被早起的族人不止一次撞上。

「唉，那不太傷綾子的心了，萬一被她知道了。」

這是無絃琴子當時的反應。

「父親說他這樣是爲了有利統治。」

橫山月姬形容那蕃女穿日本木屐走路，差點滑倒的滑稽模樣。後來雖說結了婚，她父親並不讓蕃女住在駐在所的宿舍，還是每天大清早打開沾著露水的竹籬笆離去，所不同的是以前未曾出現的蕃女，現在穿著白點花紋筒袖和服，雙手放在膝上，深深彎下腰，向他鞠躬道別。

「雖然看見她的時候光線很足夠，可是不知爲什麼，沒法子分辨她的容貌。」

月姬告訴女兒。

外祖父會不會害怕他和蕃女的私情如果被妻子察覺了，會使她大受刺激，才讓綾子回日本的？

無絃琴子的追問，得不到回答。

當時不少警察把家眷留在日本，隻身到山地娶頭目或長老的女兒爲妻，也沒有和原配離婚。月姬又護短的說，她父親其實很受蕃民愛戴，她說起自己一次經歷：

那時她已成長爲少女了，有次從吉野移民村回山上駐在所，下了車，幾個蕃民蹲在路邊嚼檳榔閒聊，看到她，其中一個猛然站起來，朝著她嘰哩咕嚕說了一大串話。

「我當時全身僵硬，胸口怦怦跳，以爲要攻擊我了，正想拔腳快跑，後來聽出那蕃人口口聲聲念著我父親的名字，他的同伴也點頭，原來是講父親的好話。」

月姬回憶身爲巡查部長的父親，出巡時，車上插著小旗，威風凜凜，社裡的蕃人看車子駛過，分立兩旁，頭低低的。有一次，她父親撿了一個走失的孩子，親自帶他回家，看到孩子的母親，隨手打了她一耳光，訓斥她不把孩子看顧好。

站在荒煙蔓草中這塊小小的墓碑前，無絃琴子突然閃過一個念頭，也許她的外祖母綾子根本不想離開，她的丈夫爲了有充分的自由，硬把她送回日本，甚至連綾子神經衰弱也只是爲了擺脫她的一面之詞？

撫著胸，她給這樣的想法嚇住了。

橫山綾子的家書一再提到，夫妻分隔兩地，她擔心愈來愈不懂得丈夫了。其實從他毅然決定離開他做了六年夥計的綢緞店，到台灣來當警察，綾子就不認識他了。

綾子提到她輾轉獲悉一件對她而言十分重要的大事，丈夫以前的東主，綢緞店的老闆認定自己親生兒子缺乏經營家業的能力，提拔沒有血緣關係的外人來繼承，那掌櫃比丈夫還晚了好幾年進店當夥計。

如果丈夫留守崗位，綾子信上寫道：監護幼主的非丈夫莫屬。言下不勝惋惜。

其實橫山新藏如妻子所願，坐上擺有紙墨硯的辦公桌，只不過他不是綢緞店的掌櫃，桌上沒有算盤帳簿，他來到這遙遠的山上，扭轉了既有的身分，建立了作夢也不敢夢想的權威，挺著胸，雙手按住桌角，向屬下發號施令，矮小的他，聲音卻中氣十足。

爲了彌補沒有在台灣山上把茶室蓋好的缺憾，綾子已經在家中後院那株銀杏樹下，準備用竹子茅草蓋一間小小的茶室，一等丈夫帶著女兒回家時，便可以藉茶道飲茶靜心。

回日本時，綾子信中說：客輪抵達神戶，她因爲太思念剛分別的丈夫，重又回到瀨戶，七年前夫妻一起光顧的那家瓷器店還在，她在感傷之中買了一對一紅一黑仿樂窯的夫妻筒形茶碗，又購置茶道所需的用具，竹節的湯杓和茶匙，以及一隻圓竹刷用來攪拌茶末。

她天天盼望著丈夫早日回家，到時茶室蓋好了，籬樹籬笆綻出紅色嫩芽，開滿了花的春天，她生起炭火，掛上茶鍋，揭開鍋蓋沏茶，夫妻相對地品茗，欣賞壁龕水盤插著的菖蒲。

橫山綾子形容沒有丈夫、女兒在身邊的生活是寂寞的，「一種燦然的寂寞，之所以燦然，因爲可以欣賞不同季節的花在陽光下變化的顏色。」

翻遍月姬前半生的寫眞帖，無絃琴子找不到月姬當女教師參加畢業典禮的合影，她沒有實現母親對她的期望。然而，月姬的確當過老師，只不過不能算是正式的。總督府推動的理蕃教育中，最先著手的是蕃童教育，由駐在所的警察負責在部落開班教授日語，廢止蕃人的母語，把日本語當作標準語。

橫山月姬幫助駐在所的警員，召集赫斯社的小孩，阿依唔耶喔學日語，發音正確就賞一粒糖果當獎品。她也教大一點的山地女兒排成一排，舒手探足跳日本舞蹈、唱童謠。月姬很受孩子們的愛戴。

田健治郎總督上任後，鼓勵蕃童下山到漢人的公學校讀書受教育，學費全免之外，還免費發給他們衣衫、褲子、鞋子，以及紙筆文具。父母怕送孩子下山會給漢人綁架，都不肯放行，經過月姬一再遊說，家長才肯讓孩子跟她下山讀書。

這裡才是母親眞正的家。無絃琴子想。

無絃琴子坐在林間岩石上，對著巒峰疊翠突出的絕頂，鑲著一圈白雲，在秋陽下顯得神祕的太魯閣族人的聖山，冥思這塊土地與她自己以及她母親橫山月姬的關連，拼湊母親月姬時空斷裂、支離破碎的過去。她知道很難整理出一個完整的輪廓。

早在母親神智還清楚的年紀，她會向無絃琴子敘述從前在花蓮的往事，每次拾掇早歲的那段日子時，月姬臉上現出動人的深情，完全沉醉在過去。

過了一段時間，她卻把深情回憶過的情事一件件予以否認，搖搖頭說這些事從來沒發生過。

同一個事件，也像無絃琴子的生辰年月，反覆說來，會產生好幾種不同的版本。

憑著已經聽過的記憶，無絃琴子提醒母親前言不對後言，得到的反應卻是她一臉的茫然，甚至還責備女兒不知所云，憑空捏造。

憑空捏造的是母親。

無絃琴子可以輕易的找出一個例子反駁：

月姬說她讀完吉野移民村小學，又讀了兩年高等科，接著上花蓮港高等女學校，她是第一屆畢業生，花蓮市政府也曾經以早期花女的校友身分邀請她回去。然而，按照時間推算，她說她在花女求學的時間，其實正好跟隨著佐藤夫人學習洋裁。

月姬對她的花女學校生涯卻又歷歷如數，學校建在花崗山上，距離花蓮神社不遠，神社階梯兩旁矗立一對雄糾糾的銅馬，無絃琴子的確看過母親站在銅馬下的寫眞，她穿的卻不是高女的制服。

母親口中的第一屆花女校長，思想進步，在學校推行歐洲語文訓練。當年女性主義意識已經萌芽的無絃琴子，對半個世紀前這個開明校長，感到十分好奇。

「學生讀外文，是爲了結婚以後，替丈夫清理藏書，才能把書本放在正確的位置。」

無弦琴子聽了，啼笑皆非。

事實上，月姬與花蓮高女的淵源只有一次，跟隨佐藤夫人到創校不久的學校給學習裁縫的女學生示範洋裝的剪裁，月姬在一旁當助手，有寫眞爲證。無絃琴子不忍拆穿這個破綻。

月姬敘述她的「同學」眞子與太魯閣族獵人哈鹿克·巴彥的戀情，則是始終如一。活在回憶裡的母親實在太寂寞了，她甚至要拿別人的愛情故事來和女兒分享，起初無絃琴子是這麼想的。

「很特別的戀愛，」屋子裡只有母女兩人，月姬卻把身子往前傾，俯在女兒耳邊，像害怕被別人聽到似的，低聲說：

「她愛上了一個蕃人。」

第一次邂逅，蕃人還是個少年，因牙疼捧著臉頰，站在一株樟樹下，時間是春天，枝葉繁茂如傘蓋的樟樹，開著很香的花，日本女學生穿著紅漆足屐朝著樟樹走來，以爲她是去招呼頭目的兒子，頭盔上插著雉羽、赤著腳的頭目兒子，把日本人送的武士刀要得刷刷響，吸引日本少女的注意。

她卻走向強忍住牙痛，連眉頭都不皺一下的哈鹿克，好聲好氣的說要帶他去看牙醫，口氣好像他是她的弟弟。

「其實他——蕃人少年比她大了整整六歲。」

來不及拒絕，哈鹿克·巴彥發現他已經跟在她後頭，往山坡上那個古怪的日本牙醫的家走去。

赫斯社偏遠的山坡上，獨身住著日本牙醫，家中擺滿了書本和奇怪的儀器，櫥櫃陳列著一排牙齒模型。

月姬告訴女兒，日本人到台灣來之前，有一個加拿大醫生馬偕替人拔牙解除痛苦，一開始沒有鉗子，他用硬木削尖，把那顆長有蟲的爛牙拔出，被拔牙的喜極而泣，紛紛受洗皈依上帝。馬偕醫生藉拔牙來宣傳福音。

立霧溪山上這位日本牙醫，替族人拔牙藉機研究吃山豬肉、咬檳榔的太魯閣族人的牙齒特徵，對他們鑿齒的風俗特別感興趣。

「什麼是鑿齒？」月姬自問自答：「蕃人把上顎左右兩側各一顆的門齒拔掉，開口說話的時候，從空隙可以看到舌頭，他們認爲這樣很好看！」

日本牙醫的拔牙工具是一把鐵鉗。

赤足捧著臉頰，站在樟樹下的蕃人少年。樟樹，月姬說是她最喜歡的樹木，每次讀到原歌見的《古今六帖》，以樟樹多枝，比喻人的重重懷念，月姬常常不禁潸然淚下。

無絃琴子眼前浮起多年前晚歸的那天，母親坐在黑暗裡，膝上攤開的寫眞帖，沒被撕掉的那一幀，一個十來歲少年的獨影，穿著和服，膚色黝黑，眼睛凹陷。

他是誰？

無絃琴子問她母親，得不到答覆。

以後母親回憶她的女同學愛上一個蕃人的故事，無絃琴子馬上想到寫眞上的少年。

「那個蕃人住在山上，你的女同學怎麼帶他去拔牙？」

「喔，怎麼不會，她——我的女同學也住在山上呀！」

「住在山上，怎麼讀花蓮高女？」

「啊，那是後來的事。蕃人也跟著她下山。」

「所以你的同學最先也住在山上囉？她父親也當警察？和外祖父一樣，是嗎？」

「是吧。」月姬不置可否。

彷彿害怕女兒逼問，月姬把話題岔開，向女兒解釋什麼叫「灣生」。

「灣生，在台灣出生的日本人的俗稱——」

「我們母女倆都是。」

「可是你很小就離開，我不一樣，其實台灣就是我的故鄉，可是很奇怪，心裡又想否定它，出生在殖民地，好像就比較卑下委屈，好像如果我的故鄉是日本，就不會感到自卑……」

月姬承認她對日本有一種奇妙、無法解釋的鄉愁。因爲出生在台灣，所以變得漂泊無依。

「灣生」這個詞彙帶著微微的憐憫和輕蔑。

「您的女同學眞子也是灣生？偏偏她又愛上被瞧不起的蕃人，是吧？」

無絃琴子很詫異母親對這句話的反應，竟然是滿臉通紅，羞愧地把頭垂得低低的。

「我相信他是個好人，只可惜是個蕃人。」

竟然像是爲了安慰母親而說。

10月見花

天曚曚亮，哈鹿克．巴彥腰間插上單刃鋒利的獵刀，背上準備多時的弓箭、捕捉獵物的套頸、套腳器等獵器，掩上茅屋的門離家。經過屋前那株苦楝樹時，駐足回望了一眼。小時候，每次父親上山打獵，他就不跟玩伴到山前去捕捉幼鳥，把草叢中抓到的蚱蜢撕成兩半取樂，哈鹿克不敢走遠，每天蹲在苦楝樹下，等候父親打獵歸來。他知道父親會帶給他獵獸的膀胱，等曬乾了，吹氣灌風，把它當成球來踢著玩。

苦楝樹開著紫色的花，使哈鹿克想起他去世的母親，她活著的時候，總是不忘訓示兒子和苦楝一樣，雖然在貧瘠的石礫中生長，苦楝樹的每一部分卻都有用處，葉子可煮湯，也可拿來搓洗身體，防止皮膚凍裂、治療皮膚病，樹枝可用來做板凳……

哈鹿克嘆了一口氣。

這是一次寂寞的狩獵。按照部落的傳統，獵人出發行獵的前一晚，都要舉行狩獵祭，由巫師擔任祭司獻上祭禮吟唱禱詞，祈請尊敬的祖靈向嚴守禁忌的獵人恩賜好運，在獵場上手到擒來滿載而歸。

巫師以這樣的禱詞作爲開場白：

「我以虔誠的心意，恭奉於面前的，是獵者們奉送的祭禮，一隻活的帶著獠牙的雄豬，祈求賜他寬鬆的手氣……」

哈鹿克很慶幸自己還記得巫師的禱詞。日本人漠視太魯閣族人的傳統祭典儀式，把他們的神靈、護佑的保護神與日本神社的神明混淆在一起，命令每戶家裡設立神龕，參加神社的祭拜。

哈鹿克心中忐忑，此次帶日本人上山打獵，之前並沒有舉行狩獵祭，也沒有向祖靈獵神獻上祭儀。出發前他連續三個晚上作了惡夢，夢見蟒蛇、烏鴉和黑貓等不吉祥的兆示，昨天晚上還夢到家裡失火，所有身家葬身火海。他很相信夢卜的靈驗，神靈託夢給他，以示此行將遭遇凶厄，縱然勉強上山，輕則空手而返，重則惹禍上身。

這次出獵他只是充當嚮導，帶領咚比冬駐在所的三個警察上山打獵，出發的日期、行獵的日數、同行人數、帶幾隻獵犬、行獵的區域等等，完全由日本人決定，他毫無置啄的餘地。

既然無法改變行期，哈鹿克極欲知道此行將遭遇何種凶險，以便對付。從前出發打獵前，族中壯士都會向尊敬的巫師雅哇斯．古牡討教，請他用竹籤占卜探測此次狩獵的吉凶成敗。黥面的雅哇斯．古牡有一雙可看穿人心的銳利眼睛，他會在一處極隱祕安靜的地方，面對著獵人和獵器，兩個手掌推摩約八吋長的小竹棒，巫師稱它爲「達然」，口裡喃喃有聲，虔敬地吟著咒語，祈請神靈降臨。

巫師每吟一段咒語，就指向獵人和他的獵器，請問卜示吉凶，一問一答之間，「達然」自動在巫師的手掌黏住，神靈顯靈，藉靈媒之口解答獵人吉凶善惡的問詢。

可惜最受族人尊敬的雅哇斯．古牡巫師，在日本人討伐太魯閣族的戰役中失蹤了，至今下落未明。哈鹿克問詢無門，只好心中默念，請求神靈庇佑：

「……敬請於日出日落之際賜福，巨角野鹿或帶有大獠牙的野豬等獵物隨時現身，隨興而能捕獲之……」

本來駐在所的頭頭橫山新藏告訴他，春暖花開是上山打獵的好時機，同時還可欣賞大地春回綻放的各種野花，也可觀鳥，他知道高山上藍腹鷴一類美麗的鳥禽，在春天會出現。

哈鹿克拒絕聽命。每年三月到五月，是長鬃山羊、水鹿、山羌、山豬、鼯鼠等各種動物的繁殖生育，滋養乳育幼獸的盛期，族人禁止春天打獵，認爲吃了乳幼的動物將遭天譴。夏天颱風頻繁，山上風雲驟變，雨霪成災淹沒了獵徑，即使強行進山狩獵，捕獲的獵物也無法迅速搬運下山，造成腐屍遍野，炎炎夏日也是毒蛇毒蜂猖獗的季節，因此也被視爲禁獵時節。

農閒的秋天才適合打獵。

橫山新藏拗不過他，只好耐心等到秋高氣爽的九月。

平常哈鹿克把日本人的命令當耳邊風，習慣抄近路走族人踩踏出來的小徑，一想到即將與日本警察會合，他決定按照規定走大路，這條寬闊到可以開吉普車的平坦道路，是日本統治者爲了方便控制山民，聯接部落與部落之間互通而開闢的。

哈鹿克朝著哆比冬駐在所的方向走去。

他對這次能夠與荷槍的日本人上山打獵期待已久，族人的獵槍被第五任佐久間總督視爲逞凶的武器強行沒收殆盡後，太魯閣族人就像螃蟹被削去雙螯一樣，無以生存。

哈鹿克深深的嘆了一口氣。本來想戴上他勇悍出名的獵人祖父傳給他的那頂男帽，由幾十隻他所獵野豬的野豬牙綴飾，帽子邊緣還繫了一條紅帶子。爲了不願在日本人面前過分招搖，只好打消念頭，在夾織敞衣套上一個刺繡的胸兜，腰間籐匣裡是那把鋒利的獵刀。

男兒腰繫一把刀，即可走遍山林獵場。哈鹿克準備用這把刀開路斬草，解剝獵獲的野獸。

山寨一樣的哆比冬駐在所在望。哈鹿克的腳步緩慢了下來。

駐在所方圓一百哩的土地，原本屬於他家族三個獵區中的一個，族人在這兩千公尺混合樹林的高山獵捕低海拔的小型獵物，諸如專愛啃食針葉林樹芽的殺手，樹棲的白面與黑面鼯鼠，牠們的肉味特別清香可口，胃腸和內臟煮湯，有降火治療腸胃不暢之效。夜裡才出現的果子狸，因雙眼上方有塊白點，又被稱爲白鼻心，是山居族人最喜愛的饗食，冬天湯食去寒進補。晝伏夜出的野兔、竹雞，也是獵捕的對象。

哈鹿克的家族嚴格遵守部落的規範，三個獵區每年只能進去其中一個捕獵，三年一次輪流使用，使區內的動物得以繁殖生長，如此獵場才能永續利用。

保護獵區是族中成員的共同責任，打獵不僅是靠山吃山維持生計，也維持群體的向心力，防止敵對族群的入侵，在獵場四周以石頭堆砌或堆蘆葦圈圍，作爲地界標誌，外人除非被允許，否則不得擅入。

太魯閣戰役後，日本警察強行佔領他祖先相傳下來的獵場，在山頭建造駐在所以及家屬的宿舍，山坡下四周挖了好幾丈深的塹壕，圍起的鐵絲網通上電流，防止蕃人越雷池一步。

戰役結束後，花蓮港廳從倖存的蕃民中選了五十名，到台北晉見日本閑院宮戴仁親王，在總督府官邸側面東南角空地表演歌舞，親王坐在階梯上的高背椅觀看。

表演後的合影，最後一排有個人低垂著頭，避開鏡頭不讓人看到他的臉，在官方存檔的寫眞輯中，這個低垂的人頭被打了個圓圈當作問題人物。他就是哈鹿克的父親。

始終沒能從戰爭中恢復過來的他，眼見視同國土的獵場被異族侵佔，觸犯了部落的律法制度，爲祖靈所不容，他既憤怒又悲慟，關在茅屋裡借酒澆愁，把哈鹿克的祖母用吃膩的小米所釀的酒喝個淨光，又強迫她把爲節慶祭典所儲存的酒也拿出來。

喝光祭祀用的小米酒，哈鹿克的父親非但沒有爛醉如泥，神智反而被酒精裡的精靈給喚醒了。他搖搖沉重的頭顱，整個人清醒了過來。

祖先傳給他的獵場，他大可以來去自如。沒有人，即使是在鐵絲網通上電流的日本人，也不可以阻止他進入自己的獵區。當天夜裡，他無聲無息地潛行至咚比冬駐在所的山寨下，在已然面目全非的獵區徘徊，憑著他瞭如指掌的地形，哈鹿克的父親從凹缺口電流接觸不到的小洞，矮身閃入，回到獵區。撥開比他的人還高出許多的蘆葦，他到記憶中的那顆大樹，抓到夜間棲息於樹上的環頸雉。

哈鹿克記得當父親把那隻綠頭白色領圈、長尾金黃色羽毛的大鳥，放在茅屋泥地上，家徒四壁的茅屋充滿了顏色，驟然燦爛了起來。那隻環頸雉是他童年的第一個玩伴。

此後，沒有月亮的晚上，父親潛入獵區，像從前一樣設下鐵鋏陷阱獵捕灰褐色毛的野兔，用套頸器捕捉體型圓胖、發出咕嚕咕嚕聲的深山竹雞。日本統治者沒收了獵人的槍枝，無以維生的父親靠著這些小型獵物，給一家人找到了活路。

多年後，撥開蘆葦在暗夜潛行的換成哈鹿克，他循著父親發現的那個凹洞，避開通電流的鐵絲網，潛入他家族的獵區。哈鹿克並非爲家中餐桌上的野味而與鷲鷹、石虎以及野狗爭相獵捕灰褐色毛的野兔。

哈鹿克躲在草叢中，眼睛癡癡地望著山寨上的日本宿舍，昏黃的燈光透過紙門，屋子裡他的莉慕依（Rimui，族語「懷念」的意思），他總是這樣他喚她，浴於一片溫暖的燈光下，他要陪伴她，一直等到燈熄了，他才依依不捨的離去。

歸途中，哈鹿克看到草叢一朵朵黃色的小花，他的莉慕依告訴過他，夜深沉時，月光下靜靜綻開的黃色小花叫做月見花。月亮一下去，它就枯萎了。

月見花，日本人來了以後才在草叢出現的花。

哈鹿克帶頭，引領三個出獵的日本警察循著獵徑登山。山路崎嶇難行，咬人貓與長著倒鉤刺的莖葉牽牽絆絆，一行人悶悶地走著。

鉛一樣陰沉的天，灰濛濛的天光從濃密的樹叢間滲漏，暗淡的光影灑落一地，走在這一片扁柏、台灣杉混生的森林，讓人有著黃昏的感覺。

出發時，日本人因見不到秋日的陽光，可以高呼：「啊，日本晴！」而失望得情緒低落。

哈鹿克腳下輕快安靜地走著，他從小跟著族中獵人上山狩獵，幫忙把脫過毛、內臟處理過的水鹿、山羌等獵物背在身後，默默地跟在後頭走，往往一連大半天都不開一次口。打獵必須安靜，喧嘩會把獵物嚇走，山是祖靈的居所，是神聖不可侵犯的聖地，精靈無所不在。哈鹿克從小被訓練敬畏大自然，如果在深山溪谷玩水打鬧，會被大人責備，更不敢肆意嚷叫嬉戲，連小便都要蹲下來。

同行中的照日三郎警員，資歷最淺，仗著他年紀最輕，而且剛來不久，說錯話可以被原諒，一路上喋喋不休，大言不慚地宣稱此行的終極目標是生擒台灣最大的猛獸——重達兩百公斤的黑熊，當戰利品帶回駐在所圈養在鐵籠裡。

走在他前頭，身材矮小、職位最高的巡查橫山新藏，並沒出言管束他輕躁癡慢的手下。照日三郎頗以他的中學畢業文憑驕人而感到優越，他自覺高人一等，經常有意無意地向沒有學歷的上司做沉默的示威，雖然到他家作客時，謙虛的坐在榻榻米的邊緣，橫山新藏還是意識到他的傲慢。

「熊怕人類，台灣熊特別怕日本人。」

照日三郎得意洋洋的挺起胸膛，展現他的勇猛。

憑經驗哈鹿克告訴他，黑熊體積太大，不容易被擊斃，如果被人類激怒，牠的殺傷反擊能力是極凶猛而可怕的，太魯閣族的獵人並不把黑熊列入獵捕的對象，在深山與黑熊不期而遇，最好各走各的路。

說著，邁開大步走上險峻的急坡，三個荷槍的日本警察不甘示弱蹭蹬著想跟上他，卻被遠遠的抛在後頭，照日三郎頻頻停下腳步擦汗，橫山新藏舉起胸前的望遠鏡，停下來仰望高聳入雲的台灣杉，假裝在欣賞風景。

走過柳杉林之後是楓樹林，一個早上攀登下來，踩著厚厚的腐葉，警察們披荊斬棘，褲腳管被多刺的籐莖割破，露出在袖子外的手臂傷痕累累。

一行人來到立霧溪的上游，兩隻獵犬爭先恐後的橫渡急流，警察們也拖泥帶水淌溪而過，坐在枝幹如傘蓋、一株巨大的樟樹下休息。照日三郎特意離哈鹿克遠遠的，他皺皺鼻子，以不小的聲音跟同行的警員報怨，他受不了蕃人身上的體味。兩隻獵犬齜牙咧嘴，繞著獨坐溪岸的哈鹿克轉悠，吸嗅著他。

這就叫做物以類聚、同類相吸吧！照日三郎希望哈鹿克的耳朵鼻子和獵犬一樣靈光，聞嗅出水鹿、野豬等獵物的位置，聽得到牠們的呼吸聲。

溪岸邊一株變了顏色的楓樹，紅艷的葉子看在哈鹿克的眼裡，像流血一樣，把溪水都染紅了。

哈鹿克指著溪流，回過頭有點不懷好意的告訴樟樹下的日本警察：

「族人把這條溪叫做洗頭溪。」

日本人不解地望著他。

從前哈鹿克．那威——說著，鷹隼的眼睛直視橫山新藏，他是三個警察中唯一追隨佐久間總督出征太魯閣族的，他一定知道這位勇悍的總頭目——他率領部落的壯丁出草獵人頭，歸途中順便把獵到的人頭放在溪中洗去血跡，溪名才被叫做洗頭溪。

血把溪水給染紅了。

六隻眼睛一齊盯住哈鹿克背後籐編的網袋，日本人互望了一眼，心懷鬼胎，懷疑那隻網袋也曾經裝過人頭。照日三郎裝出作嘔的樣子，捏住喉嚨，另一個警察不自覺的伸手握住獵槍，橫山新藏吹了口哨，喚來兩隻白胸毛凶猛的獵犬守在身邊。

循著獵徑愈往上爬，一行人踩踏匍匐地面的各種蕨類植物，穿走雲杉、卷柏、筆筒樹等茂密的闊葉林，遠處飛瀑流泉在嗚咽，獼猴的吼叫聲清晰可聞，牠們穿梭密林叢中盪來盪去，好似企圖嚇阻這幾個不受歡迎的闖入者。

攀爬上峭岩斷壍，視野陡然開闊，這是奇萊群峰與立霧山之間一片廣大的山嶺，常見水鹿、長鬃山羊、山羌、野豬、鼯鼠出沒崖斷層間。

昭日三郎卸下背了半天的獵槍，舉起來向空寂的山嶺衝刺，尋找飛鼠射擊，開心地嚷道：

哈，獵人的樂園！他急於一展身手。

高山氣候瞬息萬變，層巖疊嶂的群峰，濃霧藉著風勢，像棉絮一樣，一片片飄落下來。哈鹿克吸進潮濕的空氣，透過光禿禿的九芎林，觀察灰濛濛的像是黃昏的天色，雲霧凝聚的水氣滴落在他的臉上，開始飄起雨來了。日本警察趕緊彎下身避免懷中的獵槍被淋濕，跟著哈鹿克跑到懸崖邊一塊飛岩下躲雨。

擦乾頭臉的雨水，他們發現飛岩的天然屏障下，佇立著一間低矮的木屋。

這裡是哈鹿克族人的獵寮。門上懸掛野豬膽，表示獵寮爲勇士之屋。他推開兩片杉樹皮，因山上潮濕而腫脹，關閤不上的門，裡面一片狼藉，支柱東倒西歪，樹皮的牆斷裂崩塌，一地的腐葉、動物的排洩，每樣東西都蒙上白色的霉。

日本人強迫沒收他們的獵槍後，獵人不再上山打獵，任獵寮荒廢如斯。

放下身上背的獵器，哈鹿克冒雨到懸崖邊大樹撿拾沒被淋濕的乾樹枝、枯葉生起火來，他要使獵寮的精靈溫暖。

橫山新藏看了一眼腕上的手錶，說：

「既然下雨了，就在這裡紮營吧！」

命令兩個挑夫清理狼藉的獵寮，取出鉛製便當盒，三個警察背對著哈鹿克，圍坐一圈吃起便當。

憑著靈敏的嗅覺，哈鹿克聞到豬肉的味道。行獵最忌諱自己帶肉食上山，打獵是向山林的精靈索取獸肉，如果自己帶了去，山神會覺得無須供應獸肉，此行將無功而返。

哈鹿克嘆了口氣。趁著雨勢減弱，外出採了一籐籃的高山蕨類，以及不知名的幾種野菜，用芭蕉葉盛了因下雨而水量豐沛的溪水，拿三塊長方形石頭豎立成三個角當灶，架上陶鍋煮小米粥。

裊裊上升的蒸氣，使哈鹿克想起族人爭相傳誦的，天地間無所不在的精靈，吸食煮出來的飯菜蒸氣，就足夠他們吃飽。

和日本人同在一個屋頂下吃飯，這不是第一次。望著熊熊柴火，哈鹿克懷念日本的登山健將宮本研二，他當過他的嚮導攀登能高山，這日本人很羨慕山地人的健壯體魄，嚴冬高山上，也光著上身不畏風寒。他學太魯閣族東德魯固的語言，那是哈鹿克．巴彥的母語，爬山時，不帶日本人的吃食，和山民一樣吃地瓜、喝小米粥，配上一根鹽漬的蘿蔔，你一口我一口幾個人輪流咬著吃，也敢喝生的鹿血。

黃昏時，族人哀愁的歌聲在山間迴盪，宮本先生聽了，總是肅然而坐，面色淒然。

還有另一位是堀井先生。他是住在哈鹿克的赫斯社的語言人類學家，專門來研究他們的族語。堀井先生讓黥面的頭目唱念只有在祭祀時才唱誦的族史，接下來把幾個和哈鹿克同年齡的男孩排成一排，輪流要他們張開嘴巴發出單音節的族語，堀井先生誇張的側著耳朵，用心傾聽孩子們的發音，最後用手勢要帶走哈鹿克，母親怕兒子被綁架，抱住他不放，經過黥面的頭目解釋，才知道日本人選中他當研究對象，到山坡上那棟小木屋同住。

堀井先生的家堆滿了書和紙張，架子上擺著魚骨化石、猴子以及其他野獸的頭骨，木屋釘上木板，哈鹿克洗了腳走上去，涼涼的，貼著白色米紙的窗門輕輕一拉，一整扇門就拉到另一邊，這裡和他吊著背籃、米椿的家很不一樣。哈鹿克有自己的房間，睡的不是家裡用木材做外框，蘆荻細竹編床面的木床，而是鋪在木板上一層厚厚的草蓆，堀井先生說叫做榻榻米。

母親來看他，每次都帶來竹筒飯，那是族裡節慶或招待貴賓才有的食物，把米盛入竹筒，利用天然竹膜包裹蒸熟，讓竹子的清香慢慢泛出，特別可口。竹筒飯以外，還有母親用吃臏的小米釀的酒，堀井先生非常欣賞她釀的小米酒。

每天他讓哈鹿克對著桌上一隻鐵箱子發音，說他的族語，一個單字一個單字重複不斷的念，既單調又乏味，從早到晚把嗓子都喊啞了。一旁的堀井先生在一本筆記本上不斷的寫寫畫畫。

哈鹿克害怕鐵箱子藏著惡靈，轉動的輪子會把他的聲音吸光了，很快自己就會變成啞巴。三個月不到，他趁半夜堀井先生熟睡時偷偷逃走。

爲了跑得快，他把日本人給的夾腳木屐脫下，抱在懷裡，赤著腳跑。一邊跑一邊想到日本人來了以後，他的族人——多半是女人，穿著下襬窄窄的和服，夾腳木屐在山地上扭扭捏捏地走著，一不小心，差點滑倒的模樣，他禁不住笑了。

堀井先生跟哈鹿克說：

你們不留辮子，是我們的同類。

他不喜歡山居的族人下山，要黥面的頭目答應他規定族人下山每個月不能超過一次，這樣做是爲了保護山民的純眞，免受漢人污染。堀井先生把山下的漢人形容爲貪婪、僞善不義，他還認爲族人用獸皮、珍貴的藥材、肉桂換取漢人的衣布、火柴和鹽巴，被平地人佔盡了便宜。

深山氣候變幻無常，棉絮似一縷縷的雲霧飄過山壁，雨停了，日本人走出獵寮，雨後的萬山峻岳移到他們面前，壯觀之至，橫山新藏不由得脫下頭上的氈帽，懷著敬意仰望山岳，兩個警員也讚嘆天皇威儀，統領如此巍峨的山脈群峰，三個人面向東方排成一排，遙拜日本皇居，背誦天皇敕語，唱起君之代國歌：

> 天皇之朝，千代八千代，直到小石變巨岩，岩上生滿綠苔蘚，
> 心中唯願，日本萬世一系的天皇世家，昌盛繁榮直到永遠。

照日三郎把手上日之丸國旗插在岩壁隙縫間，信誓旦旦地說要效法登山前輩勇士，日後逐峰踏越登臨絕頂的那一刻，插在峰頂削木上的紀念文字，他已擬好了腹稿。

哈鹿克坐在斷崖的礁岩上，隔著立霧溪極目望去，北岸連綿的山峰頂巔，一處岩塊堆成的碉堡，形狀像桶一樣，族語「科羅」，即是桶的意思。與日本人纏鬥了十八年的哈鹿克．那威，率領背弓擎矛的戰士在樹叢中神出鬼沒，與日軍做游擊戰。最後一役，敵人如潮水般擁來，對太魯閣族進行滅族式的屠殺，威力強大的砲彈轟垮部落夷平山居，以寡敵眾，武器遠遠不如日軍精良

的哈鹿克・那威，爲了保住殘餘的戰鬥力和族人的生命，退守科羅戰場，憑著天險據守這最後的堡壘。

族人敬仰這位總頭目不屈的志節，在科羅堡壘累石紀念他。

第五任的佐久間總督對太魯閣族發動致命的討伐之前，曾經不止一次派遣探險隊假裝善意造訪，夜宿於哈鹿克・那威的家，長老們得知日本人爲窺探地形而來，十分憤怒。入夜後，升火聚集族人飲酒歌唱，情緒極爲憤恨，族人極欲動手斬殺探險隊員洩怒。

然而，哈鹿克・那威想爭取時間做戰爭的準備，不願立即開啓戰端，反對族人輕舉妄動。爲了防範族人夜襲日本探險隊員，乃與敵人同榻而眠，第二天晚上命令副頭目仿效他，結果探險隊有驚無險的全身而退。

哈鹿克・巴彥的名字就是取自這勇悍的總頭目。按照族中的習慣，一般規定承襲父親的名字，爲了崇敬這位驍勇智慧兼具的戰士，他以其名爲名。

礁岩上的哈鹿克，側臉的線條剛毅有如刀刻，舉起望遠鏡眺望群山的橫山新藏，假裝越過哈鹿克的肩膀，望向前面的遠山。他其實是以望遠鏡作掩護，正在觀察這個耳洞垂掛貝綴、散髮披肩、腰帶蕃刀的太魯閣族青年。

他是一個謎。橫山新藏不知道要如何看待他。

他沉默得像矗立眼前的高山，如此靜止，好像內在的一切都完全停頓。他就坐在旁邊，橫山新藏卻感覺到這太魯閣族人遠在天邊，對他腦子裡所思所想一無所知。除非他願意暴露他自己，否則橫山新藏永遠不會懂得他。

表面上他很溫馴順服，有點躲閃，凹陷的眼睛閃著機警的警覺，橫山新藏知道他不信任日本人。不過，他必須和礁岩上的哈鹿克進行內在的對話，讓他的內在思維流露擴展，橫山新藏急於識破他，他女兒月姬一生的幸福繫在這太魯閣青年身上。

然而，他的靜止不動是如此徹底，彷彿他不再存在。

橫山新藏但願他不存在。

他十七歲的女兒月姬，乘坐大阪商船株式會社的貴州丸，上星期又回到花蓮，重又借住吉野日本移民村山本一郎的家。橫山新藏命令女兒回日本照顧神經衰弱的母親，給她買的是單程船票，以爲母女相依，月姬就會長留下來。

沒想到回去才兩個月不到，又自作主張的回來了。給父親的信中一再道歉，自責沒有盡到應盡的孝道，回日本看到母親情緒比預期中穩定，做女兒的放心了。

「……應該是家鄉的親人、氣候風物對母親有益，幫助她復元……母親告訴女兒，她不適應台灣的生活，一天也沒喜歡過，可是我不一樣，台灣是我出生之地，也可以說是宿命吧……母親很同情我爲了聽從父親的命令，與花蓮佐藤夫人學習的進階洋裁學了一半，就因回日本被迫中途停止，爲了學一技之長，我希望回佐藤夫人處，繼續中斷的課程。

母親聽了很是欣慰，她同意我重回花蓮的決定。但願女兒可以完成她未竟的夢想，成爲一個優秀的洋裁師傅……」

女兒月姬是爲了礁岩上的太魯閣族青年而回來的。橫山新藏痛苦的放下望遠鏡。爲了拆散兩人，他沒少費工夫，一發現月姬遺傳了她母親對布料的深情，他鼓勵女兒下山到花蓮學洋裁，讓她借住山本一郎家以便於看管，移民村門戶森嚴，自成一個日本人的小王國，外人難以入內。

他以爲可以放心了。沒想到哈鹿克．巴彥尾隨月姬下山，被發現在她借住的家附近尋伺，移民村的日本農民，慶祝稻子長出初穗，月姬偕哈鹿克夾雜在人群中跳舞，橫山新藏懷疑傳言的可信度，他倒相信兩人在月光下相偕到七星潭沙灘撿石頭嬉耍。

月姬回山上駐在所，半夜溜出駐在所宿舍，不止一次和哈鹿克跑到深水溫泉袒裎相對泡溫泉，傳到橫山新藏耳裡，他買了單程船票命令月姬回日本。

女兒又回來了。

如果橫山新藏知道月姬回日本之前，那一次到台北書店選購洋裁圖錄，說是有較多選擇，其實只是藉口，她又是汽車又是火車沿著驚險萬分的蘇花公路，一路折騰到台北，爲的是拜訪一位日本水彩畫家山口於俊而去，做父親的準會大吃一驚。如果他獲悉女兒造訪這位著名畫家的目的，他將錯愕得不知如何反應，自己養的女兒，原來從來沒認識過。

畫家留學英國的，爲了效忠明治天皇自願從軍，到台灣總督府當翻譯官，曾經受佐久間總督之命，被軍隊用轎子把他從埔里抬上次高山，在山上放置畫桌，四周由軍官組成的荷槍兵隊保護之下，以水彩畫筆記錄蕃界隘勇線的實景。

除了兵隊警衛，還有十數個隘勇手持槍彈，隱藏在草叢裡，不時朝著搖曳的樹林示威式地開槍，在那樣嚴峻的氣氛下，畫家竟然能夠投入自然山川渾然忘我，有了永生難忘的經歷。他讚嘆台灣山上是全日本中色彩最鮮艷多變化的地方。

愛上山地美麗風情的畫家，也很欣賞山地人的野性純真，回日本時帶了一對泰雅族男女同行。

也許畫家也可以把哈鹿克．巴彥帶回日本，兩人可以在那裡重逢。十七歲的月姬這麼希望著。

月亮從山壁的另一面升起，日本人準備在獵寮外的岩石上搭帳篷露營過夜。

哈鹿克警告他們小心惡靈作怪，獵寮棄置已久，懸掛木門用來驅鬼的虎頭蜂的頭已然不知去向。照日三郎拍拍胸脯，表示蕃人的惡靈侵害不到他。

「也許傳說的日本山怪會出來，」他做了個淫猥的動作：「最好有美麗的狐狸精到帳篷來陪我！」

月白風歇，三人喝清酒賞明月，夜深了，高山深處幾處白練瀑布沖瀉不歇，日本人嫌吵，又擔心黑熊趁暗夜來襲擊，只好拆了帳篷，重回獵寮，輪流講故事消磨漫漫長夜。

整個晚上哈鹿克惡夢連連。日本警察在獵寮外搭的帳篷，勾起他深埋的記憶；那年他七歲，晚上睡了一覺，隔天醒來，這種草綠色的帳篷像變種的大蘑菇，一朵朵開遍了整個山野。他隨著背弓擎矛的父親在蘆葦叢中躲了幾天，當日軍用彈藥轟炸部落，把整個山居夷爲平地，父親抽出腰間的蕃刀，忍不住要衝上去，以血肉之軀迎戰蜂擁而來的持槍的敵人，哈鹿克盡全力抱住父親，強把他留了下來。

父子眼睜睜地看著斜坡上的家化爲灰燼。

立霧山被日本人佔領後，族人最害怕的三大天災都遇上了：旱災、水災、寒災依序降臨。其實災難早在日軍轟炸之前，就已經開始。日本人上山開闢道路，強行徵召族中少壯加入艱鉅的築路工程，險峭的山溝難不倒壯丁，用火藥爆破垂直聳立的岩石，開鑿斷崖道路，卻是意外頻頻，死傷慘重。

哈鹿克的伯叔、好幾個堂兄弟，在開鑿天長隧道時，被炸得屍骨無存，這些不能落土下葬的孤魂野鬼，充塞山谷之間，夜夜可聽到鬼哭慘泣。

日本人拓寬了族人上山打獵的路徑，以便監視控制，卻嚇跑了野獸，斷絕了獵人的生路，族人耕作的山田，被破壞得柔腸寸斷，無法種植小米、粟米，養殖的黃牛、豬隻等家畜也大量減少。族人瀕臨飢餓邊緣。

人禍之後，接下來天災不斷。日本人佔領立霧溪的第二年，發生了耆老記憶裡前所未有的大旱。山谷大大小小的溪流河川乾涸見底，魚蝦水族曝曬河床乾渴而死。族人用尖銳的石頭挖地耕種，挖出的是飛揚的塵土。那個神話傳說中被射落的太陽，好像又重回天上，族人在兩個烈日輪流曝曬中奄奄一息。

大旱過後，隔年颱風來襲，山搖地動，洪水成災。

最嚴重的是下一年冬天遭逢的寒害。

一年大旱一年水災，社中族人已瀕於絕境，可是災難還沒結束。日本人佔領的第三個冬天，山上酷寒，氣溫降到冰點，體弱的老人小孩活活被凍死的不知凡幾，族人放棄耕作，山鼠、野兔、雉雞等獵物也因天寒地凍而絕跡，部落的機能完全遭到破壞。

糧食短缺，族人不得不離開原居地，下山幫漢人做捆工養蠶幫傭，販賣勞力餬口。部落的祭典停頓了，惡靈四出作怪，盜賊瀕生滋事，山上流浪漢大增，最讓年幼的哈鹿克害怕的，是那群被惡靈附身、著魔失了心的瘋子。

哈鹿克苦悶的翻了身，日本人來了，他的族人沒有離開自己的土地，卻流離失所，失去了家園，他們在山裡行走，腳板試著抓住黃褐色的土地，就是停不下來，像過客一樣。族人用哀愁的歌聲來表達失去家的悲苦，害怕在惡靈的詛咒下從此不得翻身。

被軍刀傷殘，砲彈炸碎，創傷哀慟的心靈需要慰藉，族人相信受尊敬的雅哇斯．古牡巫師，具有神靈恩賜的力量，想請他祛災祈福，舉行儀式治療一顆顆破碎的心，使他們恢復元氣。

雅哇斯．古牡巫師失蹤了。頭目在他那隱祕的作法祭台上發現一只草藥袋，裡頭空空如也，巫師本人不知去向。

佐久間總督親自率兵上山討伐的前一個月，雅哇斯．古牡巫師坐在蓊鬱的樹海之間，面對聖山的牡丹石冥思，從流動的氤靄接收神靈的訊息。一陣唧唧鳴叫聲由遠而近，一隻鼠灰色頭灰褐色身，眼睛周圍一圈白色眼圈的繡眼畫眉，太魯閣族人心目中的神鳥，朝他的方向飛過來。

神鳥是神明的使者，巫師以最恭敬的心凝神觀察祂的兆示。神鳥在他上方從左到右横向呼嘯而過，接著繞著他的頭頂盤旋鳴叫不停。從飛行的方向判斷，這是最不吉利的兆示。如果獵人行獵之前顯現這樣的鳥卜，獵人應放棄狩獵，停止行程，另外再擇日入山。

然而，面臨強敵攻伐的族人將何去何從？雅哇斯．古牡巫師憂心忡忡。習性上喜歡群居的神鳥，平常總愛集體飛翔，這次神靈只派一隻單飛，警告凶險，使巫師心情更爲沈重。他悒悒地回到山巓的作法密室，用竹籤占卜探測族人性命安危，平常他也用這種占卜來診斷病人的症狀。

結果不出所料。巫師背上籐條編的採藥袋，他要深入山裡遍嘗百草，採集特殊的靈藥，帶回來醫治被日本人傷害的身心各種病痛。

黥面的巫師背著草藥袋，手拄枴杖，一步步向聖山走去。這是族人最後一次看到他。兵荒馬亂過後，人們回過神記起他，他卻已不知去向。赫斯社隨著巫師的失蹤，荒廢了祭典，精神漸漸失散萎縮。

「如果運氣好，風朝我們的方向吹，動物聞不到人的氣味，不知躲閃，就可看到水鹿、長鬃山羊、山羌、帝雉……」

出發打獵前，哈鹿克．巴彥這樣告訴日本人。

足足大半個早上，一行人在茂密的針葉林中繞來轉去，一腳高一腳低踩著荊棘灌叢，好容易爬過一座小山，日本人期待的寬坦獵場並沒有出現，前面的斷崖阻止了他們的去路。

又一次哈鹿克領著眾人艱難地攀上一處奇陡的險坡，日本人一口氣還沒緩過來，被眼前的景象嚇呆了，他們站在懸崖的邊緣，往前跨出一步，就是萬丈深淵。

不得不折回原路。照日三郎掏出粉筆在樹上畫下記號，他巡視部落時怕迷路用它做記號，後面的兩個挑夫也沿路捆紮一堆堆蘆葦，放在路邊顯著的位置做辨識，以免重蹈覆轍，走不出去。

照日三郎忍不住埋怨，這蕃人太蹩腳了，連路都認不得，打什麼獵！橫山新藏暗自心驚，這太魯閣族青年會是故意帶他們在山裡盲目亂走，消耗他們的體力，而最後一無所獲？

東京帝大有一個博物學家，上立霧山採集植物標本，借住咚比冬駐在所，他是個「蕃通」，對太魯閣族人充滿了同情，瞭解他們為了保護自己的土地，不惜反抗日本統治者的苦衷。

土地充滿了生靈，具有看不見的力量，博物學家告訴橫山新藏，蕃人相信他們的靈魂來自土地，他們與土地齒唇相依，自認為屬於大自然的一部分，喪失土地，也將喪失自我。

「在內山旅行或探險，如果得到蕃人的好意帶領，能夠充分利用他們豐富的山林知識，不但能夠愉快的達成調查旅行的目的，而且能事半功倍。」

這是博物學家的經驗之談。

「相反的，如果我們獨斷獨行，擺架子指使蕃人，就沒有辦法得到他們的信任。」

橫山新藏上前拉住他的下屬，阻止照日三郎的咒罵，得到的卻是年輕警官不馴的怒視。

「怎麼樣？被我說中了吧？」

當他知道哈鹿克．巴彥是此次狩獵的嚮導，照日三郎瞪大眼睛，驚訝的說：

「雖然我才來不久，也聽說這是一個問題人物。」

「你是指他當過駐在所的警丁，不服從指揮，而被革職的事？」

「不止這件，還有別的，思想也有問題嘛！總之，看他那鬼樣子，就令我頭痛。」

橫山新藏有點心虛，他怕心機被識破，讓下屬意識到自己與這蕃人另有瓜葛，因爲私人的原因才找他當嚮導。這位駐在所的第一把手於是擺出十分嚴肅的態度，向照日三郎曉以大義：

「霧社事件後，上面交下來的指令，要我們檢討對蕃人政策的缺失，剛公布的『理蕃大綱』重新擬定的統治的方針，你仔細讀過了嗎？」

「讀過。以後要推行比較人性的管理。」照日三郎想了一下，說：「巡查部長的心意我懂了，先從問題人物著手，使他順服之後，其他蕃人就容易控制了。」

橫山新藏緩和了他緊繃的臉頰：

「也許出發前，應該先問問他一些狩獵需知，比如分辨不同的動物走時的聲響，追蹤獵物的方法，制伏牠們的技巧等等……」

他有所不知的是，今天早上，哈鹿克．巴彥的心情很不平靜。日本人在高山墾植伐木，使得原始森林一天比一天縮小，完全改變了原始林的面目。他連自己家族所擁有的第一個獵場的路徑都認不得了。曾幾何時，山上開闢了這麼多條蜿蜒曲折的林道，像血管一樣把森林吸噬掉，才會使他像著了惡靈的魔，在林子裡瞎走亂闖。

哈鹿克不時摘下山芋葉，把它摺成漏斗狀，撈起山泉水解渴，緩和騷動的情緒。日本人的林場砍伐樹木的聲音也使他心神分散。打獵必須絕對安靜才能凝神，嗅覺聽覺靈敏，才能耳聽八方、目見四方，發現獵物隱藏的所在。

整個早上，他被人稱讚連蚊子的睫毛落地都可聽得到的聽覺，卻被伐木工人一來一往的鋸木聲所擾亂了。雲霧終年籠罩的高山上，蘊育了濃密的檜木森林，在日本財團把三千公尺高的山林據爲己有之前，哈鹿克和他族中的獵人馳騁在長滿松蘿地衣、水苔蘚類的霧林地帶潛獵，追逐高山水鹿，而今那千年以上的檜木原始林組成的蓊鬱長城，一株株倒下，哈鹿克擔心古樹的精靈失去永久的居所，無所依附將成爲飄零的幽靈。

到過日本的族中頭目曾經向哈鹿克形容，東京明治皇宮入口處的大鳥居木柱，好幾個大人手牽手才能合抱，旁邊有個牌子註明神木來自台灣丹大山，是樹齡一千五百年的紅檜。

他想起社裡一個耆老娶媳婦，爲了替新人做一張床，砍伐了屋前一株紅杉，結果被林場的日本監工抓到，以偷盜林木的罪名判他入獄坐牢。

日本人禁止族人狩獵後，爲了活命，年輕力壯的受僱於日本人經營的林場扛木板，靠力氣將伐倒的原木扛到集中地，歹惡的日本組頭卻將扛工的工資捲逃下山。

載運木頭的流籠，往返於雲霧飄渺的高山深谷，鐵索滑動的聲響使哈鹿克心煩意亂，他迷山了。

一隻動物跳躍一閃飛奔而過，哈鹿克從牠細小的腳蹄斷定是山羌。循著牠消逝的方向看去，尚未完全被砍伐的森林露出一塊岩崖，三五隻皮毛呈黃黑色、頭上長角的長鬃山羊埋頭啃食高山蕨類的嫩芽。

山羊一聽有響動，機警的往上跳躍。這種動物擅長輕功，前蹄蹄尖著地，後腿肌用力一蹬可凌空躍高，敏捷地走在險崖絕壁上。

哈鹿克搶先追趕過去，這是用獵槍最好的時機，獵物距離太遠，竹箭的射程無法企及。橫山新藏遲疑了一下，沒有立刻把槍交出，攀爬懸崖的長鬃山羊已消失蹤影。

哈鹿克無奈的頓足。

趕上來的照日三郎大嘆失去良機，從肩上扯下獵槍，看了一眼橫山新藏，得到上司的首肯，把槍遞給哈鹿克。又一隻長鬃山羊輕巧快速閃出岩崖，哈鹿克舉槍射擊，熟練快速的抽換夾在指縫的子彈，把單發的村田步槍當作半自動步槍來使用。

山羊被擊中了。警員發出歡呼，向倒地的獵物跑去。

橫山新藏發現這太魯閣族青年持槍射擊的方法和姿態，大大有異於日本人。他半蹲式的射姿，不用準星瞄準，而是對準飛躍的山羊快速移動槍身射擊。

射中了山羊的哈鹿克，托著槍柄，半蹲在地上，黃褐色的臉亮了起來。為了重溫一槍在手，獵物聞聲倒地，瞬間致命的那種速度快感，他在族人不贊同的眼光下，帶領日本人上山打獵。一路上，他對日本警察肩上背的獵槍是又嫉妒又羡慕。反觀自己攜帶的竹弓，令他自形慚穢，雖說它是族人傳統的獵具，然而到了他父祖輩，早已用銃槍取代了弓箭，成爲獵人的武器，用桂竹莖幹做的竹弓，到了他這一代已淪爲競技場上射箭比賽，當作技藝運動的工具。第五屆的佐久間總督強行沒收了族人的獵槍之後，他們被迫回到過去的狩獵方式。

哈鹿克·巴彥深情的撫摸槍托的姿態，使橫山新藏想到一個人——他的女兒月姬。這太魯閣族青年喚她莉慕依。

有一個衝動，橫山新藏想不顧面子的衝上去，把那枝村田步槍從哈鹿克手中一把搶過來。把她的女兒月姬從他身邊搶回來。一路以來，他和哈鹿克不斷的進行無聲的、內在的對話，他意識到這太魯閣族青年從自己仇視的眼神，已經讀出他的莉慕依又回來了。他迫不及待的想去見她，恨不得立即下山飛奔花蓮，趕到她回日本之前約好祕密相會的地點。哈鹿克早已算準了他的莉慕依會爲他回來。

橫山新藏恨恨的別過頭去。他已決定明天將不走原路下山，他要到三井林場和那個山林技師安田信介進一步商談女兒的婚事。安田見過月姬，對她表示好感，暗示過婚約的要求。在這之前，他對這件有辱門風國族的不體面醜事必須先有個了斷。

哈鹿克把他射中的長鬃山羊翻個四腳朝天，拔出腰間那把鋒利的蕃刀，嘶一聲劃破山羊的肚腹，開膛破肚取出牠剛停止跳動的心臟，鮮紅的血流沿著他的手肘滴下，草地上血跡斑斑。

照日三郎把頭轉了過去，不敢看。哈鹿克拿鹽粒醃漬獸肉時，故意把山羊血淋淋的心臟舉得高高的。按照族人出獵的習慣，這隻山羊應該由獵到的獵人分配，爲了表示尊重，哈鹿克想把右前腿分給橫山新藏，正待下手，這位駐在所的巡查卻吩咐挑夫把整隻處理過的山羊，連同獵到的飛鼠、雉雞當作戰利器，挑回駐在所。

爬上陡坡，四腳蛇在枯葉裡沙沙作響，眼前高聳的岩壁矗立擋住去路，哈鹿克放慢腳步，側耳傾聽。懷疑他又迷路了，照日三郎正想發作，突然看到哈鹿克往上一躍，雙手抓住垂懸在岩壁上的藤蔓，手腳配合靈活並用，不顧背著沉重的裝備，竟然像猴子一樣，朝著壁立千仞的岩壁直線攀爬上去。

哈鹿克不架設登山繩及鋼釘等攀岩設備的登山技巧，看得三個日本警察目瞪口呆。等到回過神來，直上岩壁的哈鹿克已經失去蹤影。

他是被不尋常的水聲吸引上去的，一種水潭被撩撥得啪啦啪啦響的聲音。哈鹿克駐足傾聽聲音來自岩石後方，憑著獵人的直覺，他知道機不可失，沒時間繞道尋路，當下抓住藤蔓尖石往上攀爬走捷徑，追尋聲響的來源。

長鬃山羊、猴子最喜歡走這種獸徑。太魯閣族的獵人有句名諺：

岩崖上只要長樹木或有岩壁茅草者，均可通行。

日本軍入侵時，他們常常爬這種直線而上的獵徑，頃刻間消失了蹤影，發揮了欺敵的作用。

岩壁後面，哈鹿克看到另一個天地，遼闊的芒草原當中有一個水潭，深藍色的潭水在灰色的天空下顯得凝重，一頭黑褐色、巨大肥壯的水鹿正在水潭淺處戲耍，自得其樂，發出劈啪的水聲。水鹿頭頂上的角分成三尖三叉，是隻成年的雄鹿。

哈鹿克屏住氣，靜靜地注視翻滾水潭裡這隻兩百公斤重的動物，他很遺憾已經把獵槍還給日本人。弓箭的威力不足以制伏這隻頭角崢嶸、台灣山上體型最大的草食性原生動物。

嬉耍了一回，水鹿從水潭起身，抖掉身上晶瑩的水珠，閒閒的左顧右盼，好不威風，牠前腳高高抬起再放下，草原好像是舞台，任由牠施施然踱步表演。

既然無法使水鹿成爲囊中之物，哈鹿克索性抱手蹲在磐石斜岩上，面對白雲繚繞太魯閣人尊崇的聖山，他慢慢把心安靜下來，融入山岳自然裡。鼻間拂過鮮嫩的青草味，他知道是來自野蕨菜嫩葉的毛細孔，他聽到風在和他說話，撫弄他的髮梢，山林間各種生物變成精靈的眼睛，彼此交換親密的訊息。

芒原上的水鹿停下漫步，抬起眼睛遠遠的和哈鹿克打了一個照面，牠感受到岩崖上抱手蹲坐的他籠罩在一種祥和的氣氛之中，於是毫無戒備地在檜木林環繞的山脈繼續啃食青綠嫩芽。

有另一個人類的腳步聲響起，繞過岩壁一步步由遠而近，腳步聲充滿敵意，水鹿警覺地展開前蹄，風一樣飛奔逃離，瞬間消失在叢林之中，就連最有潛獵技能的獵人，也難以尋找到牠的蹤跡。

哈鹿克但願自己和水鹿一樣，能夠來去無蹤。他是日本警察的獵物，他的底細輕易地被洞悉，掌握到他築巢的方式、留下的足跡，已經設下陷阱等他入彀。他是橫山新藏追捕的獵物。剛才直上岩壁，只不過暫時擺脫，逃出敵人的追逐，獵人測出他隱藏的地點，找到他了，現在正舉槍一步一步向他走來……

11 筑紫橋的確存在過

筑紫橋的確存在過。

四十多年前，爲了踏尋橫山月姬小姐的蹤跡，在入海通開「二我」寫眞館的范姜義明，站在橋頭，高舉柯達小型鏡箱相機，透過鏡頭望向吉野移民村，他一廂情願的認定單戀的日本少女就住在與本地人刻意隔離，自成另一個世界的移民村內。

圍牆內，櫛比鱗次的黑色日本瓦農舍下，走著一個牽著牛車的內地農家女，頭上戴了一頂草帽，范姜義明調好照相機的焦距，對準農家女執牛鞭的手，那是一雙骨節粗大、經常下田勞動的手。

橫山月姬小姐的纖纖秀手與下田種菜無緣。他認爲橫山月姬小姐一定是吉野尋常高等小學的女教師，她用小小手掌的十個手指優雅地按著風琴，教學生唱歌。

那天她走進「二我」寫眞館，說要做肖像寫眞，范姜義明從她清純高雅的氣質，認定來者是位日本女教師。他躲在暗箱後，用黑布罩住自己的頭臉，從機器的小孔肆意地打量被攝影的人，習慣於顛倒的影像，對她的衣著打扮、髮型等細節部分，靜靜地凝視欣賞，不放過任何一個細節。他在慢慢地發現她，雖然是上下顛倒。

被攝影的橫山月姬一下子適應不了陰暗陌生的環境，對著古怪的暗箱，臉部肌肉僵硬，擠出的微笑凝固住了，膝上的雙手因緊張而扭動。

他注意到她的手，那是一雙細緻優雅、十個手指有著小小圓圓的指甲惹人憐愛的手。就在他按下快門的那一刻，范姜義明愛上了那雙手，以及那雙手的主人眼角唇邊那一抹不可捉摸的微笑。

他正在讀一本仙人傳奇：「久米的仙人，入深山學仙方，食於葉，服薜荔，一日騰空飛過古里，見婦人忽生染心，即時墜落。」

久米仙人是看到溪邊浣衣女的足脛潔白動了心念而失其神通力。女人手足的肌膚豐艷如凝脂，這是肉身本來色相。久米仙人為女人的足脛所惑，他范姜義明則是愛上了橫山月姬的一雙纖纖玉手，從此不能自拔。

橫山月姬依照約定的日期來取沖洗好的肖像寫眞，那是一個美麗的初春傍晚。當她看到自己整個人減縮成一張臉、頭髮和兩個肩膀，她突出嘴唇，似乎有點驚訝，立即又頑皮的咧咧嘴，微微一笑，把寫眞附在胸口上，很滿意的樣子。

付了錢，禮貌地向寫眞師致謝道別，范姜義明不由自主的跟著她走出店門，月姬再三鞠躬，傍晚月下微暗的時分，她立在那株盛開的桃樹下殷殷作別，那股女性媚態的情致，范姜有生之年無以忘懷。

客人終於轉身走了。范姜義明被她走路的姿態深深吸引著，穿著紅色木屐的腳尖，微微向內，她挪移著身子邁著細碎的步子往前走，頭頸微微下垂，不知是在看腳下的路，還是低著頭，心中若有所思。

他欣賞這少女離去的步姿，記起一首短歌，一個仙人把婦人穿的木屐削成笛子，吹奏出美妙的樂音，每一次擫笛，便吸引一群秋鹿前來傾聽。

目送月姬漸遠漸去直至消失的背影，不知天色已經暗下來多久了。范姜義明佇立門外欣賞夜色，捨不得離去。

等到回過神來，他恨恨地敲打自己的頭，沒留下月姬小姐的地址，她取走了寫眞，等於銀貨兩訖，他到哪裡找她去？

自此之後，范姜義明白天會來到筑紫橋橋頭，等候奇蹟出現，一直到日落西山，期待單戀的情人剛巧走出移民村和他來個不期而遇的希望落空後，晚上他趴在桌上向她傾訴衷情，就著燈光用日文寫情書。范姜義明發現如不用日本假名，他簡直無法表達滿腔的激情，平生第一次對自己受過徹底的日文教育感到欣慰與驕傲。日文給了他傾吐的勇氣，情書愈寫愈長。

每晚就寢前，把寫好卻無法投遞的情書讀給床畔相框裡的月姬聽。他慶幸自己總算有先見之明，那天月姬來做肖像寫眞時，在她不懂得覺察之下，范姜義明多拍了一份留給自己。

他將月姬的肖像放大爲三乘五吋，戴上放大鏡，細細修整她梳的裂桃髻，未婚少女的髮型，沾顏色用手彩繪賦予肖像生命，微微往上翹的櫻唇還原本人的殷紅，襯得她面孔的皮膚更雪白，顴骨一抹淡淡的駝紅，雙肩上的和服，領子回復本來的淡紫色，使影中人看起來虛弱得令人憐愛……

范姜義明對著相框中的倩影讀情書，往往被自己感動得泫然欲泣。應該感動的月姬小姐，可惜相框裡的她一味矜持地微笑著，使情書的作者深深感到遺憾。

久病的養母終於斷了氣，再也守不住床畔五斗櫃裡深鎖的地契。范姜義明找來鳳林的老木匠，拆解不用一根鐵釘，完全用榫頭連結的五斗櫃，支解開來的一塊塊木頭擺了一地，最後敲開暗鎖，一疊幾寸厚的地契終於重見天日。

范姜義明抽出其中一張，印著一個奇大無比的血紅大手印，那是鯉魚山東南端一塊山坡地，本來是阿美族人的紅糯米田，養母病發後購置的最後一塊土地。

思念橫山月姬，他浮想聯翩，想像自己選中這塊地風景最美的地段，背山面湖蓋了一棟日本式的別墅。

他想蓋的是一座純日本風的別墅，不要像台灣到處常見的日本宿舍，無一例外地都摻入本土的風味。雖然有一個建築師告訴他，這是無法避免的，日本的松柏建材，到了台灣出現水土不服的現象，不能適應此地潮濕悶熱的天氣，很快就會損毀。如果范姜義明眞的要蓋別墅，建築師建議他就地取材，選用林田山日本財團經營的林場，從深山砍伐的檜木作爲建材。

范姜義明堅持，他絕對不會讓建築師設計那種台灣式的日本房子，他指的是爲了防止白蟻滋生，把基座加高，並且用水泥打底，黑瓦屋簷下增加通風口，又多設拉門加強空氣對流，然後外面又加上防雨的魚鱗板，爲了應付台灣的天氣所做的改動加添的設計。

日本的橫山小姐要住的是純粹的日本房子。范姜義明想像完全按照他的意思設計的別墅：室內的隔間和他東京留學時房東的住家一樣，全鋪上榻榻米，外間座敷是客廳，內室作爲起居空間，室內與戶外相互呼應的半開放空間叫緣側，范姜義明以爲它是日本房子最浪漫、最富詩意的設計。

他在日本留學時，曾經到宇治參訪醍醐寺，花園裡有好幾株老幹櫻花，枝幹粗到雙手不能合抱。聽導遊說當年豐臣秀吉最喜歡坐在屋子緣側前的石階欣賞這幾株老幹櫻花盛開，他聽了非常感動，也在那石階坐了好一回，想像一代梟雄賞花的豪華盛景：櫻花樹下搭著漂亮的帳篷，賞花人戴著帽子身著華服，手持花枝、扇子舞蹈，一旁的樂師吹笛、打鼓，置身花海，此景只有天上有……

等他的別墅蓋好了，天晴時，拉開緣側的紙門，任由鯉魚潭湖裡的微風習習而入，感受自然的妙境，夜晚躺在長長一條的緣側，悠哉的翹起腿，細數天上牛郎織女星，雨天則拉上紙門，有如置身於封閉的陽台，傾聽雨聲滴答。

范姜義明多麼想望橫山月姬小姐和他一起欣賞鯉魚潭不同時節的花草樹木，春天鳶尾花盛開湖畔，紫藤攀爬花架，一片燦爛的繁花盛景，夏季湖中十里荷花盛開。

這別墅要等到何時才能動工？

徘徊筑紫橋一帶，苦苦等候的橫山月姬沒有奇蹟似地出現，范姜義明倒是注意到一個穿郵便局制服的配達，每天背了一大袋郵件進入日本移民村。有天他在一棵枇杷樹下截住配達。他一定認識移民村內每一戶人家，把橫山小姐的名字告訴他，保證配達有辦法把情書送到她手中。

自稱姓邱的配達也來自鳳林，早就知道「二我寫眞館」，對范姜義明肩上背的柯達小型鏡箱相機十分好奇。他靈機一動，以答應教配達寫眞攝影爲交換條件。

「把名字寫給我。」

姓邱的配達把紙上的四個字橫看豎看了好一回，翻起眼白，在他儲存的人名裡搜尋核對，歪頭想了半天，終於頹然放棄。

「很抱歉，日本村沒住這位小姐。」

這句話像一擊重拳，打得范姜義明連連後退。他絕望神情令配達看了爲之動容。盯著他肩上的柯達箱型相機，下了決心：

「我拿這名字到移民村指導所去問，他們有住民的戶口登記，沒有接到信並不表示沒有這個人，對吧？」

吉野移民村郵便局姓邱的配達，果眞沒讓范姜義明的希望落空。憑他職業上的便利，每天背著郵包穿梭本島人進不去的日本村，挨家挨戶遞送郵件時，隨手呈上橫山月姬的名字，詢問之下，打聽出她借住山本一郎家，最近才從名古屋省親回來。

覓覓尋尋，終於找到她的下落了，雖然橫山月姬並不認識他，不過總算知道她的確住在移民村裡。范姜義明的心踏實了下來，問姓邱的配達何以為報？被問的眼睛盯著他肩上背的柯達小型鏡箱寫眞機。

范姜義明借給他拍了一幀吉野移民村的郵便局。日本人建的公共建築，風格大同小異，只是移民村的比花蓮港的總郵便局，在規模上小了很多，院子裡種了三棵椰子樹，顯出東台灣風情。范姜自己留下底片，放大一張三乘五吋送給配達留念。

佳人在望，卻又遠不可企及。

自從知道橫山月姬的住處，他在燈光下望著單戀情人的倩影寫了一封又一封的情書，讓姓邱的配達夾藏在信件當中，一併遞交到山本一郎家，范姜以為這樣萬無一失的妙計，情書一定會送到收信人的手上。遺憾的是一個多月下來，他在信中訴盡的情意卻得不到隻字片語的回應。

為情所苦的范姜義明想到美崙山南麓參拜神社，以日本神道拍手的儀式，祈求得到感應，達到人神合一，獲得天照大神的庇佑，令他心想事成。

悒悒地走出「二我」寫眞館，范姜義明穿行黑金通南邊叫「千石」的街道，街名是由裕仁天皇的堂兄取的。為了接待這位皇親到吉野移民村巡視，花蓮港廳的廳長發動居民到海邊撿石頭，規定大小如蕃石榴，鋪在泥濘的道路上。當天皇的堂兄看到整條路鋪著千千萬萬美麗的白色卵石，不禁輕呼：「啊，千石。」

范姜義明來到美侖山腳下，穿過神社五座鳥居的第一座，踩著鵝卵石鋪成的參拜步道，走過吊橋，站在台階旁昂揚騰躍的銅馬旁，范姜義明雙手合十，深深地拜了下去，然後沿著石階拾級而上，登上山坡遍植日本松的神社。

一對剛結婚的新人，穿著日本婚禮的禮服到神社來祈福，吃象徵好合的芝蔴糕。愈來愈多的本島人到神社來舉行日本式的婚禮，范姜義明的寫眞館拍的婚照有不少都是穿著日本式的結婚禮服。

他望著這一對新人，自覺對日本的體會應該比他們深刻了許多，他到日本留過學，在東京的幾年中進入日本人的圈子，與同學打成一片，穿和服、吃日本料理，生活起居、舉止行動無一不合乎大和民族的禮儀和規範，培養處處謹愼而有節制的習慣，思維方式也希望與日本人無異。

他的養母范姜平妹早年到台北總督府衛生署的產婆講習班，接受新式的接生技術，學會了流利的日語，平常在家也經常以日語與他交談，早已是個典型的國語家庭。她也養成守時的觀念，家裡擁有鳳林一般人家中少見的時鐘，每日按鐘點作息。養母在世時，對日本認同，他自己更是處處展現日本精神。

參拜神社後，范姜義明騎上剛從東京進口，嶄新漂亮的日米牌自轉車到花蓮近郊的村子兜風散心。來到壽豐，這個日本地名，多少撫慰了因思念月姬，連帶對日本的一切生起強烈鄉愁的范姜義明。

循著壽豐唯一的街道一路騎下去，前面的鄉間戲院門口聚集著等待入場的觀眾。這家設備簡陋的戲院多半時候演歌仔戲，有時也當映畫館，放映無聲電影，請一個「辯士」坐在銀幕旁解說劇情，樂隊隨著故事發展伴奏助興。滿洲事變以後，日本爲了加強同化，嚴禁鄉土歌仔戲，改演日本武士遊俠一類的戲劇振奮民心，持劍拿武士刀的演員全由本地人扮演。

騎著自轉車的范姜義明，不經意地瀏覽戲院前面等著看戲的人群，突然眼前一亮，一個穿和服的年輕女子閃過他的視線。她身上紅梅筒袖和服，裡面是紫色的夾衣，這麼鮮艷的顏色在灰撲撲對襟漢衫的本土觀眾堆中格外耀眼。

那姿影像極了他朝思夕想的橫山月姬。范姜義明心頭一震，本來應該快踩車輪趕緊追趕過去，腳下卻不聽使喚，反而跳下自轉車，牽著車子往前狂跑。

那個和服身影稍縱即逝，轉眼消失在人流裡。

范姜義明握住自轉車的手把，心中沒有嗒然若失之感，反而笑起自己來。一定是自己思念之心太過渴切，看錯人了。橫山月姬小姐不可能在這鄉間戲院出現的，這裡的觀眾以本島人爲主，花蓮街市豪華舒適的大洋映畫館才會是她和一般日本人光顧的所在，它取代了新年一場大火焚毀的和劇的殿堂——筑紫館劇場。

匆匆一瞥，一閃即過的那個側臉，雖然不過一個短暫的瞬間，卻又那麼清晰無比，有如他舉起那台柯達小型鏡箱相機，焦距對準被照的人，鏡頭定格的那一刹那，那微微往上仰的側臉，迎著自然的光線，像是在寫眞棚裡特殊的打光，爲照相者創造出一種特殊光滑、明亮無瑕的皮膚，挺直的鼻梁，往上翹的唇緣，所有的細節盡現。

雖然看不到她的眼睛，范姜義明卻感應到那份屬於月姬小姐特有的、深情的凝睇，與他家中床頭日夜陪伴的她的倩影如出一轍。

眞的會是橫山月姬？他心碎地想。

她在等待什麼人？難道會是爲了避免耳目，故意選擇這個偏僻的鄉間戲院和人私會？范姜義明伸手握住喉嚨，不敢往下想了。

倚著自轉車，他抱著手，決定在戲院外一直等到終場人散，看她會是和誰一起出來？范姜義明很快地推翻了這個主意，他畢竟缺乏面對的勇氣，跨上自轉車，反而飛也似的逃離那鄉間戲院。

他必須找個人談談他的心事。他想到忘年之交黃贊雲，花蓮第一位婦產科醫生，憑著他在台北總都府醫學校學到的現代化醫技，先後替幾個難產的孕婦打針注射催生，動手術取出過大的胎兒，結果母子平安，醫術高明的口碑一傳開來，使得到產婦家接生的先生媽，一遇到胎兒臍帶繞頸，或坦陳逆位時，也不再以爲單靠揉摩產婦的肚腹，就可以使嬰兒打直了，鄉下傳統的產婆，遇到難產，也不至於一邊叫產婦的家人快去請司公來念經作法，一邊把手深入產婦子宮，拉出胎盤。

現在的先生媽、產婆比較具有一點基本的醫學常識，也懂得人命關天，一遇到棘手的產婦，趕緊叫家人僱車，送到春日通黃贊雲醫師敞亮、擁有各式儀器的診所去求醫。

黃醫生總算熬出頭了。范姜義明記得那年自己正爲前途而躊躇時，剛從學校畢業回鄉開業的黃醫生，因找不到病人，只好替牛和其他畜生接生，才使他走上寫眞攝影這一行。而今時來運轉，黃醫生的診所門庭若市。

成爲名醫的黃醫師，大事舖張爲母親做了個風光的七十大壽，包下福住通最高級的貨座敷擺壽筵，又闔家到「二我」寫眞館拍全家福留念。范姜義明頭蒙黑布，從暗箱針孔打量這位近年來靠醫術發跡的醫生，顛倒的影像，一絲不亂中分的頭髮，髮臘塗得太多，連額頭都泛著油光，西裝領帶上蓄短髭的嘴唇矜持地緊抿，一臉的自信。

陳列寫眞館櫥櫃裡的單眼寫眞機吸引了黃醫生的興趣，他付了昂貴的租金，請范姜義明教導他如何捕捉適當的時刻，瞬間按下快門，寫眞師帶他走出街市，到公園感受自然大氣空間，注意光線來源。

「一天當中，光線最好的是早晨，黃昏落日後最爲柔和，拍出來有詩的效果。」

范姜義明要他發現內在視景角力，拍出事物的本質。

「不是那兒存在什麼樣的東西，而是你這個人看見了什麼。」

他成爲黃醫生家庭聚會的座上客，最近一次客人當中有好幾位日本人，黃醫生爲他介紹一位穿緋色和服、神情嫻雅的花蓮高女的女老師，由她丈夫陪同前來做客，懷孕的女老師在課堂上上課上到一半，羊水破，比預產期早了一個半月，她的日本醫生正好回大阪去，臨時只好找了黃贊雲醫生救急，女老師順利產下早產兒，使得他在日本人的圈子獲得了名聲，一些比本島女人注重衛生保健的婦女，也開始上門向黃醫師請教些婦科的疑難雜症。

黃醫生又為他介紹另一位梳著島田髻，結了一條古雅精美的腰帶的古風女士，說她是女兒千代子的日語家教。

獨生女千代子從花蓮高女畢業後，黃醫生預備送她到京都女子學校進修。

「讓千代子先學習東洋女性應有的禮儀應對，早點會說京都腔的日語，去了，比較不會感到生分，容易被人家接受吧！」

紅絨窗簾下，幾個穿和服的女子促膝而坐，輕聲細語地交談著，黃醫生望著她們柔軟的和服垂肩，覺得日本女子溫婉又順從，可愛極了。

范姜尋著黃醫生的眼睛望過去，千代子也在促膝而談的女子內，圓圓的臉被燈光下的紅絨窗簾染紅了，泛著薔薇色。

「要不是早已認識了令千金，我還以為她也是日本人哩！」

黃醫生聽了這奉承的話，開心的眉開眼笑。

「喲，真的是這樣嗎？我是希望把女兒教養成日本人啊！」

「令千金有日本人的眼神，很正氣，甚至可以說是有一股凜然之氣，本島的子女少有這種氣質——」

感覺到說話造次，范姜義明縮了縮頭：

「咳，改不掉的職業病，不該這樣論斷令千金，忍不住啊，請原諒。」

黃醫生不以爲忤。

「很快千代子要以南國爲家，東瀛爲國了，倒希望你好好幫她拍肖像照，留著做紀念哪！」

爲情所困的范姜義明決定去找植物學家馬耀谷木，他和月姬小姐同是日本人，向他討教，聽聽他的眞知灼見。他曾經邀請范姜義明到里漏，去那個沒有電燈、夏天的夜晚被螢火蟲照亮的阿美村，他要去躺在山谷底，細數天上的星星，紓解心中的煩悶。

「二我寫眞館」開業的第二個月，走進了一個日本人，他仔細端詳架上的三台單眼相機，范姜知道來了行家。這個身材結實的中年男人，留著平頭，穿一件卡其色的背心，上下四個口袋全都脹鼓鼓的，從他被亞熱帶的陽光曬黑的膚色，看出他是個旅行者，沒聽他開口，猜不出是內地哪裡來的。

來人用熄了火的菸斗指著牆上一幅放大的黑白寫眞，一個穿西裝戴旅行帽的西方紳士，在崎嶇的岩石山路跋涉，手中牽著的騾子，駝負著沉重的攝影器材，此人正要邁向遙遠的異地獵取鏡頭。

下面一行標題：「一八八五年左右攝影家的裝備」。

來人對這幅寫眞感同身受的吐了口氣。卸下肩膀斜掛皮已磨損的皮箱，打開來，一架舊式的玻璃乾版相機，懊惱地抱怨本島氣候炎熱潮濕，使溴化銀乳劑產生不良影響，他這次上山拍的寫眞一張也沒留下。

范姜對他的損失深表同情，從裡面取出一個剛出品小型的柯達鏡箱相機，兩人有了共同的語言，熱絡地談了起來。

「馬耀谷木，」日本人自我介紹：「剛從立霧山採集植物標本下來。」

「啊，馬耀樣是位植物學家！」

范姜幾乎沒有腔調的日語贏得日本人的好感，對他交淺言深的談了起來：

「我這次帶了六十塊玻璃乾板上山踏查，僱蕃人當挑夫，他們以爲挑的是銀子，很重嘛，偷偷打開來看，發現黑黑亮亮一塊塊，大嚇一跳，撞到不吉祥的鬼物啦！」

說著，拍手大笑，范姜義明也陪著他笑。

相熟之後，范姜請他到花蓮市最著名的日本餐廳「潮屋」吃生魚片喝清酒。微醺中，馬耀說起自己的身世，承認自己沒受正規的教育，中學時曠課到田野找石器遺物，留級兩年。他最崇拜鳥居龍藏這位到台灣踏查蕃人的人類學家，馬耀追隨他的足跡，五年前踏上本島，在花蓮落腳。

「鳥居教授把東部形容爲『人類學家的博物館，最佳實驗室』，名副其實的啊！」

他背著寫眞機，口袋裝著測計器，上立霧山踏查太魯閣族，測量蕃人的身高、肩寬、頭顱尺寸、牙齒腳趾等，本來預備把踏查結果和泰雅、排灣兩族的蕃人做人種學的比較。

一上山後，他被漫山遍野各種在日本從未見過的奇花異草所吸引，於是決定改行當植物學家，採集標本。

「反正研究人種學的比較，我超越不了鳥居教授的成就，」摸了摸鼻子，馬耀不無自豪地說：「鳥居先生和我一樣，沒受過正式教育，小學三年級就被退學，他是靠自修成家的，後來才遇見恩師，日本的人類學之父坪井正五郎。」

馬耀提起另一位來本島踏查的伊能嘉矩，在岩手縣讀師範學校，因鬧學潮而被勒令退學，以後卻通曉英、法、俄好幾種語言。

「明治時期的學者，爲學術探險，探求未知的精神令人敬佩！」

他豎起大拇指稱讚，又比較兩位學者踏查的作風，除了騎馬、坐牛車，伊能嘉矩以總督府學務局成員的身分，經常坐轎子旅行，由蕃人兩旁武裝護衛。

「有一次從太巴塱往花蓮時，坐四人抬的竹轎，由三十五個全副武裝的阿美族護衛，有夠威風！」拍拍榻榻米上盤腿而坐的膝蓋，馬耀笑著說：「我靠的是兩條腿走路！」

他拿父親遺留下來的遺產作探險調查的費用。范姜想到如果他嗜錢如命的養母聽了，一定會以爲是天大的浪費吧！

清酒喝多了，馬耀谷木眨眨眼，示意范姜義明坐近一些，告訴他一個秘密，聲音很低：

「鳥居、伊能兩位學者，偷走了兩個卑南族的人頭，醺得黑黑的骷髏頭用油紙包起來，偷下山，送給東京帝國大學理學部的標本室，爲了研究啊！」

醉茫茫的范姜義明舉起酒杯，跟著附合：

「爲了研究啊……」

腳步顛蕩的走出「潮屋」，兩人在黑暗中道別。

馬耀谷木來去無蹤，和范姜義明喝了幾次清酒之後，便會像斷了線的風箏。接著約隔數個月後，則會突然再度出現在「二我寫眞館」。

冬至前的一個午後，他頭戴氈帽，身穿粗呢獵裝，風塵僕僕地來找范姜義明。這位疲憊的旅人點起菸斗，抱怨此次上山行程超出他預料的艱難，加上氣候惡劣，山上連月下雨瘴氣深重。不過，這一切都不阻礙他的興致，用望遠鏡瞄到懸崖上一株稀罕的植物時，他會不顧危險手腳並用攀上危崖，手碰觸到那珍貴的高山植物：

「像觸電一樣。」

至今回述，興奮之情仍是溢於言表。

馬耀谷木在編一部《台灣高山地帶植物誌》，實物標本計畫在台北新落成的總督府博物館展覽，他最大的想望是第一個採集到某種特殊的植物，以自己的名字命名。

范姜義明為他接風，酒酣耳熱，驅除了旅程的疲憊，興致高昂的馬耀谷木邀請范姜義明到他住處觀賞他的植物標本和寫眞。

「求之不得，太榮幸了！」

受寵若驚的范姜雙手捧著酒杯敬他。

當聽到這位行蹤成謎的日本人，已經在里漏阿美族部落住了幾年，范姜感到十分好奇。

「里漏、薄薄、荳蘭，三個挨在一起的南勢阿美族村，靠海的里漏，因為有港口，不是被日本人改名爲船津了？」

「可是我喜歡叫它里漏，」馬耀用阿美族語發音，他自稱是「蕃通」、「阿美族通」，他的姓氏：馬耀，在阿美族語裡，意思是：守護在月亮旁邊的星星。

本來想開口問他：

「喔，馬耀，難道這不是您本來的日本姓？」

不知爲什麼沒問出口。

日本人形容他在里漏阿美族部落的日子過得逍遙而自在，夏天躺在土名叫「八芝律」的麵包樹下的濃蔭，以水井旁的石板當枕頭，傾聽大片的樹葉在風中款擺的沙沙聲響，黃昏時分村中的女人頭上頂著陶甕來汲水，看她們婀娜多姿的步伐，簡直就是一幅風韻十足的熱帶風情畫。

「寫眞家的樂園。」

他說。夜幕低垂，那些汲水的少女頭戴著花環，聚集到頭目家且歌且舞，髮梢飄過濃濃的花香味，令人陶醉，秋天庭院的月色，馬耀谷木形容：

「使我想像自己是一隻魚，在月光中泅泳。」

他很欣賞阿美族人慷慨樂天、純良的秉性，從來沒看過他們的眼神帶著警戒，有絲毫不信任的意味。部落的族人無憂無慮，漫不經心的生活方式給了他很大的啓示。

「阿美族人的懶散有它的道理和迷人的地方。日本人汲汲營營，一心想征服、牟利，活得太緊張了。」

日本社會裡，每個人的一舉一動必須按照一定的規範，如果跳脫這規範，就害怕受到別人的指責。一切行動都得按照一定的模式進行，什麼事定型化以後，就變成一種強迫的行爲，不按照模式去做，就會產生不潔的感覺。他說。

馬耀對日本政府把台灣推向現代化的意圖頗有微詞，批評資本主義進入日本後的種種遺害。清酒喝多了，他親暱地拍拍范姜的肩膀，表示他最看不慣本島的內地人，自以爲高台灣人一等的那種優越感，說著，舉起酒杯，宣讀備受台灣知識分子推崇的日本人權鬥士板垣退助的宣言：

「……上天不會在人上再另外造人，所有的人種上也不會有更高的人種……每個人都享有平等的權利是世界潮流之所趨……」

不過，他不贊同板垣退助「台灣人應同化爲日本人」的觀點，他認爲應該讓本島人，包括山上的蕃人，做他們自己，但不可把他們隔離開來。

從日本人口中聽到人應生而平等，本島人不應該被視爲二等公民，范姜義明的眼睛潮濕了。

「到里漏來，那裡沒有時鐘，晚上沒有電燈，螢火蟲把整個村子照亮了，你躺在山谷底，仰望天上亮晶晶的星星，美極了！」

范姜義明來到一處種著旅人蕉的院子，傳統阿美族住屋，梁柱用籐條纏縛，屋頂覆蓋茅草，牆角堆了一排海邊撿來的漂流木。范姜直覺地感覺到這是日本人的住處，院落比其他的都要乾淨，地上鋪著細石子，使他想到日本庭園。石床上擺着好幾盆俗稱狀元紅的火刺木盆栽，紅艷艷的果子，日本人的最愛。

馬耀谷木把客人帶到湖邊，幫他架好三角架，等待拍攝黃昏白鷺鷥歸巢的奇景。

「你看湖後邊那一大片樹叢，濃密得像森林，等一下會有幾十隻，甚至上百隻白鷺鷥飛來，棲息在樹上，」馬耀困惑地搖搖頭：「怪就怪在這裡，牠們會圍成一個大圓圈，每天都一樣，一個很圓很圓的大圓圈。沒有單獨一隻或是一小群白鷺鷥，會棲息在樹叢中央或是邊緣，奇怪吧！」

爲了探究這個不可解的現象，想進一步知道白鷺鷥的習慣，馬耀派了部落一個青年在樹林搭了一個草篷，與白鷺鷥爲伍，教他觀察牠們的動態，注意每天歸巢的是不是同一群鷺鷥，甚至要這阿美族青年給牠們編上號碼。

心事重重的范姜義明，極目眺望湖的另一邊，樹叢中隱約露出櫛比鱗次的農舍，斜斜的屋頂覆蓋著黑色的日本瓦，那裡是日本農民聚居的吉野移民村。他想像橫山月姬借住的人家，屋子的外牆釘上防雨的魚鱗板，四周種著七里香，日本人喜歡用它來當籬笆。

這一刻她在屋子裡做什麼？會不會倚著緣側的紙門展讀他的信？兩天前范姜義明才託姓邱的配達捎去的，信的末尾他忍不住冒昧地問她可有雙胞胎的姊妹？他在壽豐的戲院看到一個像極了她的人。

范姜義明有點後悔自己的孟浪。他搔搔幾天沒心思上油蕪亂的頭髮，把馬耀谷木當作朋友，推心置腹地托出自己的心事。

日本人聽完他的訴說，不假思索地勸他打消念頭。

「忘記她吧！花蓮不缺好的女子。」

說完，彎身拾起一塊小石頭，舉臂丟入湖中。范姜義明搶上前，高聲逼問日本人：

「忘記她，就這麼簡單？」

閃過對方逼視的目光，馬耀谷木把臉轉向一邊，說起他認識的一個台南人，在州廳任公職。

「他也到東京留過學，一心想當文官，我問他什麼理由？他竟然說因爲喜歡穿文官的白色制服。」

范姜義明摸摸頭，不懂日本人想告訴他什麼。

「他最近娶了一個灣生的日本女子，」馬耀谷木把臉轉向他：「你知道什麼叫做灣生吧？」

「在台灣出生的日本人……」

「對了。這台南人不僅娶了她，還成爲妻家的養子，這樣一來他就可以變成內地人的戶籍，薪水加六成，他請我到他家作客，家居也穿和服。」

馬耀谷木頓了一頓，自言自語地又說了一句。

「透過這種途徑，可以成爲名符但不實的日本人。」

范姜義明聽了，有如受到侮辱地脹紅了臉。

他回想自己在東京留學時，單戀學校附近一間小酒館的女侍，他的日本同學幫他出主意，要他謊稱是九州來的日本人。

「爲什麼是九州來的？因爲我的日語不夠純正？」

「你的日語和日本人說的一樣道地。」

「唔，九州福岡人，南邊太陽比較大，和我花蓮曬黑的皮膚比較相像吧？」

他的日本同學含有深意的看了他一眼，支吾著並不回答，被范姜義明逼急了，道出一句：

「總之，說你是日本人，比較有勝算吧！」

12 他的莉慕依

一個雨後山嵐簇擁峯巒的黃昏，天祥飯店的車子把無絃琴子載到泰山隧道東口旁，高聳的山壁夾峙下，立霧溪谷底的溪水像一條白色的蟒蛇，蜿蜒而去，經過一座漆成黑色的鐵橋，無絃琴子沿著石梯一級級往下走，溫泉從火山岩的岩壁噴湧而出，野溪旁突出一塊飛簷似的岬角，成爲天然屏障，橫在溪底的大理石被日治時期發現的深水少佐開鑿出天然浴槽，爲了紀念，野溪溫泉以他命名，日文導覽書至今仍以深水溫泉稱呼。

天然溫泉水，除了可用來洗身，還可生飲，溫泉旁立霧溪近在咫尺，冷冽的溪水，可冷卻泡熱的身體，絕佳的三溫暖，行遍日本也找不到這樣的景致與享受。無絃琴子的導覽書上這麼寫著。

改名爲文山的露天溫泉，至今仍然保持橫山新藏夫婦在時的原始風味。

許多年前，綾子由她當警察的丈夫帶來洗溫泉，跪在丈夫身後用一塊絲瓜囊幫他擦背，雖然溫泉外有四個荷槍的警丁站崗，綾子還是覺得有一雙凹陷的蕃人眼睛無所不在地窺伺著她，煙霧騰騰中，她從丈夫的肩膀看出去，岸上白色的山杜鵑花叢似乎動了一下。山丘上有人，綾子還聽到花叢被撥開的沙沙聲。

綾子害怕有個披頭散髮、腳趾槎枒如雞爪、全身赤裸只用一小塊布遮住私處的蕃人，要趁她的警察丈夫不在時前來侵犯她，拿一把蕃刀架在她的喉嚨強暴她……

深深的恐懼使她膝蓋顫抖不已，最後不支的跌坐在溫泉裡。

同一個溫泉，甚至就在當年綾子跌坐的位置，無絃琴子泡著滾燙的熱泉拼湊她的家族故事，眼前浮起她看過的一幅自畫像。她帶逐漸失去記憶的母親月姬到老人福利中心接受「回想法」的治療，診所布告欄的一幅畫作吸引了無絃琴子，炭筆畫的自畫像，一共分成四格，標示不同時間完成的，右上角是病人治療前對自己的印象，一團模糊的影子似的筆觸，畫面混亂難以分辨，留下大部分的空白，右下角那幅是開始接受治療時畫的，出現了眼睛，隱約可見頭部肩膀，臉上的五官仍然殘缺不全，鼻嘴遺漏了，左邊第三幅是治療接近痊癒的畫像，第四幅終於勾勒出整個面貌細節，一個眉頭緊皺戴眼鏡的老人躍然畫面。

無絃琴子也在爲她自己和家族的過去畫像，她不知道她所挖掘出來的是停留在哪一個階段？

不止是她的母親掩藏過去的記憶，使她這做女兒的無法走進月姬憂悶的內心深處，她的外祖母綾子，更是蓄意全盤抹殺她的殖民地的過去，逢人便說月姬是被扔在名古屋綢緞店前的棄兒，由她撿回來養大的，把女兒出生在台灣當做見不得人的事，被扔的棄兒怎樣也比在那窮山裡成長的親生女兒來得體面吧！

月姬是撿來的孩子，那她呢？無絃琴子問母親，渡邊照這個她出生紙上的父親，爲什麼從未在她的生命中出現過，她的父親在哪裡？還有他的親戚呢？

「去問妳外祖母吧，她會有答案的！」

然而綾子只口口聲聲地說：

「妳的母親是個純潔的女人！」

然後她嚴厲地訓斥她的外孫女，要她做個眞正的日本人，一舉一動都要合乎禮儀，調教無絃琴子的坐姿，自己以身作則，在榻榻米上永遠正襟危坐。

泡在雨後杳然無人的乳白熱泉，無絃琴子仰望兩邊夾峙的大理石峭壁，想到在山的那一邊，遠在日本人之前，早已有太魯閣族人聚居，他們沿著山坡築建間間造型相異的石板屋、茅草屋，石階交錯其間，黥面的老婆婆坐在門口，把籐竹剖細，編織籐籃、裝物品的背籃、篩小米的米苔蘿，赤足的孩子們，睁著圓圓的大眼睛奔跑嬉戲。

一陣山風迎面吹拂過來，無絃琴子感覺到有東西隱藏在氣旋裡，好像是一張旋轉的臉孔。

那是哈鹿克·巴彥的臉孔。

動身到花蓮來之前，無絃琴子才聽到母親說起她的女同學眞子愛上蕃人哈鹿克的故事。有好一陣子，月姬看起來好像常常出神，神識不知漫遊飄浮到何方，臉上常掛著微笑，心有所屬似的，跟她說話，顯得漫不經心。一向以來月姬像海蛤一樣緊緊密閉的兩片硬殼就在這時開始出現裂縫，她首次提到眞子，說是她花蓮高女的同學，兩人好到吃同樣的食物，並肩睡覺，在同一個溫泉洗澡，共同喜好洋裁，一起到佐藤夫人那兒學紙樣剪裁。

禁不住好奇心，無紘琴子問月姬她的女同學眞子是怎樣愛上蕃人哈鹿克的？

她是在花蓮一次運動會上，被他的表現所吸引。

日本統治者無視於阿美族人的禁忌，觸犯被視之爲神靈的聖地，將它開闢爲田徑體育場地，第一年舉行運動會，突然從海面颳起一陣焚風，才四月天燠熱難當，選手個個呼吸困難，焚風怒號，運動場籠罩在沙塵風暴之中，周圍丈多高的黑板樹應聲倒地，射箭的連靶位都被吹倒。選手們無靶可射，裁判不得不喊停。足球場上球隊逆風踢球，球不過半場。午後陽光黯淡下來，天開始降下黃色的炎塵，沒多久就積了厚厚一層。

日本當局對觸犯阿美族聖地，惹怒神靈導致焚風作怪，認爲無稽之談。第二年擴大運動會的參賽團體，把向來與阿美族人不和睦的太魯閣族壯丁召集來一起較勁。

運動會以阿美族的摔角比賽開鑼。

族語「馬拉祿夫」的摔角傳統是在一月米得祿茲節日第二天舉行，大冷天村中壯丁裸背赤膊上陣，以之訓練體能，抵禦外族侵略。競賽的場地，按照傳統的規矩，得先舉行祭祀儀式。

日本人把馬拉祿夫納入運動會項目，省略比賽前的祭儀，新立下好些規矩，規定參賽的壯丁必須打扮成日本相撲的模樣，穿日本式的兜襠褲，足踏草履，甚至連動作也要模仿。

吹哨子開場的阿美族老頭目，頭戴旗魚骨做的頭箍，白鷳毛頭飾，身上卻穿日本和服，如此不倫不類，太魯閣族的選手，包括哈鹿克．巴彥在內，都把老頭目當成取笑的對象。

「那次運動會，我帶著吉野移民村的女孩——唷，不對，」月姬警覺地改口：「眞子，我的女同學，帶著花蓮高女的女學生表演薙刀，日本女孩的傳統技藝。」

田徑場上一隻標槍凌空而過，咻一聲劃破空氣，眞子擠進人牆，哈鹿克．巴彥在場子裡手握標槍，正蓄勢待發，身上除一件短褲，其餘一絲不掛，黃褐色的胸背，手臂突出健美勻稱的肌肉，昂揚的立姿使眞子想到雜誌上的古希臘英雄雕像，同樣是肌肉僨張，氣勢逼人。

哨子一響，哈鹿克高舉標槍，赤著腳，風一樣快跑，長髮飛揚，像林子裡一頭壯美的雲豹，朝眞子直奔而來，箭一樣一閃而過，赤腳濺起黃色的沙塵，從腋窩、鼠蹊散發的汗腥味，山地人特有的體味與空氣融合，隨著風吹送到眞子的鼻子，深深吸入她的肺腑裡。

他的氣味使眞子心神蕩漾。直覺告訴她，如果不當下轉身逃離，她將會陷入慾望的羅網，成爲那氣味的俘虜。

然而，眞子膝蓋癱軟。她跑不掉。

這是一種宿命。橫山月姬說。哈鹿克山地人的體味給了她——眞子致命的吸引力。

這種徵象在幾年前就發生了。

那次帶哈鹿克給日本牙醫拔掉那顆爛牙，流了不少血，眞子掏出印著千羽鶴的手絹，給他捂住微腫的臉頰。分手時，哈鹿克把手絹還給她，眞子聞到留在手絹上的氣味，即使還只是個少年，他已經體味很重。

嗅聞著手絹的氣味，眞子臉紅到耳根，好像嗅到哈鹿克的身體最私密的部位。少女的羞恥感使她立刻想拋棄這條被蕃人少年觸摸過的手絹，卻又不知爲什麼捨不得丟，拿回來偷偷藏在箱子底，以後每次想他時，嗅聞手絹殘存的氣味，感覺到擁有哈鹿克的身體。

哈鹿克壯碩的臂肌，剛毅的下巴，從腋窩、毛髮散發出來的氣味，都令眞子心醉神迷，使得她對他既恐懼又著迷，卻又逃不了。月姬這樣告訴女兒。

哈鹿克的笨拙打動了她，他是個被忽視冷待的孩子，眞子把他的頭擁到自己的胸前，充滿愛意的梳理他又粗又硬的頭髮。她總覺得哈鹿克需要她的幫助。

在這咕嚕咕嚕冒著硫磺味的溫泉，橫山綾子感覺到被蕃人窺伺，危機四伏的同一個溫泉，眞子把自己給了太魯閣族人哈鹿克。

那是一個月色極好的夜晚，被哈鹿克喚做莉慕依，族語「思念」的意思的情人，一手挽著藤籃裡的毛巾衣物，一手緊緊的拉著他，踩著石梯，一級級往山谷的溫泉走來。哈鹿克注意到她後頸沒有挽上去的髮絲，在清冷的月光下一根根清晰可辨。那是處女純潔的髮絲。

被她溫軟、每個指頭細細小小的手掌拉著，哈鹿克步下石梯的腳步有點遲疑。倒不害怕被駐在所的巡查部長，她的警察父親發現和他的女兒深夜獨處，將會得到嚴厲的懲罰，他也不在乎族人對他的警告，他們說和異族女人親密的交往會觸犯神靈，引來災難疾病，像那一年天花疫症流行。他唯一擔心的是今天晚上在這野溪溫泉，他的莉慕依即將失去的貞潔。

從地底冒出煮沸的乳白色泉水，煙霧騰騰，月光下看起來很神祕。他的莉慕依從岩石後更衣出來，披著棉布浴衣，赤著腳，潔白的雙足踩踏溪邊的卵石，一步步嫋嫋地走過來，有如走入人間的精靈，那麼聖潔，使他不敢抬眼看她。

噗哧的一聲輕笑，她總是那麼愛笑，哈鹿克不由得尋聲轉過頭去，她坐在石頭上，赤裸的雙足撩撥著溪水，月光下，她圓圓的緋紅的足踝如此細緻可愛，他是多麼渴望把它們捧在他的胸前，溫柔的呵護！

「啊，多麼好的月亮啊！」

她輕聲嘆息，雙手放在膝上，完全像個無邪的精靈。她要哈鹿克吹口簧琴，聽聽琴聲在糾纏的山谷之間迴盪的回音，雖然怕驚動附近守夜的警衛，他還是掏出用小竹片削薄製成的口簧琴，嘴唇對著孔，蹲在她的腳旁，低低的吹。

山谷沒有風，笛聲清揚，在兩邊高聳的岩壁之間繚繞。她闔著眼睛聆聽，哈鹿克從下面往上看，她的鼻孔小小的，兩排睫毛像扇子一樣，覆蓋著眼瞼，微微往上翹。

今晚的月光實在太好了。

莉慕依解開她的衣帶，她要他和她一起洗溫泉。拗不過她，在和她同浴之前，哈鹿克必須先把自己清洗一番。他知道立霧溪下游的溪谷有一個小小的瀑布，小時候常去玩水，枯水期時和玩伴從瀑布下走過取樂。

哈鹿克來到小瀑布下，解下從不離身的蕃刀，把遮掩私處的兜襠布一併解下，赤條條的站在白練中。力道很強的水像一條鞭子鞭打著他，飄散的頭髮順服地軟垂下來，雙手掬水清洗他的前額、鳶鼻，摸摸臉頰，他很慶幸自己沒有黥面，沒有從耳朵到嘴角刺上一條縱紋刺青，這種族人肯定英勇獵人戰士的印記，被日本統治者視爲野蠻取消了。他知道山下的漢人有一種可笑的說法，說是族人前額刺青的條紋表示出草馘首的數目。

張開嘴巴漱口，下排後面的臼齒一顆被拔掉了，留下一個洞，可盛多一點水吧！想起多年前，他捧住臉頰拚命忍住牙疼，他的莉慕依像個大姊，帶他去給日本牙醫拔掉爛牙，哈鹿克心裡湧起一陣溫暖。

住在山坡上的日本牙醫用一把冷硬的鐵鉗拔去作怪的牙齒，拿給哈鹿克一隻長長的、前頭有柔軟細毛的東西，沾了淺碟子裡白色的結晶體，他認出來是鹽，他的祖先就是爲了找尋食鹽，才從山脈的另一邊攀山越嶺遷移到近海口的立霧山。日本牙醫示範，要他把沾鹽的齒刷子放進嘴裡，上下左右刷洗，然後用水漱口。

哈鹿克捨不得把鹽水吐掉，通通吞到肚子裡。

帶著日本牙醫給他的齒刷子和一包鹽回到部落，引來族人圍觀，玩伴們輪流用那把齒刷刷牙，母親拿走那包鹽去煮食。

用盡力氣拚命搓洗他的全身，連腳趾與腳趾之間、腳板都不放過，但願小瀑布的水有漂白作用，把他深褐色的皮膚漂得淺淡一些。哈鹿克想起堀井先生，他是個愛洗澡的日本人，住在他家時，看他不論寒暑，每天傍晚一定蹲在浴室的一隻大木桶洗澡，這麼大的人手腳捲曲蹲坐木桶，多麼不舒服！

幸虧他不是太魯閣族人，要不然他蹲坐的樣子就像族人死去入葬的姿勢。哈鹿克召來幾個玩伴，到堀井先生的小木屋後的河邊，拿鏟子挖起一片片火山岩。如他所料，溫泉自地底冒出來，四處流竄，他們挖了個小小的天然溫泉，堀井先生看了，高興得大叫，從此他天天泡在溫泉裡。難以忘記的第一次看到堀井先生的身體，很驚訝他的皮膚這麼白，胸脯大腿比哈鹿克白了好大一截。他手抓著一塊黑褐色的東西，沾了水，在身上抹抹搓搓，起了白色的泡沫，哈鹿克認爲堀井先生的皮膚就是這麼洗白的，他也偷偷效法。

忍受不了對著那台有輪子轉動的盒子，整天翻來覆去張大嘴對著它喊族語的那幾個字母，太枯燥了，半夜逃離堀井先生的家，沒帶走那塊碰了水會起泡的東西，因爲那不是他的。唯一帶走的是件半舊的藍條浴衣，堀井先生嫌太短送給他的。每次堀井先生泡夠了溫泉起身，用一塊布把身體擦乾，不像太魯閣人讓身上的水自然風乾，然後他披上浴衣，進屋點上菸斗，站在窗前對著遠山悠悠然噴出一口煙，很享受的樣子。

哈鹿克也曾模仿堀井先生浴罷後，披著他送給的浴衣抽竹管菸斗，只差沒戴眼鏡。

很想念堀井先生。回想起來，他教的一切都在爲哈鹿克做準備。他算準了日後他會遇到他的莉慕依，先教會他好多文明的舉止：用筷子挾菜，不能用手抓食物，必須在固定的地點如廁，不能像野狗似的隨地撒尿放屎等等。他尤其感激崛井先生糾正他的日語發音，他的莉慕依告訴他，在她警察父親的心目中，精醇無雜質的國語是日本精神的血液，他是値得他的莉慕依愛的吧！

要是沒有堀井先生的教導，他在他的莉慕依前一定會更加手足無措。好想念堀井先生，聽說他回日本去了。

哈鹿克的莉慕依泡浸在溫泉裡，露出水面的肩膀，白得像能高山頂的積雪，她的嘴唇如山櫻一樣赤紅。他自慚形穢，躲在山岩下的陰影，離她遠遠的，不敢看她，仰著臉尋找天上的星星，夾峙兩邊的峭壁高入天際，讓他感覺好像在井底一般，夜空變成一條線。

莉慕依示意他靠她近一點，可是他一動也不敢動。能夠這樣近距離的和他的莉慕依相對，他已心滿意足。

日本人眞愛洗澡，尤其喜歡泡溫泉。他的莉慕依告訴他，每年秋天一到葉子變紅飄落，男男女女泡在同一個池子洗溫泉，雖然袒裎相見，心中卻無邪念。一家人共浴，媳婦替公公擦背，被認爲是自然不過的事。

這可超越過哈鹿克的想像。他的族人嚴守男女之防，部落中青年男女路過相遇，除非彼此有意，要不然不敢隨便搭訕，怕被誤會。然而，他的莉慕依也很難理解族人的一些規矩，比如說，允許未婚男女共處一室，卻不准有肌膚之親的風俗。

他向她解釋，男女同衾而不允許有進一步的親暱舉動，是爲了考驗對方的定力，女的爲了保住貞潔，下身緊緊裹了兩層布，整個晚上警覺地不闔眼。他們還有一種搶婚的風俗，部落中擅長打獵、強壯如雲豹的勇士，把看中的女子搶了來，只能藏在山中或親友的家，如果把她藏在自己的家，則等同姦淫罪，會受到嚴厲的懲罰。

哈鹿克和他的莉慕依，一個非我族類的女人，幕天席地在溫泉中赤裸裸的相對。她伸出溫軟、小小的手指向哈鹿克招手，要他靠近她，他還是不敢動。她於是像一尾雪白光滑無鱗的魚，向他游過來，翕動兩片血一樣的紅艷嘴唇，如果不用他的嘴去吮吸、去承接，好像那血就要滴溢出來了！

她朝他泅泳過來，濺起如碎玉般滾燙的水，舔著他的臉頰、她的臉頰，把他們的嘴唇黏在一起……

他的莉慕依輕輕地嘆息和呻吟，加速了他的胸膛敲鼓一樣的作響，如不逃離，下一秒鐘他將爆炸成碎片，他必須站在小瀑布下用冷冽的水鞭澆熄他焚身的激情。

沒想到他的莉慕依也隨著他躍出溫泉，披上浴巾緊跟上來，亮如白晝的月光下，她的雪白赤足踩在濕軟的沙土，印出一個個可愛的足跡，她的被溫泉泡紅了的腳趾，右邊最小的那個微微往外撇，多麼令人憐愛，他眞想跪下去捧住那雙纖纖玉足久久親吻。

不知哪來的力量，哈鹿克還是讓自己躲在小瀑布下，讓白練似急流而下的水鞭澆熄他對她的渴望。哈鹿克的莉慕依來到小瀑布前面的一塊平坦如石床的磐石，他從水的縫隙裡看到她深深吸了口氣，下了決心，褪下棉布浴衣把它平鋪在磐石上，然後涉水而過，從枯水期水量不是很大的瀑布把他拉了出來，牽著他的手來到磐石上，她自己先幕天席地仰躺了下來……

無絃琴子對眞子獻身給哈鹿克，曾經有她自己的看法。那不是愛情。她認爲一個日本女子，而且是那個時代的日本女子，在殖民地的台灣山上與那未開化的原住民之間，存在著無法跨越的隔閡。

范姜義明的《台灣寫眞帖》裡夾了幾幀蕃人的人像，從拍攝風格取景看來，似乎不是出自他之手，但不知是誰的作品？一幀亂石枯木之中，一排披頭散髮、腳趾椏杈如雞爪的野人，男的胸肩圓潤，全身赤裸，僅用一小塊布遮住私處，女的則用一大塊袈裟一樣的披肩罩住身體。另一幀坐在地上的兩個人，刺青的臉，一個戴著貝殼的耳環，手腕佩戴珠飾，另一個吹著短短的笛子，好象爲腳前那一團圓圓的東西吹，無絃琴子把寫眞拿到亮處去看，發現那是一粒人的頭顱。

馘首的族類。

難怪她的外祖母綾子逢人便說月姬是被扔在名古屋綢緞店前的棄兒，由她檢回來養大的。被扔的棄兒怎樣也比在窮山長大的親生女兒來得體面吧！

該不會是月姬口中的眞子執迷於異鄉情調，顚倒了美與醜、原始與開化的觀念，被山溝野蠻的人種所蠱惑，在獵奇心態的驅使之下，甚至陷入以身相許的地步？

如果月姬的記憶準確無誤——這樣刻骨銘心的日子應該不會記錯，她口中的眞子獻身給哈鹿克·巴彥的時間是在霧社事件過後不久。把自己的身體——一個日本女人的身體奉獻出來，會是爲日本統治者的殘酷道歉，在罪疚感的驅使之下，把自己作爲一種贖罪補償，哈鹿克所屬的太魯閣族，本來是霧社泰雅族的一支，只是語言不同而已。

無絃琴子認爲這種推斷比較合理。

她看過德國女性主義女導演的電影，賀雅・桑德斯布拉姆斯（Helma sanders-Brahms）和她同代，都是在二次大戰中出生，女導演的幾部片子都表現了納粹德國下，一群女性鬥爭存活的經歷，最受好評的《德國，蒼白的母親》，引用布萊希特的詩做片名，將德國比喻爲被兒子（納粹）所包圍恥笑的母親。女導演的另一部電影《無情社會》批判父權社會中男性對女性身體的掌控，女主角出身上流社會家庭，無法承受負荷人世間太多的戰亂痛苦，幻想自己看到救世主耶穌，她爲自己的階層贖罪，憐憫社會邊緣的男人，把自己的身體當做慈善奉獻給外籍管工、黑人、阿拉伯人、殘障者等，這些男人，卻都只把她當成洩欲的工具。

同是爲了罪疚感自我犧牲，所不同的是月姬口中的眞子，身爲殖民者的女性，她的獻身是由她主動，在她與哈鹿克的肉體間採取主導權。

會是這樣嗎？無絃琴子問自己。

來到立霧山上，山清水靈的自然，使她對這段戀情的看法有了改變，推翻了她先前以爲眞子是爲了國族背負十字架而獻身的論斷。

在山野成長的哈鹿克，這個和天地精神相往來、聽得懂土地與自然語言的人，牽著他心愛的莉慕依的手走入山林，大自然喚醒她的自我醒覺和每一個細胞官能性的憧憬，與萬物相感應。他教她閉上眼睛，用心體會造化無以言傳的奧祕，哈鹿克帶她看蜘蛛吐絲、斷崖間燕子口紛飛的燕子，仰觀縱躍於楠梓樹之間的猿猴，遠看掛在樹上的黑熊，他們受到自然的保護，馳騁山林樹叢之間髮膚無損。

無絃琴子想像哈鹿克和他的莉慕依躺在山林深處，幕天席地，以叢林爲屏障相依相偎，一股暖流緩緩地從地心湧出，注入這對肢體交纏的男女，溫暖他們的四肢，微風輕輕拂過他們裸露的手臂、肩膀，撩起一陣陣愛的性感的痙攣。大自然潛藏著美妙的性愛，哈鹿克和他的莉慕依耳鬢邊廝磨，聞嗅令他們神馳的花香，吮吸大地的甘露，被空氣間濃濃化不開的愛的能量緊緊地包圍著。

山林的風幽幽地吹起，一開始輕輕地呢喃，漸漸地熱烈了起來，愈吹愈猛烈，撼動山林巨木的孔穴，有的像嘴，有的像鼻子、耳朵，一齊發出唱和，熾熱激情的騷動久久不能止息。

也不知道過了多久，大風過去，孔穴安靜，樹枝還在搖動……

上山這幾天，與自然大地親近，無絃琴子感覺到自己的內在起了微妙的變化，對母親生息之地，讓她深深感受到山林之美，體悟了星移日出宇宙的奧妙。

微雨的午後，她撐傘繞過飯店，徘徊山徑，杳然無人的竹林，煙雨濛濛中，好像連空氣也變成透明的綠色，愈往裡走愈是幽靜，無絃琴子自覺在大氣的縫隙恣意的遊來遊去，一直以來被外物俗世所連累的心，放鬆了下來，感官從沉睡中甦醒了過來。

無星無月的夜晚，她沿著熟悉的小路散步，一走出飯店燈火照耀所及之處，大地陷入一片闇黑，從小害怕黑暗的她，立刻感到整個人被陰影所吞噬。要是在從前，她一定會因恐懼而折回，然而，幾天來與大地的親近，喚醒了她內在的力量，無絃琴子心無所懼地往前走，朝著那幾乎是凝固的、厚厚的一層深不可測的黑暗刺穿而去。

路的盡頭，一彎新月突破雲層斜掛天際，無塵山間的月，是如此寧靜而神祕，使她不由自主地停下腳步，生怕驚動了大地。

無絃琴子開始有點懂得這一對與天地合而爲一的戀人。

13「記住珍珠港」

「Wearing Propaganda」的展品中，有一件絲質的包袱巾，邊緣一圈鐵灰色，框住茶褐色的裡圈，畫著一個蕃薯形狀的台灣島地圖，沿著縱貫鐵路從北到南，標示出各地的物產：蔗糖、樟腦、木材、砂金、稻米、鳳梨，還可看到溫泉的記號，右邊下角是日軍騎馬進城的景象，背景是個古風的城門，歡迎的百姓分立街道兩旁，小孩手上搖著日之丸的日本國旗。

無絃琴子的思緒從包袱巾上的台灣地圖，飛到多年前那次花蓮之行，她沒找到母親念念不忘的吉野移民村，小弓橋下的那三塊青石板，倒是在不經意之中發現與母親的連繫。

那一天，她隨著「豐田會」回去尋根的老人，參觀小學校對面的社區活動中心，它原是日治時期移民村的派出所。她走進一間改裝的工作室，兩個婦女坐在電動的縫紉機前車縫做堆布繡，一個好像負責構圖設計的年輕女子正彎腰，手拿著粉土在一塊花布上描繪圖案。

抬頭一看，無絃琴子正對著牆上一幀泛黃的放大寫眞，洋裁縫紉班學員的合影：花蓮市郊一帶常見的茅草屋頂下，六台用腳踩的老式縫紉機一字排開，每台後面各坐一個學裁縫的年輕少女，她們穿著應該是出自自己之手，式樣老舊過時的洋裝，純眞的臉帶著鄉氣，身後菅芒花莖編的牆斜掛了好幾塊花布，顯然是特地爲拍照而布置的裝飾。

導遊上前爲無絃琴子說明；這群待嫁的少女聚集在這戶人家學習洋裁，學會了縫紉手藝，以備婚後爲丈夫、小孩做衣裳，從她們的衣著髮型來看，導遊估計應該屬於日治末期。

這間社區婦女縫紉工作室，尤其是牆上這幀泛黃的寫眞，使無絃琴子找到了與她母親之間的連繫。當她寄居吉野山本一郎家，跟花蓮火車站旁的佐藤夫人學習洋裁，也就是這群待嫁娘的年紀吧？

觀賞掛了一牆的堆布繡成品，一路看過去，發現幾乎每一件都以日本的風情爲題材：桃太郎、富士山、櫻花樹，以及日領時期在豐田留下的遺跡，如日本式宿舍、醫生的家、日式菸樓等等。

屈指一算，無絃琴子到花蓮的那一年，已經是終戰後的第二十九年，沒想到日本依然活在當地人的生活裡，對日治時期如此眷戀不忘。

望著平整攤在桌面的台灣地圖包袱巾，受了一股情緒的驅使，無絃琴子動手拎起包袱巾的兩個對角，打了一個結，另外兩個角也照做如儀。

如此一來，就把台灣整個包紮了起來。

最近無絃琴子遇到一件使她納悶不解的事。她的電腦收到一個與展覽有關的訊息，一條美國絲巾上面印有「記住珍珠港」的英文字，它是這次展覽的總策畫，金泳喜博士傳給她的。

無絃琴子知道這項以二次大戰後方戰爭宣傳的織物展覽參與者除了日本，也包括英國、美國。

爲什麼把這件美國展品傳給負責日本部分的她？

金泳喜博士是位歸化美籍的韓裔學者，她的外祖父是日本統治朝鮮時的著名報人，從小崇拜民族英雄安重根，打從心底佩服這位朝鮮義兵隊的領導人，敢於在哈爾濱火車站衝出歡迎的人潮，舉槍射擊日本總理大臣伊藤博文，被捕後控訴曾經擔任朝鮮首任統監的伊藤強迫大韓王室簽下喪國辱權的「乙巳條約」，非法併呑朝鮮等十五項罪行。

及長留學東京，正逢第一次世界大戰結束，國際社會對民族自決的關注達到空前高漲，趁著大正民主熱潮，金泳喜的外祖父加入留學生推動的朝鮮獨立運動，聯合祖國境內開始覺醒的工人、農民發表獨立宣言，企圖掙脫日本帝國殖民的捆綁，提出「大眾化、一元化、非暴力」的行動綱領，稱爲「三一獨立運動」。

起義運動遭到日本殖民者殘酷的鎭壓，失敗後，金泳喜的外祖父輟學回到朝鮮，灰心喪志的他，本想隱居鄉間老家，蒔花賞玩茶陶度過餘生，後來聽到從日本關東大地震奇蹟般生還的同鄉，講述地震後的混亂中，日本警察散布「朝鮮人要乘機起事，舉行暴動」的流言，警方大肆搜捕，出動軍隊，結果導致六千個駐日的朝鮮人被警察和市民自發組織的自警團殺害。

「但是對那樣殘暴的屠殺，國內幾乎沒有任何抗議。」

倖存者的這番感慨，令金泳喜的外祖父大感羞愧。日本當局全面封鎖屠殺的消息，全然一無所知的朝鮮人從何奢談抗議。這事件激起了他辦報流通訊息的決心。

金泳喜的外祖父經常在他的報紙社論批評日本殖民者的不公不義，要求朝鮮人民自決的言論，沒多久被控以煽動暴行關入監牢，幾次進出監獄，最後還是在獄中被迫害至死。

金泳喜在小學教科書上讀了外祖父的抗日義行，就隨著學醫的父母移民到美國。她在研究所主修韓國近代政治史，受到論文指導教授的鼓勵，準備就她所學以及外祖父留下的三大本獄中日記，寫一部他的英文傳記，以第一手親人的角度將日本殖民者的暴行公諸西方社會。

抱著義不容辭的使命感，金泳喜發揮研究生蒐集材料的本事，她小小的宿舍鋪天蓋地堆滿了一九一〇年到二次大戰結束，日本殖民朝鮮的文獻史籍，爲了廣泛閱讀，她勤學日文，天賦語言能力的她達到能用日文書寫的程度。

外祖父的傳記始終沒有完成。金泳喜後來讀了個文化研究的學位，任職於博物館，負責裝飾藝術、設計與文化的展覽，這個「Wearing Propaganda」就是由她一手策畫的。

通過電子郵件，她與負責日本部分的聯絡人無絃琴子聯繫上，經過兩年多的郵件往來，感覺到彼此熟悉了，兩個失婚的中年女人除了展覽公事，也開始聊些個人生活。

無絃琴子提到她大學時是學生運動的激進分子，那時的她不僅有自我毀滅的衝動，也與整個世界爲敵，面對警察暴力驅逐，她說當時如果有一槍在手，她眞的會射擊。

學運過了，離了婚，心情最惡劣的時候，恨不得把頭伸入烤箱，自我了斷。她沒死成，反而飛到紐約朝聖摩靈寒高地，學生運動時，那裡是左派文藝人士聚集之地，她到哥倫比亞大學——走過當年學生罷課佔據的圖書館、教室。當年學運進行得如火如荼時，一對學生情人在那間貼滿格瓦拉、列寧、黑人民權領袖麥爾坎·X的海報的教室點著蠟燭舉行婚禮，無紘琴子認爲那是世界上最浪漫的婚禮。

在哥大校園草地對著那間教室坐了一個晚上，回想自己也是在學運中草率完成終身大事，想到沒有得到母親月姬的祝福，淚水終於奪眶而出，無紘琴子很詫異自己居然還會流淚。

本來想追尋她所崇拜的作家凱魯亞克，像這位垮掉的一代的代言人當年自我放逐，開車做點狀的掃描橫跨美洲大陸，在大地不斷的移動，藉助大麻、酒精之力一直到終點。離開紐約的前一天，她在佳士得拍賣預展奇蹟似的看到《在路上》的小說原稿，老式打字機一個字一個字沒有間斷的打出來的，接連成圓圓一大卷。

看到凱魯亞克《在路上》的原稿，無紘琴子不想去流浪了，飛回東京，發現她獨居的母親患了老年癡呆症，她把母親接到自己的家，一直到她去世。

年紀比無紘琴子小一大截的金泳喜以沒能趕上六八年的學生運動深以爲憾，她對無紘琴子的心路歷程卻表示完全能體會。

兩人談到興趣嗜好，金泳喜提到她收藏茶陶，家裡有幾件從前朝鮮出產的粗製茶碗，都是她外祖父生前的用品。

在她蒐集外祖父傳記的資料過程中，廣泛閱讀日本的文化歷史，她在一本論述日本茶陶的專書讀到豐臣秀吉出征朝鮮無功而返，卻把朝鮮陶工充當戰俘虜回，在瀨戶教日人燒製茶具，後來才搬到美濃。

「朝鮮李朝的陶瓷工藝對日本茶陶的技術和藝術性產生影響。」

專書還寫道：

「江戶時代歸化的朝鮮人李參平在九州有田採得瓷土，築窯燒瓷，開始出現色釉，伊萬里日本瓷器取代明末戰亂的景德鎮瓷器，外銷歐美大放異采。」

原來朝鮮陶藝和日本瓷器還有這一段淵源。此後金泳喜對日本茶陶發生興趣，甚至拜師學起日本茶道，這段歷史多少使她感到心安理得。

從茶陶，金泳喜告訴無絃琴子她在波士頓學習日本茶道，已經學好幾年了，師傅是千利休派的傳人，就在他家教，茶室不大，但樸素簡單——

「當然也不像京都妙喜庵千利休的茶室，只有兩疊榻榻米大，畢竟師傅輪流教十幾個學生。」

金泳喜形容茶室外的日本花園小而精雅，最近菖蒲盛開，美極了！

學日本茶道，無絃琴子問她可曾讀過川端康成的《千羽鶴》，它除了是本精采的文學作品，小說中對茶道禮儀、茶會形式，以及茶具的講究，描繪細緻生動，讀著它有身歷其境之感。

幾天之後，無絃琴子收到感激她的信，金泳喜讀了《千羽鶴》，從文學作品使她更能體會日本茶道的思想及美學，她買了所有川端康成作品的英譯本，預備細細地品味感受小說中那份哀婉美麗的日本風情。

金泳喜熱烈地發表她對川端康成文學的觀感，信寫得很長，然而等了許久才得到無絃琴子簡短的回應，而且措辭不很恰當。金泳喜這才意會到對方的英文有限，平常公務郵件往來尚可稱職，一談文學，辭彙不夠顯得很吃力。爲了避免傷害對方的自尊心，金泳喜告訴無絃琴子她懂一點日文，想藉通信的機會練習一下，以後改用日文寫信，請對方指正文法上的錯誤，特別是敬語。

無絃琴子感謝她的體貼。金泳喜搬出學生時代學過的日文，打出第一封信，詫異自己居然沒有忘記。很快接到回信，無絃琴子讚嘆她一手漂亮的日文。

「好到使身爲日本人的我羞愧不已。」

金泳喜接受這份讚美。絲毫不感覺對方字裡行間隱含有嘲諷或優越感。受到鼓勵，她決定看川端康成的日文原著，把先前買的英譯本連同她最喜愛的谷崎潤一郎的《細雪》英譯打包儲藏起來。

捧著紙箱走上堆棧雜物的閣樓，轉開生鏽的門把，角落靜靜佇立的一大落筆記本、史籍文獻，上面一本紅邊黑色硬皮，敞舊的本子擊向她的眼睛。那是她外祖父三大本獄中日記中的一本，底下全是她準備爲外祖父寫傳記蒐集的資料筆記、研究書籍，疊起來比半個人還高。

金泳喜在全然沒有防備之下看到它們，心裡受到極大的撞擊，她抓住門把倚在門邊站了好一會，才進去拂去日記上厚厚一層灰塵。沒有完成外祖父的傳記，她甚至把這件事完全給忘記了。

金泳喜不能原諒自己。

她把日記放在床頭，每晚臨睡前就著燈光一頁頁重讀，回到外祖父獄中受苦的過去，面對歷史的創傷。

字字的控訴，每每使金泳喜掩卷不能竟讀。一晚正要熄燈，視線落在床畔那隻白釉粗茶碗，外祖父生前的用品，已成爲她生活的一部分，每晚入睡前習慣抿上半杯殘茶。捧起茶碗啜茶，燈影投落在杯緣一處脫落了一塊釉，好像被人用牙齒經常啃咬而掉的，她用手撫摸這塊以前未曾察覺的缺口，這隻畫著一株寫意水草的茶碗，是從外祖父的老家取來的，「三一獨立運動」被鎮壓後，他輟學自東京回到家鄉。

金泳喜的心動了一下，會是鬱卒的外祖父，飲茶時憤恨朝鮮不能自主的命運而留下的噬痕？她記起來了，決定放棄不寫傳記的那一天，是外祖父在日本人的監獄遇難的忌日，她把那三本血淚斑斑的日記，連同卷帙浩繁的筆記資料，多時的心血打包束諸高閣，企圖將這段歷史摒除在記憶之外。

金泳喜想迴避的歷史終究還是迴避不了。

冥冥之中，有一股力量牽引著她去面對她閃避的那段歷史。到頭來她還是必須自己驗證外祖父和他的時代的創傷，剝除結痂的傷口。

一個偶然的機緣，其實也不偶然，觸動了她籌畫這項展覽的契機。

三年前，她在英國布萊敦的跳蚤市場看到一件女人的舊衣，式樣早已過時的洋裝，上面印有「Dig for Victory」的宣傳字眼，那是二次大戰期間，英國農業大臣鼓勵老百姓把庭院當菜園種菜，既可補充戰爭時期食物不足，又是一種愛國行爲。

以後她又陸續發現領帶、軍毯印有「英格蘭永存」的字眼，用毛線爲前線戰士編織的手套、襪子、毛衣出現美國國旗，堆布繡上也可看到「贏得戰爭」的字樣。

回波士頓後，她應邀到一個收藏浮世繪版畫的美國教授家，觀賞他剛從日本帶回來的斬獲，京都寺廟的舊物展賣，美國教授得到一件男人的鐵灰色絲質羽襦，穿在和服外的外褂，背上印有一幅大東亞共榮圈地圖，標示一九三二年日本的領土，包括滿洲國、東三省、朝鮮、琉球、沖繩、台灣、小笠原諸島以及日本本土。

朝鮮也在其中。

陰魂不散，金泳喜曾經不願面對歷史的創傷，拒絕感知外祖父和他的時代，年輕時蓄意抽離的過去，借屍還魂又回來了。

無絃琴子將和服上宣傳戰爭的圖案用電腦陸續傳給金泳喜，視窗上放大尺寸的各種武器、軍隊殺戮的戰場畫面川流不息地閃現，金泳喜被衣物上的武器所擊傷，多年來壓抑的記憶浮現，她對著電腦凝視暴力的傷口，感覺到蓄意鈍化的傷痛穿過自我約束的屛障，想像中外祖父獄中受難的場景從裂縫滲出的痛楚，令她雙手捧住胸口，感到一種肉身參與的眞切感。

金泳喜反覆讓自己經歷這歷史的傷殘過程，把它當做情感宣洩的過程，不再自我壓抑。她相信唯有經過這過程，她才可決定對這段歷史的創傷究竟是寬恕抑或忘記。

日本軍國主義政府用來實現大東亞共榮圈夢想所使用的武器：轟炸機、坦克、大砲、軍艦早已隨著夢想破滅而消逝，已成爲殘骸砲灰。然而，停留在這些和服上的戰爭武器卻還是歷歷如新，仍舊是威力十足，蓄勢待發，讓金泳喜感覺到那個消滅異己的大東亞戰爭還在眼前。

時至今日東京火車站前右派的宣傳車，不分晝夜聲嘶力竭地鼓吹軍國主義法西斯思想，日本政治領袖不顧亞洲其他被侵略過的國家的抗議，一再朝拜供奉在靖國神社的軍閥，是不是在暗示著這些和服有再次被穿上的可能？

記住珍珠港。

幾天後，無絃琴子收到了一件美國絲巾彩色圖片，當中印著「記住珍珠港」幾個英文字，弄得她滿頭霧水，去信問金泳喜究竟是怎麼回事？弄錯了郵址吧？一個星期過去，至今仍未得到答覆。

無絃琴子的工作桌上攤著一件男童冬天穿的襯墊薄呢小和服，於大東亞戰爭前夕的一九四〇年出產的，這一年日本人大肆慶祝日本神國誕生二千六百年。和服的圖案是兩個小戰士一樣的男孩，仰望天上金色的風箏，日本人以它象徵神話中的始祖天照大神，她正率領戰士去征服敵人，小和服還印有「武運長久」的字樣。

一九四〇年，爲了提高愛國情結，正視國家的起源，太陽神的天照大神是大和族的祖先，日本各地舉行盛大的儀式，音樂戲劇等文化活動，慶祝神話中的始祖。滿洲國在這一年建立了獻給天照大神的雄偉神社，傳儀還爲此東渡日本晉謁天皇。

日本軍國主義者聲稱大東亞實際上是天照大神的再傳子孫，神話中亞洲的八個角落同在日本統率的屋頂之下，所謂「八紘一宇」，應該是以天皇爲首腦的一家人，自古以來英雄們根據這上古神話，在亞洲東征西討，室町時代出沒東海的倭寇，戰國時代日本人的足跡遠至南洋、印度，明治以來，台灣、朝鮮兩殖民地納入日本版圖。軍國主義者相信　大東亞共同體的觀念是符合歷史根據，有它的正當性。爲了喚醒亞洲民族了解御神國的日本威嚴至上的統治權，把大東亞從英、美的侵略盤剝解放出來，日本聯合黃色人種，一肩挑起，將復興東亞的重任放在身上，如不如此，東亞的羞辱將日甚一日，黃色人種被白人吃盡的時候指日可待。爲了一洗六億人民懦怯的屈辱，日本進軍中國，並非侵略，而是拯救東亞免於西方列強瓜分殆盡。

爲了建立更美好的世界與秩序，日本軍國主義把這場戰爭看成是排除異己，一種神聖、壯麗浪漫的行動，爲展現日本的精神文化必須經過的痙攣時刻，毀滅會帶來另一種新生。

無絃琴子删除視窗的影像，關上電腦，「記住珍珠港」的字眼就此消失。

14 沒有箭矢的弓

那個秋雨綿綿的黃昏，阿美族前舞者田中悅子雙手遞上慶修院修復後開光的請帖，以十分鄭重的口氣向無絃琴子表示花蓮縣政府是將它當做古蹟來拯救，請帖內附有一份修復過程說明，是用日文寫的，還請無絃琴子特別留意。

歸化日籍的田中悅子用「拯救」二字來形容地方政府修復慶修院的重視與決心，無絃琴子記得當時聽了心頭一凜。

果眞如此。說明書詳細記述修復動工之前，聘請土木建築專家深入勘查，發現主殿佛寺樑柱遭白蟻、腐朽菌侵蝕，地下排水不良，潮濕長霉，重修時採取嚴格的防蟲、防腐、防潮預防措施，將整體木結構，上至屋架柱樑、迴廊欄杆，下至地板高架，一件件依序拆除，拆下來的木材逐件檢視，遭白蟻、腐朽菌、蠹蟲蛀蝕的棄置不用，看似依然完好的木件，先用木材針孔鑽測強度，再請大木匠依其經驗，以木槌間接敲擊試它音色，檢查木料是否遭受蛀蝕。

確定完好後，再進行蟲蟻防治阻絕處理，新的木件也都經過浸泡、塗刷上漆等措施，讓這座台灣僅存的日本佛寺古蹟風華再現，萬年不變。

讀到「萬年」二字，無絃琴子心頭又是一震。

放下說明，她搜尋記憶，那次花蓮之行，她從小黑蚊、蒼蠅紛飛的檳榔園看了那塊被丟棄的神社奠基鎮座紀念碑，飛奔而出，遍尋不獲母親月姬口中的「宮前」——神社前的小溪弓橋，以及橋下那三塊青石板，她悒悒地離開吉安。路過一片稻田，結穗飽滿的稻穗在秋日的黃昏閃著金光，無絃琴子佇立田邊，欣賞高山縱貫看不到落日，只見晚霞滿天的東台灣景致，感覺到身後頭頂上似乎有一縷縷金色的光的波浪湧過來，與田中的黃金色稻穗相互輝映。

轉過身，她看到兩扇虛掩的木門，門後左上角懸掛一隻斑駁的銅鐘，右邊一隻紅漆剝落的鼓，仰頭往上看，無絃琴子找到閃耀金光的來源，突出門墻外的屋頂，是用金屬鐵皮覆蓋的，圓珠下分成四面斜垂下來，繡蝕斑斑的鐵皮屋頂被晚霞烘染出一股黯淡的輝煌，閃得她眼花。

這種「寶形造」四注攢尖伏鉢露盤的屋面形式在日本佛寺建築中並不罕見，無絃琴子心頭一撞，會是母親口中的吉野眞言宗布教所？當年日本移民信仰的中心？她趴在半掩的門縫看進去，寺院裡，觸目一個水泥砌的大香爐，叢生的雜草隱約露出幾尊泥塑的神像，看來這座眞言宗的日本佛寺後來被改造過，加入台灣民間的神祈，而今似乎已經無人祭祀，任它荒廢在黃昏的稻田畔。

圖片上，遵循原本日本傳統佛寺形式修復的慶修院，四注攢尖的屋頂鋪上嶄新的金屬浪板，這屋面無絃琴子覺得眼熟。修復說明書指出信徒爲創立眞言宗的空海大師在四國所建的八十八所名刹，也都採取相同形式的寺院建築形式，吉野的日本移民引用故鄉寺院的風格，以之表現對空海大師的崇信。

採用高床形制的吉野布教壇，離地而建，台基抬高地坪，形式與吊腳樓相似。修復人員清理台基時，發現一處被堵死的地窖，從裡面出土一塊刻有「吉貴野岸」的石碑，來自四國德島吉野川岸的移民睹碑思故鄉的遺跡。

吉野布教所的第一任住持，曾經把幽闇清涼的地窖當做他避靜冥思修行、與諸佛共語之隱密所在，到了後來地窖變成禁錮被惡魔附身、中邪瘋狂失心的病人，也曾經有過布教師把他乖戾不敏的兒子禁閉地窖當做處罰，不聽管教的兒子不止一次到溪水邊調戲阿美族汲水少女，偷窺水中裸浴的婦女，布教師以兒子有辱殖民者的體面嚴加禁足以之懲罰。

「哈鹿克，那個蕃人，也曾經在地窖待過。」

無絃琴子的母親月姬曾經口出如此驚人之語。

那是發生在中島芳雄當住持的時候。當時來自四國的日本農民，已經在吉野落戶多時，可是對亞熱帶農業經營仍然經驗不夠，雖然在烈日下勤奮的工作，還是無法習慣耕作溫熱度高消耗太快、無法貯藏養分的台灣土地，因此格外思念故鄉吉野川岸邊的黑土。

住持中島芳雄聽說農民中有了「收成不好，早日回內地」的打算，爲了使被烈日曬得奄奄一息的移民在精神上有所依歸，住持舉辦密集的祈福祭典，懇求佛菩薩爲這些漂泊異地的靈魂加持。遺憾的是，中島芳雄布教師感到他虔誠的祈禱並沒有獲得神佛的回應，他擔心母國的神祇遺棄了這些去國的子民，於是決定啓程回到四國，親自朝聖禮拜弘法大師空海當年修行的八十八個道場，預備花三個月的時間從第一番的靈山寺行腳至第八十八番的大窪寺，行遍千里的「御遍路」，爲殖民地的移民許願祈福。

那年六月八日，吉野神社舉行一年一度盛大的祈年祭，太魯閣族的哈鹿克．巴彥被看到頭綁著印有神社神轎的毛巾，打扮成日本農民足踏高腳木屐舒手探足與大家一起跳慶祝初稻長成的舞蹈。

「誰帶蕃人到移民村的？」

無絃琴子問，很快又摔摔頭，自言自語：「多此一問，當然是眞子帶他去。」

月姬點頭默認。

七月十五盂蘭盆會，掛滿了燈籠的吉野布教所，哈鹿克又被看到以手的姿勢與腳步變化配合，大跳四國民間流行的阿波舞蹈。跳到半夜，盡興的舞者各自散去，哈鹿克隱身在佛壇木柱後，等候從手水舍顯身、足踏紅木屐的苗條身影，穿過廟壇與他會合，

那天晚上的月光極好，哈鹿克由他的莉慕依帶著，鑽入離地而建布教壇的高床下，彎下背腰跟在他的莉慕依身後前行，高床下闇暗一片，月光照不進來，他的莉慕依似乎對地形極爲熟悉，不像是第一次來。她用她腳下的紅木屐在暗黑中探路，摸索前行，最後踩到一個硬物，發出金屬的碰響聲，她彎下身拉起一個圓鐵環，遞給哈鹿克低聲要他用力往上拉。

地窖的門被拉開了，哈鹿克由他的莉慕依牽著，像那一次到立霧溪的深水溫泉一樣，一步步

走下去，進入伸手不見五指的地窖。

同樣是幽暗的洞穴，只是立霧溪畔小瀑布後面的岩洞更是潮濕粗糙。自從那一次他們的初夜之後，不管月光是否美好，兩人相偕來到野溪溫泉，滾燙的熱泉把他們的情火燒到難以忍受的沸點，兩人躍出溫泉奔向小瀑布後的岩洞釋放他們的熱情。冬天枯水期間，小瀑布水量不大，疏疏落落的水簾正好成爲天然的屏障，任由這一對情人像野獸一樣的交纏，呻吟有如山林狂嘯。春夏水急，哈鹿克的莉慕依爲兩人找到了新的愛巢。

被藏在布教所的地窖，哈鹿克聽任他的莉慕依的支配，任由她來去自如。一聽到無時不在期待的暗號，哈鹿克用手撐開那扇沉重的檜木門，從外滲入地窖的一線天光，使他得以看到他的莉慕依像個美麗的精靈，翩然走下台階。檜木門闔上，他的莉慕依在重新擁來的黑暗中寬衣解帶，把自己脫得一絲不掛，拔掉髮筴打散她的長髮，披在她赤裸的圓圓的肩膀，她的白色的裸體像一尾光滑無鱗的魚，向哈鹿克泅遊過來，泅遊過來，翕動兩片血一樣殷紅的嘴唇，狠狠地舔著他黑毛叢叢的腋下，狂嗅那令她心醉神迷的氣味，蹲下身把整個臉埋在他的鼠蹊間吸嗅他太魯閣族人山上的味道。

莉慕依要他用最蠻暴的熱情愛她，嚮往被撕裂的快感，扒扶在他上面的身體電擊般的抽搐，雙手扼住他的脖子，用牙齒撬開他的嘴唇，伸出她如炙熱的火鉗的舌頭交纏他的舌頭，用力吸啜。好像要把哈鹿克的靈魂揪出他的身體，把他太魯閣族人的魂魄吸入她的唇間，吞噬他，使他變成她的一部分。

哈鹿克實在無法懂得他的莉慕依，這個美麗的精靈，平常在人前總是低垂著頭，眼睛向下看，抿著嘴微笑，溫文有禮，衣著得體，何以脫光了衣服後完全變成另一個人？每一次現身，在親吻愛撫之前，卻先裸裎相見，在人前講究禮數的他的莉慕依到哪兒去了？哈鹿克無從捉摸她，他無法穿透她的內心，只有身體能貼近她。穿上衣服看起來細瘦苗條的莉慕依，脫光後的肉體意外的豐滿，沒經過她的允許，哈鹿克不敢撫愛她身體的部位，只能屏息等待對方允許他動手的訊號，每次都是由她主動拉過他的手從似蜷伏兩隻白鴿子似的胸乳，肚腹一路下去……

黑暗中不能用其他感官，靠著撫觸，不言不語，享受肉體交流神祕幽玄的快感，沉醉在官能的放縱。哈鹿克對他的莉慕依的身體知道得巨細靡遺，她白皙的肌膚細滑柔膩，連她腳底的皮膚都要比他的臉頰來得細滑，他捧著他的莉慕依的腳掌貼在自己的頰邊廝摩，他是值得她愛的，值得一個日本女子的愛。

被當做祕密藏在暗無天日的地窖裡，只有在他的莉慕依現身，把她擁在懷裡時，他才感到充實，一旦從她的身體抽離，他立刻感到空虛，無所依侍，只能坐在黑暗中，回味她的手扼住他的脖子，讓他轉不過氣幾乎窒息的感覺。

哈鹿克用他從不離身的蕃刀，在地窖竹篾綁紮的編竹泥牆一刀刀銘刻他對他的莉慕依的思念，以他自創的線條記錄每一次的歡愛留下痕跡，在闇暗的地窖裡，每一次歡愛過後都可以找到準確的位置連續刻下去，刻紋從來不會重疊。

他也想用單簧口琴吹奏他對他的莉慕依的想望。然而，地窖的日子應該是無聲無息的，把口琴按住嘴唇來回廝磨，哈鹿克不敢吐氣吹出聲音，怕驚動地面上走動的信徒，他只有默默地用腳打著拍子，雙手移動嘴唇上的口琴，在心裡吹奏出他思慕的心聲。

唯一能夠開口出聲，是偶爾有病人和他的親友繞著寺院刻有「光明眞言百萬遍」的石碑，祈求神明袪除病厄，口念密宗佛號「嘛呢囉呢吽」一百零八遍時，哈鹿克也趁機張嘴輕聲唱起部落的歌，唱著唱著，卻被信徒們齊聲唱誦的佛號聲拉了過去，不知不覺也跟著哼了起來，忘記了部落祭典時所唱的歌謠，哈鹿克希望部落的神靈與日本的神佛會超越時空神祕的連接，日本人來了以後，在他族人的祈禱詞混入日語，讓族人祭拜的精靈神祇與日本神明混淆在一起，還要命令他的族人在家中設立神龕，參拜神社。

地窖裡整天與土地為伍，可是哈鹿克卻感到飄浮流離，他不是踏在自己的土地上，遠離山林部落，與自己熟悉的土地剝離，與自然斷裂，他感到失落。

只有在立霧山上赫斯社住屋的火堆旁，聆聽耆老的部落神話故事，他才會感受家的氣息。哈鹿克很想念山上那種悠閒自在的日子，想念山上的風的精靈拂過他皮膚的感覺，他又想像盛夏山坡上百合盛開，各種野花的精靈像彩虹一樣披滿丘陵，美麗極了。哈鹿克在山林間從來不會感到孤獨。

被祕密地藏在地窖裡，他自覺像枝被折斷的蘆葦，總是黑夜的地窖，看不到天空，他多麼希望趁著夜半佛寺杳然無人，偷偷爬出去，來到信徒禮佛前洗去塵土的手水舍藉著月光俯身水面照見自己的人影，他覺得逐漸在流失。

也許星星可以把他帶回山上。

可是他不能留下他的莉慕依。山林的生活死亡了，現在他的莉慕依就是他的全部。只是她一不在，哈鹿克只有在黑暗裡雙手捧著空虛。

鵠候他的莉慕依到來的空隙，哈鹿克開始製作竹弓，他希望藉著這種族人世代相傳的技藝與他的部落得到聯繫。

「找不到立霧山上長的空心桂竹，做竹弓的好材料，」月姬跟她的女兒說：「只好去砍阿美族人種的竹子。」

「您可知道得很清楚喔，母親？」

對女兒充滿懷疑的逼視，月姬只避重就輕地說：

「我一直幫他們傳遞訊息，知道了一些事。做竹弓需要的麻繩、鐵絲、膠水，我幫著找。」

「真子要您幫忙的？」

月姬避開女兒的逼視，垂下頭輕輕點頭。

哈鹿克拿獵刀砍下接近竹子的根莖部分，彎曲度適切的那一段，把它剖成四片，先陰乾，然後把竹片細細地削，削得很細膩，削著削著，彷彿又回到上一次他製作竹弓時，那一次爲了帶咚比冬駐在所的警察，橫山新藏和他兩個手下上山打獵，哈鹿克在出獵之前，到高山精選了一株彎曲適度、適合做竹弓的桂竹，剖成四片掛在屋簷下風乾後，拿砂紙把突出的竹節磨平，一邊磨一邊感觸多多。

桂竹莖幹做的竹弓是太魯閣族人世代相傳的獵具，然而，到了他父祖輩，甚至更遠的先祖都已經改用銃槍取代傳統的弓箭當做獵人的武器，到了哈鹿克這一代，竹弓已淪爲競技場上射箭比賽當做技藝運動的工具，要不是第五任佐久間總督強行沒收族人的獵槍，他們才被迫回到過去的狩獵方式，做起竹弓來。

滿清政府派兵駐守台灣之前，他的族人就能自己打造打獵用的連用銃槍，自製槍彈，提取溫泉硫磺、硝石加上木炭熔合處理，研製出獵槍用的火藥。

哈鹿克的族人上山狩獵，相信善靈會讓獵物集中在獵人的槍口下，惡靈則害怕槍聲，可以驅趕邪惡的力量。他們愛護這些槍枝如命，翻山涉溪，山地晴雨變化迅速，會用一片鹿皮拴住槍枝，保護扳機部位以防淋濕。

靠打獵爲生的山民，槍枝等於第二生命，失去射取獵物的槍枝，等於死路一條。

第五任佐久間總督把族人用來打獵的槍枝，視爲逞凶的武器，認爲太魯閣族人是因爲擁有精銳的槍械才敢跋扈不馴，總督下令強行沒收，警察於是挨家挨戶抄槍，不肯服從交出的，當眾砍斷首級或活埋，放火燒死全家人。

令哈鹿克和他的族人疑惑不解的是，總督所謂的精良槍械，十五連發的自動步槍、來福槍、村田步槍和經過改造的槍枝，都是日本財閥賀田金三郎經營的槍砲火藥店，為了牟取暴利向太魯閣族人推銷的，而且明明是日商供應的槍枝，卻被總督說成來路不明、可疑的精銳武器。

最後以解除武裝之名，佐久間總督對太魯閣族發動戰爭，一萬兩千多枝獵槍被沒收殆盡，三千多個太魯閣族人死於砲火轟擊。

一手握住獵刀，另隻手在黑暗中摸索突出的竹節，部落的祖靈顯靈，先人傳下的竹弓救了他一命。哈鹿克帶著日本警察上山打獵，來到一處被眼前高聳的岩壁擋住去路，憑著敏銳的聽覺，哈鹿克聽到岩壁後方傳來撩撥水的聲音，他手腳並用，抓住藤蔓尖石朝著岩壁直線攀爬上去，追尋聲響的來源。日本警察被哈鹿克無需架設登山繩及鋼釘等攀岩設備，而是像猴子一樣直線徒手攀登嚇得目瞪口呆。

上到岩壁頂端，哈鹿克發現高山芒草當中有一處水潭，聲音來自一頭水鹿在淺水處戲耍，他知道肩上的竹弓威力不足以制服這隻頭角崢嶸巨大肥壯的水鹿，然而，他自己卻被當成獵物，警覺到橫山新藏，他的莉慕依的父親正繞過岩壁一步步舉槍向他走來，腳步聲充滿了敵意，在日本警察朝他射擊之前，哈鹿克舉起竹弓朝空中射出一箭，嚇阻敵人的攻擊，然後縱身一躍，跳入芒草原隨著風一樣飛奔的水鹿消失在叢林中。

如果當時他手上握有獵槍，他會逃離抑或開槍還擊？欲置他於死地的是他的莉慕依的父親，他下得了手嗎？

哈鹿克在黑暗中搖了搖頭。他還是會選擇走避逃離，步上那頭水鹿的後塵，消失於深山林叢。他本是山林自然的兒子。

萬一藏在布教所地窖的他，被他的莉慕依的父親發現了，哈鹿克不敢想像這一次日本警察會怎樣對付他。他無路可逃，無法消失於山林之中。哈鹿克舉起尚未完工的竹弓自我防衛，拉開首尾銜接用麻繩綁好的弓弦，擺出射擊的手勢。只有弓，沒有箭桿和箭鏃做成的箭。沒有箭的弓，形同廢物，不是武器。哈鹿克把弓弦隨手一扔，頹然躺下，等待束手就擒。過不了多久，充滿敵意的腳步聲又將在上面響起，一步步向地窖欺近，這一次哈鹿克無路可逃，他被困住了。

他開始惡夢連連，在夢中，哈鹿克與他背弓擎矛的父親，眼看斜坡上的家在日軍砲轟下焚燒成灰燼，父子連同族人不顧一切以血肉之軀衝上去迎戰持槍的日軍……

比黑暗更漆黑的夢魘裡，漫天箭石與槍彈交飛，哈鹿克的族人在佐久間總督的武力鎮壓下一個個倒地身亡，卻有一群群身材矮壯赤褐色的戰士，赤身裸體，戴著與太魯閣族不同形制的鳥禽羽毛頭飾，從亂石枯木之中飛奔而出，個個手揮蕃刀，舉起標槍、石塊，向看不見的敵人丟擲，無聲的吶喊。

吉野移民村的所在地，在日本人佔據之前，原本屬於阿美族人的七腳川社，在一次暴動中被驅逐，死於日軍槍砲下的阿美族幽魂出現在哈鹿克的夢裡，與佐久間總督討伐他的族人的夢魘重疊，最後是他自己在他的莉慕依的父親，橫山新藏的槍口下「轟」一聲中驚醒過來。

這不會只是一場惡夢吧！

15 靈異的苦行僧

范姜義明的《台灣寫眞帖》中，有一幀是日本眞言宗的願空和尙，法相莊嚴的和尙，頭戴斗笠，身穿白色袈裟，手持金剛杖，身背有佛壇與佛具的籐箱。

范姜義明拍攝這幀寫眞的過程極爲偶然。渡海雲遊至花蓮的願空和尙，行腳到阿美族部落，口乾舌燥，他卸下籐箱趴在小溪畔，雙手捧水而飮，有個阿美族婦人好心的送給他一個瓢，讓和尙取水。正巧范姜義明路過，爲和尙扮相所吸引，請他整裝肅立於溪畔，拍下這幀寫眞。

沒有宗教信仰的范姜義明以爲又見到一個僞裝成和尙的日本間諜。

遠自甲午戰爭之前，日本官員披上袈裟，僞裝成化緣的和尙，來台灣穿城走鄉，沿門托缽，暗地裡細訪各地的風俗民情，密探物產經濟，刺探軍中布署。化緣和尙無須開口說話，身分不容易被識破。

傳說日本領台後第一個總督樺山資紀，也曾打扮成和尙跨海來做地毯式的政經社會民生搜查，調查精細的程度令人咋舌；台灣農產產地、山間僻地的山林、水田旱田都用三角測量器精細測出，街市交易的差價都條縷陳述，甚至連鄉間小路幾隻水牛都摸得一清二楚。

不明所以的本地人家，有的不堪這些異國神祕托鉢僧的打擾，放出家犬追咬驅逐，有的卻大發慈悲善心布施。慷慨捐輸淨財的人家，台灣割讓後，受到統治者的禮遇，給予菸酒販賣執照。當然，這只是傳說。

冒牌和尚裝扮得似模似樣，有的間諜還以德川幕府時代的虛無僧打扮，頭戴奇形怪狀的斗笠遮住面孔，手持尺八樂器，表示已經開了悟，只差不戴刀劍，而改以背上的行囊裝有一套佛壇與佛具，假裝隨處爲人們祈禱求福。

即使來台灣的是如假包換的眞和尚，也不會受到過分的禮遇。日本的出家僧人，如犯了姦淫罪，第一次被捆綁示眾懲罰，在地面前插上一支木牌，上寫犯姦罪名。如果再犯，就會被流放琉球、台灣這類的外島。

因此之故，寺院的職事對這些風塵僕僕、遊方的雲水僧的來歷都打下問號。

范姜義明攝影的這位和尚，是位靈異的苦行僧，法名願空，是眞言宗創教者空海大師的同鄉，出身四國香川縣，皈依佛門之前，本是跋涉山谷難行苦行以求得法力的山伏修驗者，練就一身法術，精通咒語，有降伏精怪，爲人治病驅妖的本事。

出家當和尚後，則安於紙衾、麻衣、一鉢之食。空海大師在四國境內的八十八個道場，願空和尚手攜禪杖，口中喃喃念著：「南無大師近照金剛」，已經踏遍無數回。

盂蘭節前一個清晨，願空和尚走進吉野眞言宗布教所，在手水舍前拿起木杓舀水，洗手去塵，又用手掌接水漱口，然後摘下頭上的笠帽，在佛堂前合掌行禮。

願空和尚心中讚嘆空海大師法力無邊，能令信徒本著虔敬之心在距離日本幾千里外的海島後山，建築了如此莊嚴的日本傳統式佛堂，風格與他一路行腳所看到的閩南式廟宇完全迥異。

從一進入移民村，願空和尚立即感應到一股妖孽邪靈籠罩，地方並不平靜，他自願爲村民誦讀經咒，祓除厄運，在布教所一旁的木造小房掛單，每天一手金剛杵，一手念珠引領雙手合十的信眾，繞著寺院那座刻有「光明眞言百萬遍」的石碑，口誦密宗佛號，每天繞行一百零八遍。

念完經，他親自背了一個籐編的大籮筐，到壽豐日本財閥經營的木材工廠，在工人裁賸當作廢料的木塊堆中翻尋，撿拾大小形狀各異的木塊，背回去雕刻。

下刀之前，他把木塊放在耳邊聆聽，他說木頭是有靈魂的，聽得到生命在裡面吶喊。順著紅檜、冷杉、欅木不同木頭的材質紋路，遷就它天然曲折的造形，願空和尚並不拘泥於刀法，從切面下手揮砍，雕出一尊尊形姿各異自然天成的掌中佛、四大天王、金剛力士不動明王，雖是粗胚鑿痕累累，卻是尊尊神情兼備。

願空和尚把佛像從木塊裡喚醒，比一般精雕細琢的寫實雕像更耐尋味，他發願此生要雕刻十二萬尊佛像，行腳至每一所寺院，必定刻佛奉納。

除了雕刻佛像，願空和尚還善作和歌，山郊野外草木自然風物，一經他漫然念詠，立即別有風味。連阿美族人所養的豬群，在他以精道的日本古文吟詠下，竟然不那麼骯髒可憎了。

願空和尚把寫成的和歌貼在寮房木柱上，不消多時就貼得滿滿的。移民村的小學教師無不讚嘆他的日本古文纖麗雋永，尤其難得的是願空和尚能夠把它和剛勁簡潔的古漢文有機地結合起來，創造出精采的和歌。

那個阿美族婦人送給他的瓢，願空和尚帶回寺院，掛在寮房外的樹上，準備下次出訪時當盛水的飲器。一陣風吹過，樹上的瓢咯咯作響，打擾了他的禪坐修行，願空和尚把瓢還給老婦，以後還是以手捧水而飲。

中元盂蘭後一個落雨的黃昏，願空和尚獨坐窗前，欣賞院子裡龍眼樹纍纍的果實，在雨中搖動的姿態，心鏡之中，突然鬼魂紛紛示現，他以爲是早幾年移民村的日本人，喝了颱風水災過後污染的水，死於霍亂的亡魂，求他超度。

願空和尚閉眼凝神細看，一波波前呼後擁的鬼魂不斷示現，令和尚不解的是亡魂並非身著和服的同胞，在箭石交飛，好像打仗的煙霧裡，一群群赤身裸體、戴著鳥禽羽毛頭飾的褐色幽魂，個個手舉石塊、彎彎的蕃刀，向看不見的敵人投擲揮砍，嘴裡發出無聲的吶喊。

經過願空和尚的明察暗訪，打聽出吉野日本移民村的所在地，本來是阿美族蕃社的遺址，屬於南勢阿美族的七腳川社，阿美族語「知卡宣」（七腳川）是指薪柴甚多之地。境內地質肥沃，水源充沛適合耕種，加上受太平洋氣流的調節，氣候溫暖，日本人對這塊土地想望久矣。

日治初期，七腳川社的阿美族人與日本人關係頗爲友善，在總督府的「以蕃制蕃」的政策下，幫助日人攻打太魯閣族群，充當隘勇防止太魯閣族人出界。

明治末年，部分阿美族隘勇不滿日本警察將他們調離，又扣留薪資，企圖殺害日警及頭目洩恨後潛逃，最後演變成爲包圍派出所，全社性的反日行動，總督府立即展開討伐。

七腳川社人得不到鄰近南勢六社同族部落的響應，也被拒絕收留，日方又下令薄薄、里漏、荳蘭……等五社的南勢阿美族人奪取七腳川社的小米、牛、豬，燒毀家屋，使其腹背受敵，日軍強令七腳川社二百九十一戶遷村，搬到鯉魚潭、月眉村等地，七腳川社淪爲空城。

無絃琴子的花蓮之行，始終沒能找到母親月姬記憶中的那座日本小弓橋，就在她決定放棄、悵然離去的前一天，那位好心的導遊提供她一個訊息，他打聽出里漏有個阿美族巫師，小時候經常偷偷跑到移民村，後來還當吉野日本小學的工友，如果無絃琴子有興趣和他談談，導遊很樂意代爲安排，又向她透露：

「這個阿美族的巫師，會在月圓之夜舉行一場驅魔的儀式，他們族裡有一個女人到台北討生活，被漢人拋棄，發了瘋回來，巫師要作法幫她找回靈魂……」

阿美族的巫師笛布斯是七腳川事件的倖存者，父母在日本警察砲彈轟擊下喪生，才幾歲大的他被劫後餘生的姊妹帶去投奔里漏社的親戚。懂事後，他常常偷偷回到原居地探望被日人趕到邊緣角落的祖母。

本著山民的機警，笛布斯越過移民村派出所日本警察的監視，偷偷潛入另一個與他所熟悉的截然不同的世界。

一排排棋盤式整整齊齊的屋舍，外牆釘上一層檜木魚鱗板，四周種著七里香，屋頂斜斜的，覆蓋黑色的瓦片，乾淨的街道杳然無人，笛布斯發現有幾處水田圍上草繩，好像種的是與眾不同的水稻，綠油油的菸草田旁邊，矗立兩座形狀奇怪的高高的磚頭房子，從裡面噴出濃濃的香味，好聞極了。

最令笛布斯感到新鮮好奇的，是載甘蔗的輕便車，趁車掌沒注意時跳上車，藏在甘蔗叢中，從第一站乘到最後一站，如此來回幾次乘到後來膽子大了，竟然敢從第一節車跳下去，灑一泡尿，再跳上最後一節，時間分秒不差。

有一次探視完祖母，照例又混進移民村，看到移民指導所貼了一張圖畫，上面一隻龐大灰色、鼻子長長拖到地上、奇形怪狀的生物，笛布斯從沒見過的東西。他納悶地回家，在村子口碰到族人們奔走相告，成群到南濱碼頭看熱鬧。笛布斯跟著走，遠遠地看到海港中停泊了一艘黑色的輪船，甲板上有一個龐大的東西在移動。

跑近一看，正是圖畫上那隻鐵灰色的怪物，長長的鼻子還往上捲，噴出水來。

日本人在花蓮最大的娛樂就是看魔術、馬戲團表演，從東京請來著名的「矢野馬戲團」，大象隨團而來表演，偏偏南濱海港沙灘水淺，輪船無法直接靠岸，岸邊一兩百米必須換接駁的舢板，大象體積過於龐然，舢板無法容身，加上超重小船會沉沒。折騰了半天，只好讓大象在水深的蘇澳上岸，沿著蘇花公路走了三十公里路來到花蓮。

笛布斯和看熱鬧的族人跟在大象後走了全程。

「矢野馬戲團」的陣仗令他大開眼界，下一件發生的事則改變了笛布斯的一生。

跳輕便車的遊戲玩膩了，他發現移民村的另一個所在，高高的圍牆內種滿了茄苳、欖仁、榕樹，裡頭有一個寬廣的操場，水泥砌的高台前，豎立的旗桿上飄揚著白布當中一個紅彤彤圓心的太陽旗。

笛布斯越過圍牆，潛入移民村的尋常高等小學校，隱身在走廊水泥柱後，憑著他敏銳的嗅覺，吸嗅到米飯的味道從垃圾箱溢出。他趁學生上課時間，偷吃不知惜福的日本小學生丟棄的白米飯，塞滿了肚子，吃不完的還帶回去孝敬祖母。

肚子餵飽了，開始被課室傳出的朗朗讀書聲所吸引。笛布斯側耳傾聽，久了阿依烏耶渥跟著念。他的行徑引起一個眼尖的老師的注意，每次被警覺性高的笛布斯機伶的逃開，好幾回學校師生圍捕這個擅自闖入校園的阿美族男孩，最後還是讓他躲過了。

最後一次，一發現他的蹤跡，全校立即打鈴，中斷上課的師生全部出動，終於抓住笛布斯。鈴木校長有感於這蕃人小孩求知慾強好學上進，本想收他爲養子，後來打消了主意，不過還是讓他以鈴木爲姓，取名清吉，讓他在學校當工友打鈴，一邊學習。

小學畢業後，鈴木清吉又上了中學，然後坐船繞過東海岸到基隆，再轉車到台北讀公費的師範學校，成爲阿美族第一個師範畢業生。

在他後來成爲族人的巫師之前，曾經是身穿淺灰色的法衣，里漏日本神社的神主。鈴木清吉因爲移民村小學那一段奇遇，學成返鄉設立日語學校，教授族中孩童日語，腰間繫了一把日本教師式的長刀。

早年阿美族有出草獵人頭的習俗，割下血淋淋的頭顱懸掛在一株大枇杷樹上，眾人圍著這勝利品唱獵首歌膜拜祭祀神靈，日本人取締了獵首的習俗，在大樹旁建造一座日本神社，規定蕃民參拜神社，每個月初一、十五摸黑起大早，站在神社前拍手敬禮。神社神主的職務很自然的落在鈴木清吉的身上，爲了擔當這項神聖的任務，特地到台北參加授受講習。

回里漏，他在家中祭祀天照大神大麻，那是從日本最神聖的伊勢神宮頒布的，用白紙紮成，類似漢人的神位牌。當了神社的神主之後，他向族人說明參拜神社時鳴鈴或拍手的用意是祈請神靈降臨，求得神明附體，達到神人一致的終極目標。

一開始，鈴木清吉對神主的任務勝任愉快，他以爲日本的神道信仰和阿美族的萬物有靈觀念極爲近似，同樣屬於拜物的多神教，相信大自然有庇佑力量的存在。阿美族人篤信天地造化自然萬物皆有神性，稱精靈、祖靈爲「卡瓦斯」，世間一切人與事物的禍福生滅冥冥之中掌握於神靈之手。

擔任神社的神主後不久，鈴木清吉的心情開始像河裡的漂流水，橫七豎八，心亂得很，老覺得他左邊的肩膀在作怪。按照阿美族人的信仰，良善的靈魂是駐息在右邊的肩膀，左肩則是邪靈棲息之處，爲了驅逐進駐左肩的惡靈，鈴木清吉在供奉天照大神大麻的神社打手印作法一番，卻依然故我。他爲此很苦惱。

在一個神社的祭日，神主鈴木清吉完成儀式後，接著引領信眾拍手祈請天照大神降臨，唱誦禱詞時，一開口，竟然腦子一片空白，忘了前面兩句，舌頭好像被什麼東西咬住，在嘴裡打結，硬是發不出聲。幸虧信眾熟悉經文，運腔誦念，似乎沒察覺神主出了狀況。

日本人看中阿美族青年強健的體魄，打算由日本派來的教練訓練出一支蕃人野球隊，在大阪博覽會上參加比賽，當作「蕃人觀光」的另一個節目。

距離神社不遠的山坡，本來是阿美族的聖山之一，日本人要把聖地夷爲平地，開闢爲野球場，他們把耆老的反對視爲迷信。

野球場破土典禮如期舉行，輪到鈴木清吉代表阿美族人上台唱誦祝賀之詞，舌頭又被咬住了打結，嘎嘎作響竟然唱不成句。日本人在阿美族的祈禱詞混入日語，鈴木清吉一向能朗朗上口，此刻腦子一片空白，祈禱詞好像被擾亂的樂譜，胡亂的跳躍。

就在這時，陽光突然黯淡下來，一陣怪風從南邊掃過來，夾雜著黃色的淡塵。天降黃塵，整個儀式台籠罩在沙塵風暴中，典禮被迫停止，台上的貴賓紛紛逃逸，混亂裡，鈴木清吉感覺到一圈黃色的濃霧把他整個包裹住，他看不到前面的方向，空瞪著眼睛，自覺像隻白天看不清楚的貓頭鷹，一股澈骨的寒意從腳底升起，雙腿漸漸麻木，膝蓋僵直，無法邁開一步。他已經不能走路。

至此鈴木清吉不得不相信是神靈在懲罰他，懲罰他沒有維護族人聖地。

兩腿痲痺、不良於行的鈴木清吉，被抬到部落邊緣嘎瑪雅女巫師的神壇。爲了避過日本警察的耳目，女巫師嘎瑪雅在溪流盡頭隱僻的竹林叢中，按照農作物生長時序，帶領族人偷偷舉行傳統的祭典。因爲怕日本警察發現，這些儀式只好摸黑晚上偷偷地舉行，有些孩子參與的祭典，像五月的米發發驅除祭，那是稻穗成熟，害怕收割前鬼穢鳥雀偷吃稻穀，影響收成，巫師祭鬼趕鬼的儀式，部落小男孩用一支檳榔葉的葉鞘綁緊，像掃帚一樣，抽打一隻象徵田間害蟲、老鼠的柚子，一邊把它打出村子外，一邊高聲大喊嚇走惡靈。

夜裡舉行米發發驅除祭，不可能有小男孩參與，怕驚動日本警察，也不敢大聲喊叫，儀式只好無聲無息地進行，嘎瑪雅女巫師和族人都感到非常彆扭，但不舉行心中更難受。

嘎瑪雅咧開門牙全掉光、檳榔汁染紅的血盆大口，宣稱鈴木清吉的「影子」迷失了，必須由巫師作法，把他的靈魂找回來。

選定月圓之夜，嘎瑪雅連同另外兩個女巫師舉行尋找鈴木清吉／笛布斯的靈魂招魂儀式，三個女巫師連袂上路，祈請守護神指引方向，她們從巫的場域躍向神靈界。

千山萬水地跋涉，順著河谷，爬過地洞，拉著太陽的腳，經過彩虹的橋不斷地尋找，頻頻呼喚，她們腳步從抖動右腳的「走」到輪流讓兩腳彎曲的「跑」，雖然都在原地，在場的人感覺到三人走了很遠的路。

鈴木清吉走失的靈魂始終沒有回應。

冥思半晌之後，嘎瑪雅雙手一拍，悟出關鍵出在他的名字。笛布斯放棄了父母給他的名字，以日本人的姓名自居，然而，生爲阿美族人，「笛布斯」等於他靈魂的印記，也是與靈域溝通的鑰匙，已用日本名字取代族名的笛布斯已經離開了祖靈，得不到庇蔭，互通有了阻礙。

嘎瑪雅女巫指示被招魂的對象，要他以最眞誠的心默認自己是阿美族的笛布斯，又率領另兩個女巫上路。千山萬水，帶頭尋找的嘎瑪雅已是筋疲力竭，以她法力功夫之深，嘎瑪雅女巫師對她呼喚的力量從來不曾懷疑，何以遍尋不獲笛布斯的靈魂？

嘎瑪雅女巫師繞著躺在擔架上的鈴木清吉疾走，一邊走一邊用銳利得像刀子的眼神搜尋他的身體，從上到下來來回回地巡視，突然大叫一聲，上前去「嘩」一聲撩起他的上衣，因爲用力過猛，扯斷了兩、三粒扣子。

坦露在嘎瑪雅面前的，是鈴木清吉腹部裏了一條寬一尺有餘的白布，自從他到台北讀師範學校後，鈴木清吉學日本男人的習慣，用一條六尺長的白布，日文叫「昏都死」環繞腹部，當作內褲，不論寒暑都裹著它。

拉扯的速度太快，鈴木清吉來不及阻止，「昏都死」鬆脫，下身赤裸地呈現在女巫師面前。嘎瑪雅瞥了一眼本來應該入贅給她當丈夫的男人的陽具，揮舞著那條昏都死，像揮舞勝利的旗幟，繞著方場又跑又跳，興奮極了。

腰圍解除了捆綁束縛，重獲自由似的，笛布斯呼出長長的一口氣，爲了做日本人，他讓自己受了那麼久的罪，無數個又熱又悶的夏天，六尺白布封裹住他的肚皮，長滿痱子，發癢又搔不到的那種難受無以形容。望著嘎瑪雅揮舞的昏都死，他納悶自己這些年是如何熬過的！

找到笛布斯靈魂迷失的方位了。

「笛布斯，笛布斯，回家了！」

與神靈之間的阻礙消失了，笛布斯的生命慢慢復甦了。

解脫了束縛，笛布斯索性把上衣也一併脫掉。之後恢復阿美族男人的裝扮，夏天只在腰間繫上一條麻帶子，前面垂掛一小塊黑色布片，遮掩私處，躺在母親家小時候睡的籐床，咬著一根竹管菸斗，叭噠叭噠抽著，愜意極了！地下薪柴燒的火盆冒起的煙彌漫整個茅草屋，他也不在乎那嗆人的煙味。做了日本人後，他以氣管變弱，母親家從不熄滅的火盆飛煙，嗆得他呼吸困難為藉口而少進家門。

無絃琴子改變行程留了下來。

導遊本來安排午後出發，先帶她去拜訪笛布斯巫師，聽他回憶吉野移民村的過往，結束訪談後留在村子裡，等到圓月升空，以日本友人的身分參加巫師的驅魔儀式。

「千載難逢的機會！」導遊說。

出乎意料之外的，無絃琴子搖搖頭，不必先去探望巫師，只想見識一下招魂儀式，看巫師怎樣把走失的靈魂找回來。

兩人安步當車離開花蓮市區往里漏而來。走在溪流遍布的花東縱谷，天空有老鷹盤旋，矗立在縱谷東側的海岸山脈像一座無止盡的屏風，一路延伸過去，土路兩旁翠綠的樹叢中，蕨類植物含著濕潤的水氣，還沒完全被日光吸盡，不知名的野花在蒙上一層靄氣的溪崖盛開著。

經過溪谷間山禿草稀的一段路，一轉彎，卻又林蔭深閉，腳下苔蘚滿地。走到一條小溪邊，有幾個部落的婦女在水中摸螺子，把摸到的水螺用一片片香蕉葉包起來，準備帶到街仔黃昏市場去兜售。有一個女人乾脆脫下褲子泡在水中濯洗。

導遊想用日語翻譯「摸螺子兼洗褲」的俗語給無絃琴子聽，又覺得不雅，放棄了這念頭。

抵達里漏阿美族村落，太陽下山了，濃密的竹林叢塗上深重的暮色，一輪圓月懸掛茅草屋頂上空，導遊帶無絃琴子來到一個四周挺立的檳榔樹圍起的方型廣場。一個黑布包頭下，兩隻滾圓大眼的阿美族女子驅前招呼來客，用日語自我介紹：

「巴奈，阿美族語稻穗的意思，族裡的女人都給取這個名字，飽滿的稻穗嘛，你出去大叫一聲：巴奈，回答的聲音會把人嚇一跳！」

說著，自己朗聲笑了。

導遊輕聲告訴無絃琴子，巴奈去年生了一場怪病，神靈附身，變成女巫，正在跟笛布斯學習作法儀式。無絃琴子聽了，下意識的移開身體，距離巴奈遠一點，巴奈以眼神向她示意安撫，無需怕她。

當做招魂祭壇的方場空地，擺著祭壺、小米酒、檳榔、荖葉、杜侖（糯糬）等祭品，指著場中那個褐紅色的陶器祭壺，巴奈說明它是舉行儀式時，必不可缺的祭物，幽暗神祕的陶壺裡，是靈魂寓居的所在。阿美族人相信人體有內外之分，一旦靈魂離開了屬於它的身體，跑到外面去了，巫師必須以呼叫的儀式讓他的靈魂重回身體（陶壺）之內。

多年前，笛布斯走失的靈魂被女巫嘎瑪雅找回後，他意識到神靈的旨意終究無法抗拒，米勒祝克巫師祭一開始，他向北方奉祀屬於自己的神，阿美族的神靈信仰中，北方是祭司們所祭祀的神。笛布斯戴上尖頂的巫師大草帽，挨家挨戶爲族人驅除家中邪靈，主持祭祖儀式。

出現在無絃琴子眼前的笛布斯，是個已然老去的巫師，他依然頭戴尖頂的草帽，只是巫師帽的邊緣垂掛許多從前所沒有的小物件，看似作法的鈴鐺、昆蟲的屍體之類的避邪之物，他身穿一件苧麻織成的形狀怪異的袍子，肩膀上兩片又像領子又像坎肩的僵硬布片，有如鳥類的翅膀，好像一走動，可振翅而飛似的。

巫師右手抓著一串大豬牙，左手握著一束紅色布條捆紮的神祕法器，各種顏色的珠串貝殼下面垂著一隻小章魚。

笛布斯把手中的香蕉葉割去尾段，只留下葉子的尖端，朝向南方擺好，方位定好了，又拿了一片香蕉葉，慢慢抖平它，放到地上，表示祭儀來自四方，從中心向天地無限延伸。

笛布斯面向南方，高聲念著禱詞，祈求巫師的守護神：

「……我等一下要去找娃郁的靈魂，請給一點指示，就像你們平常那個樣子……」

巫師彎下腰去，手舉香蕉葉附在耳邊，聆聽了一會，直起身子，對南方抖動香蕉葉，祈求置身神靈之處的守護神降臨：

「……請你們下來，引導我正確的道路，讓我借用守護神的手一起去尋找……」

娃郁離開族人到台北三重的工廠當女工，她怕阿美族的名字被取笑，取了個漢人的名字，以爲可以抹去出身的烙印。工廠的工頭看上她，和她同居了一陣子，沒有多久就被漢人拋棄了，娃郁受了刺激發了瘋，家人北上把她的四肢綁在竹子搭的擔架抬回里漏。

回家後的娃郁渾身顫抖，嘔吐不停。

「我要把我的心給他吃！」她叫喊著，拚命喊她冷得受不了。

「娃郁，族語是太陽的意思，可是她一直喊冷，大叫怎麼四周黑漆漆的，」巴奈附在無絃琴子的耳邊說：「她看起來像隻白天看不清楚的貓頭鷹，神志不清楚，娃郁的精神被惡靈吃掉了，她的『影子』（靈魂）跟著鬼魂走了。」

據說發瘋以前，她夢見一個灰頭土臉的人拿走她的衣物和綁腿，她上去想把衣物追回來，走了很久，後來就迷路了。

「如果她的衣物被壓在Kawas那些鬼神住的地方，不算太底下，那還可以回來，如果衣物已經看不清楚，或者路上有牛糞、狗屎等不乾淨的東西，」巴奈預言：「那就沒有救了。」

含了一口小米酒，笛布斯「噗」一聲把酒噴出，好像在清理前面的道路，好讓他看清楚方向前往地心神的領域，找尋娃郁走失的靈魂，巫師鑽入長長的甬道，撥開前面的草叢、蟻塚與螞蟥，忍受窒悶污濁的地穴空氣和刺鼻的煙塵。

笛布斯巫師突然雙手搤住喉嚨，好像呼吸困難，喘不過氣來。一旁觀看的巴奈脫口而出：「有地震，地心路塌了，他身陷險境，被困住了。」

無絃琴子轉過頭，疑惑地看著她：

「妳怎麼會知道？」

滿月的月光灑在阿美族人的茅草屋，挺立的檳榔樹投下黑色的倒影，頭上戴著尖頂的巫師帽，邊緣垂掛通靈的小物件的笛布斯，身穿形狀怪異的袍子，立在灑著月光的祭壇前為找回一個失心瘋女的靈魂作法施展法術，巫師撲拍著法衣的兩個鳥翼一樣的袖子，好像隨時要展翅而飛，離地而去。

然而，很快就要變成女巫的巴奈，憑著精靈賦予的神通力，她卻感受到前往地心領域的巫師，被困住了。

在這個充滿精氣靈異的氣氛裡，如果無絃琴子告訴巴奈，她從一直是活在記憶裡的母親月姬親眼目睹時光倒流，歲月在她的臉上隨著回憶而後退，退回少女時代的模樣，這位見怪不怪的準女巫一定不會覺得不可思議吧！

無絃琴子記得很清楚，這個現象在月姬突然說起她花蓮高女的女同學眞子開始的。也許並不那麼突然吧，母親患老年痴呆症前不久，母女相對面坐，做母親的神情顯得有點不尋常，她不再像平常一樣，空茫著沒有焦距的眼睛，心思遙遠，而是睜大眼珠，注視隔著餐桌的女兒，那眼神卻像是她只看到她自己，一種自我的凝視，可又是滿腹心事急欲向女兒吐訴。月姬意識到女兒有知的權力。

在記憶與懷舊中活了大半輩子的橫山月姬，似乎預感到自己的神智正在逐漸流失，在陷入迷離不清的狀態之前，她緊緊深閉的內心開始出現一道裂縫，悠悠說起她花蓮高女的同學眞子與蕃人哈鹿克的愛情故事時，說的是別人的情事，卻與她極爲相干似的，說到私密處——月姬怎會知道得那麼細微——不僅雙頰，連脖頸都紅透了，而且害羞地低垂著頭，彷如回到花蓮的年紀，而她就像那個戀愛中的少女。

從母親時斷時續的訴說中，無絃琴子發現時間在她的身上一直往後退，月姬看起來一次比一次年輕，好像倒著活，活了回去，不只是聲音回復到少女的清脆，臉上的光采也使皮膚看起來像綳上一層薄膜，眼角的魚尾紋、老人斑神奇的逐漸消失。好像在她身體內有了一個新的生命，那就是眞子，回到她初墜情網的年紀，重新再活一次。

無絃琴子問起眞子的下落。

日本戰敗後，眞子不願離開花蓮，跑上奇萊山躲了起來。

「她爲了哈鹿克留下來。」

「是吧！可是她後來嫁給三井林場山林技師安田信介，她父親的主意。」

女兒去花蓮時，月姬要她去探望眞子。

「要她帶妳到移民村，吉野有兩座菸樓，一座是廣島式，一座是大阪式，薰煙葉時，裊裊升起的煙，香極了，很好聞！」吸吸鼻翼，彷如聞到煙香。「唉，多麼懷念啊！」

吉野布教所那尊不動明王雕像，手上拿著劍，凶猛的樣子怪嚇人的，還有佛寺裡那座百度石，月姬得了扁桃腺炎，跟在布教師後雙手合十繞著石碑念佛號……。

除了移民村，月姬也要女兒去鯉魚潭，她相信潭邊沿山坡而建的那座日本別墅一定依然存在。

「范姜樣的日本別墅，就是那個寫眞家，記得吧？」

「誰帶我去拜訪他？也是眞子？」

聽出女兒口氣中的揶揄，月姬突然起身走進她的臥室，再出來時手上拿了一隻長方型的紙盒，遞給無絃琴子。

「喏，眞子送我的禮物，看吧！」

疑惑地打開紙盒，無絃琴子看到是一條絲巾，她把它抖開來，發現茶褐色的邊緣框住一幅米黃的彩繪地圖，灰藍色山巒腳下的竹叢樹木農舍卻用正楷的黑墨漢字註明地點距離，諸如：

八里分社至淡水江貳里　至雞籠城水道貳里

無絃琴子讀著夾在紙盒裡的日文說明：

「此圖爲清朝康熙王朝巨幅絹地彩繪台灣地圖的縮小部分，卷軸原圖總長五六五公分，寬六九公分，八國聯軍時由皇宮內府流出而流轉到台灣。地圖以傳統山水技法繪製而成，寫實手法描繪十七、十八世紀更迭之際，台灣西部由北到南的山川地形、兵備布署與城鄉生活等景觀，設色精美，筆工細膩，爲當年台灣社會文化的一個縮影。」

日本人的眞子會挑選一條彩繪清朝台灣地圖的絲巾當做禮物送給月姬？無絃琴子知道這是不可能的。爲了向女兒證明眞子確有其人，眞正的存在著，月姬才會用不知哪個台灣人送的絲巾來搪塞。

在一個雖說偶然，在無絃琴子的感覺裡必然要發生的場合，她無意之間發現了母親月姬的「祕密」，證實了她長久以來的疑心。那是一個和平常沒有兩樣的夜晚，無絃琴子回到家，母親習慣的靠著窗，坐在常坐的椅子裡，膝上攤著被翻得起了毛的寫眞帖，陷入沉思。

憑著女兒的直覺，她意識到母親心裡內在的騷動，她的坐姿有點異於往日。忍不住上前去，無絃琴子看到她的右手拳起，牢牢捏住手中的東西，必須費了點勁，才使母親把拳頭放開，一條印著千羽鶴的皺綢手帕，像一朵枯萎乾燥的黃花展現在她的掌心。

是那條她給拔牙後的哈鹿克捂住微腫的臉頰，沾了他的氣味的手帕。

橫山月姬憂悶的心裡，從來不曾明說的感情，就在這一刻展露在女兒面前。

可憐的母親，過去的這場戀情使她終生感到困惑痛苦，即使到了遲暮之年，她還是缺乏面對的勇氣，必須透過自我的否定，把自己想像成另一個人，創造了眞子讓體內的人復活，只有這樣，月姬才能接受哈鹿克，假借另一個人的聲音來向女兒訴說她不想爲人知卻必須讓女兒知道的她糾葛的過去。

月姬是爲了做她母親綾子心目中的「純潔的女兒」而無法面對自己，抑或有其他別的原因？

不管怎樣，當那條千羽鶴皺綢手帕展現掌心的刹那，月姬和眞子合而爲一。月姬終於回到她的身體裡面，從此不再在她的身外徘徊了。

留下無紘琴子，她的女兒，依然身世成謎。究竟誰是她的親生父親？巫師笛布斯深入靈界尋找娃郁走失的阿美族的靈魂，他伸出右手，向空中上下拉動，好像在選擇肉眼看不見的絲線的線頭，跟著發亮的物體往前走，他在抓取守護神放下的神奇的「Calay」絲線。

細細的，會發亮，有如蜘蛛絲一般黏乎的Calay，巫師們依靠這條絲線搭橋引路，走向正確的神靈之路，進入神的領域，神靈緣著絲線下來，也借用它查看不潔穢物的所在。

「你們右邊的那一條，不要擔心，把路放下來！」

取得正確的絲線，笛布斯對在場的人肉眼看不見的絲線哈了一口氣，黏貼在手持的香蕉葉上，作爲召喚和承接守護神的媒介，開始尋找娃郁的靈魂位置。

笛布斯逆時鐘轉圈，在南、東、北、西四個方位都停一下，拉動眼前這個方位的絲線，兩腿輪流彎曲，四個方位來回轉了好幾個，一邊轉一邊喊道：

「回家了，回家了。」

阿美族的巫師也可以把她帶回生命的源頭，找出她的父親？

無紘琴子心中這樣問著。

16 拔除昭和草

爲了安慰范姜義明情場失意，馬耀谷木請他到福住通的貸座敷餐廳吃台灣料理。酒喝多了，日本人把較有姿色的女侍摟到懷裡動手動腳。范姜義明的眼光使他放開女侍，尷尬地搔搔頭，表示兩人同病相憐，他已經和阿美族女子分開了。

「喲，那天在里漏您的工作室我還見到她，」范姜義明替日本人惋惜：「看起來很好的女子，看她把植物標本裝入大信封，忙得很……」

馬耀谷木拿筷子的手一揮，好像揮走一隻蚊子。

「是我把她支開的，打發她走，讓她回自己的家，太黏人了。」

當然是您讓她走，她才會離開。

范姜義明在心裡說。

「你也看到了，她腳受傷，塗了什麼祕方草藥，那氣味，聞了眞讓人受不了，」日本人向范姜義明眨眨眼睛：「而且做那回事，她轉動起來一點也不靈活……不過，還是精力旺盛，永遠不會疲倦的慾望……」

她到海邊替日本人撿他喜歡的漂流木，不小心踩到一隻大鐵釘，穿透腳板。

「可是，她是爲您而受傷的呀！」

范姜義明這句話還是說不出口，他把杯中的酒一飲而盡，恨自己太懦弱，沒爲這阿美族女子討她應得的公道。

轉換話題，馬耀谷木提到東京剛寄到的寫眞雜誌，報導德國大師布羅瑟菲德，他取景攝影各種鄉野植物，不僅細緻地表現物像的外形，也將植物描繪成生命的藝術品。

范姜義明尋思「將植物描繪成生命的藝術品」，這句話的涵義。

寫眞攝影也可以成爲生財之道，馬耀告訴他最近日本流行一種明信片，主要印刷發行者，像赤岡兄弟商會、生蕃尾本店與藤倉書店，這些商社到台灣來拍攝奇風異俗製作成明信片，賣給來台灣旅行的日本人作爲通訊之用。

赤岡兄弟、藤倉書店等日本商會到台灣來獵奇，捕捉他們眼中的異地風情，小腳、抽鴉片、廟宇、水田耕田等，深山野地蕃人的奇風異俗，用攝影寫眞來取代旅行畫家的素描，沖洗複製成明信片，稱其爲人類學報告，讓觀者去接近他們想像中不可能接觸的土著。

複製日本人眼中的台灣人文風物，造就了另一種殖民地的影像情境，馬耀谷木說日本赤岡兄弟商會正在籌畫出版一組三十六張的「台灣蕃族圖譜」專輯，頭上頂著陶瓷汲水的阿美族少女，春小米的鄒族婦女，盛裝的布農族頭目夫婦，女的赤足咬著竹菸斗，刺胸作爲馘首標誌的賽夏族獵人，白銀打造的頭盔蒙面的蘭嶼雅美族漁人，兩個馘首歸來的太魯閣族人飲交杯酒慶祝，腳下擺著獵來的人頭戰利品……都包括在專輯裡。

「喔，當然少不了『首棚』，不同族群的蕃人陳列獵來的人頭，有的串成一大串掛在穀倉前，有的擺在盤石上的棚架，一排過去好幾十個，」馬耀谷木形容：「最壯觀的是用木竹建造高高的架子，幾十個頭顱陳列在上面，人類學加上觀光旅遊，用先進文明的機器來拍照蕃人的原始，有意思吧！這一個專輯的發行量一定很可觀！」

去年赤岡商會派工作人員到里漏拍攝阿美族的豐年祭——日本殖民者將之改名為「月見祭」——專業寫眞師在阿美族人視之爲最神聖，爲舉行迎靈儀式所搭的帳篷前豎立三角架，負責主祭的大祭司勸日本人不必徒勞，白白浪費珍貴的底片。

「祖靈的存在是憑感覺，而且也不是每個人都可以感覺到的，」巫師肯定地說：「機器絕對拍攝不到的。」

日本人不肯聽他的。結果拍出來的只是一片模糊的印跡。

「商會不信邪，今年月見祭還會派人來重拍，整個專輯只腊這幀阿美族迎靈的寫眞，工作小組從東京老遠來一趟，費用龐大，他們有個構想，也許順便到鳳林，做個客家村專輯，義明君是從那裡長大的，」馬耀谷木試探地問：「如果你願意和他們合作，我可以安排。」

「怎麼個合作法？」

「喔，我也不清楚，起碼作爲當地人，你可以提供拍攝的景點，供應地方特色資料等。」

范姜義明拒絕了日本人。

「我可以理解，這差事太委屈你了，義明君，你也知道日本人做事情的方式，一組工作人員各司其職，組織嚴明，外人連插一根針進去都有困難。」

馬耀谷木承認手工著色的明信片過於迎合購買者獵奇的口味。

「不過，日本人類學家上山拍的人種誌，背景單純，拍下人物不同的角度，強調衣飾、髮型特色，或者是早期隨軍隊征台的軍人寫眞師所拍的輯集，都是學術上或官方的重要紀錄。」

最精采的寫眞作品，馬耀谷木以爲是登山越嶺者鏡頭下的自然風景。他看過阿里山神木寫眞。

「這株巨大的千年檜木直徑五．四公尺，站在神木樹根處，面對鏡頭的登山者，我算了一下，一共三十幾位，這表示神木背後也可站相同的人數，六十幾個人才能把巨木團團圍繞，眞的不簡單。」

馬耀谷木伸了一下舌頭，表示他的驚奇。

「阿里山，日本人稱之爲無盡藏之森林的阿里山！」

獲得東京「懸賞寫眞一等賞」的作品，登山者攀登新高山，在山巔石檯上人疊人高舉雙手的留影，希望把三千九百三十九公尺的台灣第一高峰湊成四千公尺高度。這景象令馬耀谷木十分感動，他隨口吟誦尾崎白水的一首詩：

「朝度八通關，夕登新高山，下界茫不見，何處是人間。」

日本人向范姜義明透露，總督府慶祝始政四十年的博覽會，其中一個活動是舉辦以本島風景建設爲主的寫眞展覽，宣揚殖民的政績，他建議范姜義明可將自認得意的作品送去參展。馬耀谷木寫下一個收件人的姓名。

「把作品寄給他，算是當作我臨別的禮物吧！」

「哦，馬耀樣要離開里漏？」

「是啊！下個月吧！我的台灣高山地帶植物展在台北總督府博物館結束之後。」

「馬耀樣會感到遺憾吧，您那麼喜歡那個村子和部落裡的人！」

「也還好吧！寫完報告，任務交差，我就可以走人了！」

「什麼任務？您是植物學家呀！」

微醺中的馬耀谷木湊上前去，推心置腹地向范姜義明交心：

「跟你說也無妨吧！我受聘於總督府殖產部，公函上寫道：……」日本人舉起筷子朝空中一點一畫地念道：「茲委託馬耀谷木在台灣生蕃地巡迴調查的餘暇，爲本單位進行有關殖產事項的調查。」

會接受這個位階低薪資薄的職務，日本人說主要是可以利用爲植物調查與標本採集的機會。

范姜義明會意地點點頭，他早該知道事情沒有那麼單純，日本人第一次上他的寫眞館，介紹自己說是靠父親留下的遺產來進行植物學的研究，當時還使他佩服之至。原來他身懷任務探查阿美族的殖產密報總督府。

馬耀谷木擔心里漏少了他，不知將會變成什麼樣？

「別的不去說它，湖邊搭帳篷的孔高莫，你見過的，記錄歸巢白鷺鷥的那個，我不指導，他不可能做好調查的，阿美族人缺乏主動的精神，他們大腦不平衡，思維混亂，很懶散，對事情模模糊糊的……」

阿美族人，或者是所有台灣的蕃人，都太過簡單，不是完整的種族，比起精確縝密、沒有任何模糊、完美主義者的日本人，馬耀谷木比喻：有如鉛筆素描相對於完整的繪畫。

接過總督府官員的名字，范姜義明決定發揮專業訓練，運用他視覺的敏感力，拍出主題明晰、焦距準確、注重構圖技巧、光影講究的作品，然後沖印的品質要達到完美。他想拍花蓮具有地方特色的題材，腦子裡浮現矗立南濱的奇萊鼻燈塔，通體雪白，人稱白燈塔；花崗山神社千年檜木建成的台灣第一鳥居、清水斷崖……這些景點立刻被他一一否決。日本畫家早已捷足先登，用油彩畫筆呈現過。

每天出門一抬起頭，即可入目無所不在的海岸山脈，連綿不絕的崇山峻嶺給了他靈感。東部山岳迷人的魅力，攝取鏡頭的好題材。范姜義明想到如果能足踏深山密林，挖掘震撼人心的山岳之美，一定可以拍出傑作。馬耀谷木上立霧山採集高山植物，曾經向他形容懸掛於斷崖之間的仙寰吊橋，他想像自己站在吊橋上俯瞰第五任佐久間總督爲了討伐太魯閣族人，開闢的警備古道路，有如巨蟒蜷伏於蒼莽群山，只消拍下奇景的一角，也足以構成一件壯觀的作品吧！

范姜義明上立霧山取景的想望被山腳下豎立：「嚴禁無許可者入生蕃地」的告示給打消了。沒有入山許可證進不了山。不肯輕易放棄的他，到派出所跟日本警察申請，得到的答覆是限制本島人入山。

范姜義明深深感到作為台灣人的悲哀。

背著本來爲上立霧山拍攝所裝備的器材，范姜義明加入布托慕一家人吃野菜的行列。

幾個月前，經由馬耀谷木的引介，范姜義明認識了里漏的阿美族青年布托慕，那時他從台北出差回花蓮查看立霧溪下游一帶高冷蔬菜生長的狀況，那是爲進貢日本皇室而栽種的。布托慕受僱於總督府殖產局有用植物調查科，馬耀谷木戲稱是他的「同事」，兩人同樣服務於殖產局。

布托慕穿著一件靛藍對襟漢衫，腳上趿著黑布鞋，一副漢人打扮。他皮膚黝黑，長得肩膀圓闊，額頭狹窄，眼窩深陷，下肢短得與身長不成比例，人種學家鳥居龍藏曾經寫道：

「台灣九族蕃人中，以南勢的阿美族蕃的體型最適合當標本。」

他講的就是布托慕這種身形吧！

阿美族習慣在一塊地耕種一、兩年後，便轉移他處，日本當局以這種游耕的方式對山林破壞太大而急於禁止。

第五任佐久間總督上任後，殖產局爲了改良後山的耕種方式，特別設立「農業講習所」，教學科目分成種稻和蔬菜兩種，從各個部落挑選青年受訓，結訓後回去領導族人耕種，改進生產技術。

布托慕代表里漏村到台北實習，他選擇蔬菜的生產技術，以優異的成績結業，經過理蕃課一位日本人的推薦，受聘於殖產局，進行阿美族的民俗藥用植物的研究。

阿美族人祖傳不少治病救命的藥草祕方，諸如可治療瘧疾、梅毒的草藥，治黃疸、結石、肝病的碧玉筍，治肺炎、可涼血的貼壁蘭花，治糖尿病、腳氣、水腫的豬母乳草……

最近半年，他又開始試種各種香料，以檸檬草的試種最爲成功。

春天布托慕又從台北回來，他和家人到縱谷去野餐，邀請范姜義明同去「吃天賜的野菜」，他說。阿美族人吃山吃海，漫山遍野的野菜，正是他們取之不盡的美食。最近幾個晚上村子裡的男人點火把到溪埔、瓜田撿蝸牛，順便把看到的野菜成長訊息告訴吃菜的人。

范姜義明身上背著攝影器材，手上拎著三腳架，加入布托慕一家人行走於縱谷，經過一處香蕉園，布托慕的姊姊提著鐵鍋，回憶她小時候肚子餓，偷偷摘了一條半生的香蕉充飢，被日本大人狠狠揍了一頓。

里漏阿美族人給商社種香蕉外銷日本，商社按時派人來檢查。一開始結香蕉，便用橡皮章每一串都蓋上當記號，採收時根據這個印記，數目不對，種香蕉的阿美族人就要遭殃。

「阿美族是吃苦的民族！」

布托慕的伊娜母親深深嘆了口氣。

看到溪邊的牛群，他的弟弟想起小時候沒零食吃，到野地放牛，把牛綁在樹下就去找一種果子吃。

「酸酸澀澀現在想起來也不好吃，小時候叫它小蘋果。」

「啊，小蘋果，日本的富士蘋果，爺爺說，幾箱香蕉也換不到一粒富士蘋果。」

經過一大片甘蔗園，他們說起一個鄰居最近走路一拐一拐的，他前一陣子跑到甘蔗園，偷了一截榨糖的白甘蔗，被抓到派出所打斷了腿，成了跛子。

「白皮甘蔗日本人不讓吃，」抱著鍋子的姊姊下巴抬得高高的，一臉不屑：「我們自己種的黑皮甘蔗，汁多又甜，把頂尖的甘蔗心切下來，還可以當菜吃哩！」

他們告訴范姜義明，早些年日本人的糖廠在部落蓋水圳排水，族人害怕觸犯祖靈，結果反對的全失蹤了，至今下落不明。

一旁默不作聲的布托慕突然大聲呵斥：

「夠了，不要再說了！」

眾人被這聲喝斥，嚇了一大跳，個個噤聲不敢說話。一直來到河溪邊選定野餐的地點，一行人才回復樂天開朗，有說有笑。

三塊石頭架起臨時的灶，盛了半鍋的溪水放在灶上燒，布托慕的伊娜順便捲起裹小腿的護腳布到水裡採水菜。

「這種水菜又叫豆瓣菜，」她撈了一把放在手中給范姜看：「里漏的人叫它『庫南那賽』，意思是一直蔓延，隨著乾淨的水流生長，你看，那麼一大片……」

上次到馬耀谷木家作客，他取出一盆褐藻類的海菜，用鹽醃漬，很有嚼勁，范姜以為是他在日本沒吃過的一種海菜，沒想到馬耀告訴他，是阿美族人退潮時在珊瑚礁海邊撿來的，半乾後用鹽醃。

「阿美族人——他們自稱班炸——在儀式節日做的杜侖，你們叫糰糬，用水浸泡一夜的糯米蒸出來的，」馬耀難為情的搔搔頭，不得不承認：「沾上一層花生粉，比日本的還要好吃！」

范姜聽了，簡直不能置信。

「其實班炸才眞的懂得享受，」馬耀說：「比起來吉野移民村那些日本農民，飲食才簡單，吃的都是粗食，早上趕牛車到田裡種田，中午就在田埂上吃飯糰，夾幾片黃蘿蔔。」

范姜義明把河裡抓起來的活蝦、小魚當沙西米吃，沾辣辣的山香菜一起嚼，有點嗆鼻，很像日本的哇沙米，吃到嘴裡，魚蝦還在活蹦亂跳，卻新鮮甘美之至，他不得不同意阿美族人眞的懂得美食。

布托慕的阿姨告訴他，有一種雨木耳，雨後草地上長出的雨霉，阿美族人視為珍品。

「下次下雨，我採了做給范姜樣吃。」她說。

酒足飯飽，野菜吃得太開心了，一行人唱起歌來，也有的四腳朝天躺在河床曬太陽。

布托慕發現河床礫石灘爬了一地的小葉黃膳藤，結了紫黑色漿果，他挖出一大串小心地放在籐編背簍中。

小葉黃膳藤可以治肝病。布托慕剛幫馬耀谷木編輯了一本《南勢阿美藥用植物圖鑑》，這部匯集歷代先民得自經驗的智慧圖鑑正好在日本人離開前編好讓他帶走。

布托慕的伊娜在小山丘的另一邊拔除昭和草，這種最近才從日本引進的觀賞用植物，藉風力傳播，帶來大量的種子，漫山遍野開著白色毛茸茸的小花，在短時間內變成荒野中的強勢者，占掉本土原產植物的生長空間。

一邊拔除昭和草，布托慕的伊娜嘴裡喃喃：

「討厭的東西，這樣長下去，野菜找不到地方發芽，要餓肚子嘍！」

一邊吆喝家人合力來拔除昭和草。

只有布托慕不為所動。他躺在向陽的坡面，近處一株繁花滿枝的苦楝，枝頭一隻棕背伯勞在啼唱，聽起來卻好像一群鳥在對唱那麼聒躁。

雲淡風輕的天空，燕子群在空中盤旋，越聚越多，等到方向認定了，一起往北飛去。布托慕想到下次回部落時，應該是秋天了吧，天一冷，西伯利亞飛來的候鳥，是打鳥的好季節，他和范姜義明約好，秋天來吃野味，又是另一番味道。

「候鳥南來渡冬，上百隻掠過水面的場面，很是壯觀，不過，很多人以它為題材寫真，不新鮮了，」伸出腳尖指指斜坡下開闊的溪床地，布托慕給范姜義明出點子：「水鳥到芒草叢中、河溪淺水處覓食，沙洲上留下爪印，成行排列的足跡，拍出來會很特別吧！」

他的姨媽用竹簍裝了剛採的野菜，要布托慕回台北時帶給族人吃。每逢紀念日本節慶，或是皇親華族來台訪問，總督都會派各族蕃人到官邸表演歌舞娛樂賓客，阿美族的歌舞者吃不慣台北的食物，常常拉肚子，布托慕的姨媽不止一次建議他在種藥草的土地旁，闢一小塊地種龍葵、山蘇、過貓、山苦瓜等野菜，讓到台北的族人一解鄉愁。她抱怨布托慕總不肯聽她的。

范姜義明自覺屬於畫意寫眞家，他拍攝阿美族人吃野菜，用的是繪畫風的柔焦（Soft focus）技術，花蓮縱谷山脈一幕幕層層山巒，像卷軸山水畫，他費盡心思捕捉大自然的神祕，逆光效果造就出來的雲彩變化的天空，雲霧籠罩虛幻飄渺的層層山巒，手工敷上炫麗明亮的彩色，暈染出一個浪漫抒情的世界，把河畔吃野菜的風情塑造出一股田園般的浪漫影像，極為抒情寫意。美麗的自然界裡，一群天眞爛漫、樂天快樂的阿美族人，有的提著鐵鍋、鹽包，有的拎著小米酒、檳榔莖葉等祭祀之物，出發尋覓水草豐美的河溪邊，接下來是河中有男人用網子撈活蝦海膽，岸邊一堆撿來當柴火的漂流木。

一幀河溪浮游的魚的特寫。寫眞旁有一行小字註明：苦花魚，花蓮特產，魚質細緻鮮美，魚鱗也可吃，魚腸略苦，味道可口。

最後一幀是河床鋪的香蕉葉上堆滿了野菜，還可見魚蝦水族。鍋子裡冒著煙，開動之前，依照習俗先祭拜，一個身材矮胖的婦女在眾人圍觀下舉行點酒儀式，祭拜祖靈、土地公、溪流的水神，她前面擺著香菸、檳榔莖葉、小米酒當供物。

在他的「二我」寫眞館裡，范姜義明反覆覽閱這一組十二幀的作品，百分之一秒決定性的瞬間，過分美化的畫面，他特意營造的神祕氛圍，爲觀者塑造了一個想像的境界。

他不只是要拍出唯美單純的表相而已。本著他對這個族群的認知，范姜義明的原來構想是要透過鏡頭，攫取天眞樂天的表面底下，阿美族人隱微的生命的深沉層次，結果所呈現的，不過是讓他不滿意的簡單化的觀覺，令人無法透過這些影像來了解影中人的心理活動，更不要談他們所處的地理、社會。

其實在拍攝過程當中，這群阿美族人觸景生情，不斷地抱怨殖民者的剝削，他們生活的悲苦無奈，范姜義明自嘆沒有走進他們的內心世界，準確而客觀地呈現他們的存在。他只是從眞實的阿美族人中創造出他自己幻想中的族群。

這一組畫面和日本的赤崗兄弟商會等商業觀光的明信片有什麼不同？

從沉思中回過神來，范姜義明放下阿美族人吃野菜的寫眞，吸了口氣，抬起眼睛，發現一個穿和服的女子斜倚在門外那株桃樹下，手上還挽了個包袱，似乎已經在那裡有好一會了，爲是否驚動寫眞館裡的人正在猶豫不決。

那張鼻尖微微上翹、眉清目秀的側臉，燒成了灰，范姜義明也還認得的。不會是常在他念中的橫山月姬小姐出其不意地現身在他的視線裡？

桃樹下的和服女子似乎下了決心，舉步向寫眞館走過來，停在門檻前，因虛弱而不支似地靠在門邊，怯怯的不敢跨進門。范姜義明以爲看到幻影，會是思念之心過切，使他產生錯覺，月姬小姐從相框裡走了出來。

心情最低落的時候，他覺得到頭來只能擁有影像中的她，按下快門的那一瞬間，她被攝影者據爲己有，從此讓她進到留影裡頭定居。相框內的月姬小姐，寫眞的底片經過他小心修飾，以及拍攝時特殊的打光，爲她創造出一種永遠的光滑，顏面絲毫不見歲月的痕跡，時間在她的臉上凝止。

眼前的她心力交瘁，彷彿用盡了最後一絲力氣，沒有桃樹的支撐，立刻就要不支的倒了下來。依舊是雪白的肌膚，沾了些勞頓的風塵，因疲倦而不那麼殷紅的嘴唇咧了一下，欲言又止。月姬小姐眞的活出了留影。

如眞似幻，請她進入店裡，摘下行旅在外的頭巾，露出未婚少女梳的裂桃形的髮髻，范姜義明的心頭一寬，不自覺地微笑著，端來一張椅子請她坐下。來人不敢接觸范姜的眼睛，她低著髮髻微亂的頭，露出一截細緻白皙的脖頸，後領染著污漬，身上那件紅梅筒袖和服也不怎麼潔淨，穿著紅木屐的雙腳微微向內彎成八字，雙手抱住膝上包袱的姿勢是那麼哀感動人，使范姜不敢打破沉默。

默然良久，橫山月姬輕輕吐出一口氣，下了決心，緩緩打開緊握的右手，把一張折疊齊整的字條遞給范姜。沾著汗跡的字條，端麗但潦草的字跡，好像匆匆寫下，害怕反悔改變主意趕快折疊起來似的。

接獲范姜樣多封信箋，爲沒有回信而致深切的歉意，讀到這裡，范姜義明的臉脹得通紅，飛快地掃過字條的字跡：無料宿泊所跳蚤太多，住不下去，無路可走，記起范姜樣的仁慈善意，前來投奔，請求暫時收留……

對被請求的人不問來由，不假思索的應允首肯，橫山月姬顯出吃驚的神情，眨了幾下眼睛，雪白的臉上起了一陣紅暈，頭微微仰起，用眼神向收容她的人致意，好像對自己的行爲羞於啓齒，一直默然無語。

疑惑自己仍在夢中的范姜義明，害怕對方一開口出聲，會打破他的夢境，眼前的人也將隨之消失。他寧願保持這種靜默。

范姜義明把月姬小姐安頓在他位於鯉魚潭畔的日本別墅。

透過吉野日本移民村的配達捎去的情書，始終得不到回應，范姜義明決定不再等待月姬小姐，把依山面湖的別墅蓋了起來。完工後的建築沒能達到他先前構想的純粹日本風味，依照設計師的建議，就地取材，選用附近林田山林場從深山砍伐的檜木作爲建材，建了一座台灣式的日本別墅。

爲了防止白蟻滋生，別墅把基座加高，並且用水泥打底，黑瓦屋簷下增加通風口，又多設拉門加強空氣對流，然後外面又加上防雨的魚鱗板，這些都是爲了應台灣的天氣所做的改動。

別墅蓋好了，室內與戶外相互呼應的半開放空間緣側，他以爲是日本房子最富巧思的設計，沒有月姬小姐和他一起細數天上的牛郎織女星，欣賞鯉魚潭畔不同時節的花草樹木，范姜義明點上岐阜出產的橢圓形燈籠，一個人傾聽雨聲，垂著紅穗子的燈籠上畫著秋天的花草，使燈下獨坐的他，心情更爲悒鬱。

日本別墅讓給月姬小姐獨住，范姜義明預備回入海通的寫眞館，重新鋪回那兩疊榻榻米，把儲藏室當睡鋪。離開庭院時，他想到明天來種些燕子花、桔梗、堇花等的花苗，這幾種日本的花卉，開著高雅而妖艷的紫花，透著一股謎一樣的神祕。紫色是月姬小姐的顏色。

每天黃昏，范姜義明到別墅來探望他的客人，供應日常所需。每次一進庭院，總會看到橫山月姬倚著坡前那株苦楝樹，眼睛略過鯉魚潭，望向遠不可測的前方，神情充滿深沉的祕密，范姜義明自覺走不進去她的內心世界。

一開始，心事重重，還沒從心力虛竭中恢復過來的橫山月姬，似乎衰弱到連開口說話的力氣都沒有，只以簡單的字條和范姜義明傳達聲息。半個月之後，才啓口感謝收留她的人，一再重複喃喃聲道謝，從斷斷續續的敘述，范姜義明拼湊出她的遭遇：

父親橫山新藏擇日逼她嫁給三井林場的山林技師安田信介，月姬半夜攜著包袱離家出走。在立霧山深水溫泉下游的瀑布後邊躲了幾天，枯水期間的瀑布水量極小，水像簾子一樣，躲在後面不易被察覺。然而山上寒冷難耐，她又不敢到吉野日本村山本一郎家借住，花蓮無親無故，一個年輕的日本女子走投無路，只好假裝是渡海前來旅行的旅人，出門在外，川資不足，不得已到花蓮街市無料（免費用）宿泊所投宿，一直到實在受不了跳蚤……

橫山月姬不告而別後，別墅的主人也像她在時一樣，每天黃昏倚著庭院那株苦楝樹，眼睛略過鯉魚潭，望向遙遠的前方，鵠候她的歸來。

范姜義明無法接受她突然消失的事實。

最後一次見面，那天他如常的到別墅來探望月姬，打開在「潮屋」買的生魚片等日本料理，兩人坐在緣側那盞岐阜橢圓形的燈籠下共進晚餐，月姬看起來興致極好。幾杯清酒下肚，范姜義明談起他在東京留學的一件趣事，爲了取悅虔誠信佛的房東，這位台灣來的留學生把一截柴魚誤以爲檀香，磨成粉末，點火薰香，結果卻弄得滿屋子的魚腥味。

橫山月姬聽了，忍不住露齒而笑。這是她住進別墅以來，第一次展顏而笑。范姜義明發現她門齒左邊一顆突出的尖尖的犬齒，笑起來特別怪趣可愛，出神地望著她，一邊恨自己沒把那柯達相機帶了來。

被對方久久凝視的橫山月姬，羞赧的垂下頭。爲了掩飾自己的失態，范姜義明舉杯向她敬酒，月姬坐直身子，乖乖聽話的抿了一口酒，她細細抿酒的姿態令他又愛又憐。清酒沿著她白瓷一樣細緻的脖子往下嚥，眼瞼一帶立刻飛上紅暈，范姜義明想到庭院含苞的燕子花和堇花綻放的景致。

不知什麼時候，月姬微微轉過膝蓋，膝行來到他身邊，不勝酒力地把頭靠在他的肩上。她不加防備的情韻使范姜義明全身僵直，正待推開向他依偎過來的身子，一伸手，反而一把攬腰抱住她。

隨著他的動作，月姬浴衣的領子被拉扯開來，坦露出膚色光滑的肩膀。圓圓的肩膀，與她細長瓷瓶一樣的頸子並不相稱，卻有另一種美，引誘著范姜義明，他情不自禁地趴伏上去，懷中被擁抱的趁勢躺了下來。

緣著圓圓的肩一路往上吮吻，范姜義明的嘴唇溫柔地輕觸她線條優美的下顎，移到她那兩片血一般紅、誘人的紅唇，他多麼渴望用舌尖輕觸月姬左邊那顆怪趣可愛的犬齒。

微微把頭一偏，月姬躲閃他的親吻，彷彿那是她身體最寶貴的部分，只保留給她的最愛，別人不得侵犯。月姬偏過頭去的動作是如此優雅巧妙，只有蜻蜓點水似匆匆滑過她嘴唇的范姜義明，並不覺得被冒犯，他撐起手肘欣賞月姬別過去的側臉。

緊抿著雙唇的月姬，扇子似的睫毛下的眼睛緊閉，臉上顯出一種決然的悽愴，閉緊雙眼，不願意讓趴伏在她身上的人看到她目含悲緒。

不是爲了愛，而把自己給了他。她委身於身上的人的波濤，隨之起伏。

當天晚上，范姜義明還是回到「二我」寫眞館，支著頭躺在儲藏室鋪的兩疊榻榻米，利用臆下的夜晚回味他全然意想不到的艷遇。

范姜離開月姬時，她拉攏衣襟，悄悄挪開身子，背對著他，趴在緣側的地板，不知是否在哭泣。他看不到她的臉，只見她裂桃形的髮髻散了開來，披在她圓圓的肩上。晚上那盞岐阜橢圓形的燈籠的光線似乎特別昏暗。

他決定娶月姬爲妻，儘管他知道這不是她的第一次，粉紅中帶紫的乳頭顯示出在他之前乳房曾經被撫摸過，她不是處女，可是，范姜義明不在乎，他想娶她的主意已定。只是他不懂爲什麼月姬沒有和自己一樣，完全沉醉在愛慾裡，在過程中似乎心另有所思，而一開始是月姬引誘他的。

好容易熬到天亮，范姜義明把自轉車騎得飛快，他要盡快趕到別墅向月姬求婚。氣喘吁吁的推著車上坡，打開庭院的木門，一眼看到緣側的紙門沒關緊，留了一條縫隙，昨夜的溫柔纏綿如夢如幻，回味起來卻是眞實無比，他的腳步自覺地放緩了下來。天還太早，月姬一定還在睡夢中，不會像往日一樣，聽到木門開啓聲，便跪坐玄關，雙手放在膝上，彎下腰迎接他。

經過昨天晚上，她看到他時，一定會把頭垂得低低的，臉紅到脖頸後，害羞得不敢碰觸他的眼睛吧！

別墅杳然無人，橫山月姬不知去向。在那盞岐阜橢圓燈籠下，她留下一張字條，筆跡潦草，好像突然決定離開，匆忙之間寫的。懇切地祈請范姜樣原諒她的不告而別，他毫無猶豫地收容她，這些日子來對她無微不至的照顧，月姬表示此生無以爲報，再怎樣也無以表達她的感恩之心。

除了隨身的衣物，她只帶走那本《台灣寫眞帖》，她請求范姜義明不要責怪她。雖然還沒離開，她已經開始懷念住進別墅來的這些日子，與范姜樣坐在緣側，聽他說明拍攝每一幀寫眞的心情，她絕對相信范姜様想呈現的是一個「眞實」的台灣，不包含小腳、藝妲、首棚等獵奇內容的台灣。

以後不管她身在何處，一翻開這本寫眞帖，就會把她帶回度過青春歲月的台灣。月姬寫道。

被橫山月姬帶走的《台灣寫眞帖》有一幀押解犯人的寫眞，一堵很高的花蓮監獄磚牆外邊，兩排日本警察押解中間手銬腳鐐的囚犯，犯人頭上還戴上一種很特殊的針籠，是用草編織得很疏的籠子，犯人可從針籠間隙看到一切。

黑白的寫眞看不出囚衣的顏色，范姜義明註明：

「花蓮監獄外。犯重罪者，身著紅色囚衣，輕罪者著青色囚衣。」

他是在不久前立霧山上的太魯閣族群發生的一場暴動後，捕捉到的鏡頭。

霧社事件後，總督府打破蕃民原有的居住形式，勸導部落遷移到山麓或平地，在指定的地區居住，蓋茅屋工寮，強迫他們放棄燒煙火耕，改以耕種水稻，養蠶、養豬過著所謂文明的生活。

哈鹿克．巴彥所屬的赫斯社被分派到溪流蜿蜒的山腳地帶，接近水源蚊蟲滋生，族人害怕得瘧疾，也不願離開生息之地，不肯下山。一開始，日本警察採取勸誘方式，後來則強制執行，以斷絕糧食要脅。爲了尋覓食物充飢，日本人又早就沒收獵人賴以生存的獵槍，哈鹿克的族人出於無奈，被迫用焚獵的方式到獵區用火燒山，逼出野豬、山羊等獵物。

佟比冬駐在所的巡查部長橫山新藏，指控哈鹿克帶頭率領族人縱火燒山，破壞寶貴的森林資源，出動所有的警力，像包圍獵物一樣的緝捕了他。

這一次，哈鹿克沒能像草原上那隻嬉水的水鹿，聽到人類的跫音，奔向濃密的森林消失蹤影。他被腳鐐手銬地押到花蓮監獄。

哈鹿克的族人爲他喊冤，不解爲什麼將沒有參與焚獵的哈鹿克牽連進去，早在族人放火燒山之前，好長一段時間，赫斯社不見哈鹿克的踪影，日本警察是在哪裡抓到他的？

月姬不告而別後，范姜義明天天倚著庭院那株苦楝樹想念她。多年後，他在一本書上讀到：日本古代在牢獄門口植以苦楝，將犯人梟首示眾。橫山月姬曾每天苦守別墅的那株苦楝樹，眼睛越過鯉魚潭，望向花蓮監獄的方向，她苦守等待的是什麼人？

17 戰爭是美麗的

還是秋雨綿綿的黃昏，來自花蓮的兩位太魯閣族原住民，依照約定再次造訪無絃琴子，他們前來借走橫山月姬生前收藏的日治時期的寫眞去翻拍。

無絃琴子捧上幾本家庭寫眞帖供他們挑選，以爲他們會對范姜義明的那本《台灣寫眞帖》感到興趣，沒想到兩人只稍稍翻了一下，隨即放下。他們覺得難得珍貴的，還是橫山家族在立霧山駐在所的生活點滴，退休的山地警察爲找不到橫山新藏帶領的那次上山打獵的留影而感到失望。

他的不十分純正的日語尾音使無絃琴子想起那個種樹的男子，有二十多年了吧，那一次她爲母親回花蓮，偶然在路上遇到的。找不到月姬記憶中的吉野移民村弓橋。無絃琴子怏怏地折回花蓮市區，途中一輛卡車緩緩停在她身旁，開車的就是種樹的人，他剛到山裡種完樹栽，看到在村路獨行的無絃琴子，主動停下車要戴她一程。

他自稱是個戴砂石車的司機，爲了紀念去世的母親，十年前開始到山上空地種樹，先在自己家中後院培育樹苗，一有空就載着樹栽上山，他種的樹最高的已經長到三層樓高。

他種樹是爲了盡一己之力保護花蓮的水土。

「蘇花公路日本人蓋的碉堡，到現在還屹立不倒，就是因爲四周都被樹木圍住。」

他常去探望他手植的樹，像看着自己的孩子長大。種樹的男子有兩個女兒。

「大女兒剛出嫁，我給她一隻皮箱當嫁粧，裡面裝着她從小到大學研究所的成績單、作文、圖畫、勞作、獎狀、文憑……一張也沒漏掉……」

他出生高雄，父親把他和棉被一起扛在肩上，走了十多天才到花蓮落戶。

知道無紘琴子是日本人，種樹的男子告訴她，戰爭期間花蓮近郊一共有四個軍機場。

「一個是假的，我們在公學校上勞作課，學生用銀箔貼在假的飛機身上，美軍從天上看下來，哇，那麼多飛機，日本軍力很強！」

他說空襲時，連美崙山附近的高爾夫球場都拿來種芋頭、蕃薯，提煉酒精做燃料。

看來客廳裡這兩個原住民挑選要借去翻拍的寫眞得花上一些時候，等待中，無紘琴子還是克制不住的打開櫥櫃取出那半瓶約翰走路威士忌，沙發上的兩人尋著瓶開溢出的酒香抬起頭來，無紘琴子只好替兩人各倒一杯，說是給他們驅逐寒意。

兩人不約而同的把頭一仰，舉杯一口氣乾掉了威士忌，四隻眼睛望向桌上的酒瓶，無紘琴子又各自倒了一次酒，依然是仰頭一口喝乾。她索性把酒瓶放到他們面前，退休的山地警察也眞的不客氣地拔開瓶塞，爲他自己和同伴倒酒，兩人對飲起來。

酒精下肚，他不再像剛進門時那麼拘謹了，拿著酒杯站起身，趨前去看牆上一張放大的彩色寫眞，一件日本男童和服的背面，和服上織著兩個穿軍裝打扮成小戰士的男孩，仰望天上的金色風箏，日本人以它象徵神話中的始祖天照大神，祂正率領戰士們去征服敵人，小和服上顯出「八紘一宇」的字眼。

這件和服是爲慶祝日本誕生二千六百年而織的，那一年正是大東亞戰爭前夕的一九四○年。無絃琴子在Wearing Propaganda展覽的和服中選了這一件攝影放大掛在家中，把自己想像成就是在這東亞歷史，東亞人民命運轉折點的一年出生的。至於她的生父是誰將是永遠的懸案吧！

「如果不是出生太晚，沒趕上戰爭，」退休山地警察望著圖片，喃喃地說：「也許我也會立下血書加入高砂義勇軍吧！」

他指著喝了酒後，不再那麼一臉桀驁不馴的同伴，告訴無絃琴子：

「他的名字叫『黑帶』，小時候父親問他長大後想做什麼？他回答想當勇敢的軍人，就給他取名黑帶。」

仰頭喝乾最後一滴威士忌，酒酣耳熱，退休的山地警察突然唱起日本軍出征攻打敵人的軍歌，開始的時候聲音不是很大，接著愈唱愈大聲，邊唱邊揮動手臂，踏起軍人行軍的步伐。

高砂義勇隊勇敢敏捷，涉渡山間，到南洋菲律賓叢林開闢戰爭道路，不畏艱苦忠心耿耿，當軍伕背着日本人的米糧，寧願自己餓死，也不敢私自食用軍糧。

微醺的無絃琴子記起花蓮那個種樹的男子問她想不想去松園看那幾十株大松樹？

戰爭末期，神風特攻隊出發前到松園受訓，接受爲天皇效命的日本精神教育。這些剛從飛行學校畢業十六、七歲的本島青年，頭上綁着白布，上面用鮮血染成日本的太陽旗，個個視死如歸，接過陪酒藝妓遞過來的酒乾杯，眼睛含着淚水唱軍歌。

種樹的男子小時候看過他們，這些「護國的神」出發前在街上帶着女人自由地散步，到指定的料理店吃喝都不必付錢，他說，日本軍人遇到神風特攻隊的隊員，不分階級都得向他們敬禮。

好容易將客人送出門，無絃琴子把沒被借走的寫眞帖放回母親的遺物堆中，觸目看到那個淺褐色長方形的帖紙紙盒，那天她翻尋橫山家族的寫眞帖時，無意之間發現這麼一個紙盒壓在極隱密的角落，好像不願意被驚動似的。

這古風包裝的帖紙盒盒子上反白的水草圖繪有點泛黃，年深日久的歲月痕跡。

隔著包裝紙，無絃琴子摸摸它，掂一掂有點重量，她直覺地以爲紙盒內裝著母親月姬早年在花蓮的洋裁設計圖，小心翼翼地捧出儲藏室，放在桌上拂去灰塵，打開紙捻。出乎她意料之外的，紙盒內裝的竟然是一條女裝和服的腰帶，而且是少見的雙層腰帶。

過去兩年，無絃琴子爲Wearing Propaganda整理展覽目錄，學習了不少日本傳統絲綢的知識，她一看這米黃顏色的染絲，即知是織工用家庭的手織機織的，這種織法出自京都上京區的西陣，那地方自古以來即以生產綢緞織錦出名，女孩子四、五歲就學繅絲，與六、七十歲的老太婆祖孫對坐幹活，男孩十一、二歲開始練習操作機器，當織匠爲業。

雙層腰帶製作的難度很大，西陣只有少數的織工才有這種技術。無絃琴子打開腰帶後面鼓形的圖案，觸目是左右各有一排黑衣持槍的軍人，中間的行軍士兵則身著紅衣，爲首的揮著手上的太陽旗。

沒想到母親月姬也曾以身體爲展覽的舞台，爲日本軍國主義政府宣揚大東亞共榮圈的理念。轉念一想，母親繫過這條腰帶嗎？捏著紙捻，無絃琴子懷疑，記憶中，月姬從來是穿洋裝的，即使到了晚年也沒改變過她穿衣的習慣。倒是她的外祖母綾子有生之年只穿和服，而且到了年紀很大還是很講究所繫的腰帶與和服的顏色質料是否協調，繫起來是否稱心舒服，至於和服彩繪的圖案配合四季季節變化的講究，更是不在話下。

也只有她的外祖母才會有這份心意，專程找到京都優秀的織工用水彩染絲的顏色，別出心裁織出高難度的雙層腰帶來呼應軍國主義政府宣揚戰爭吧！

無絃琴子推斷，綾子一定是爲了月姬而找人織這條腰帶的，所織的圖案也是由她選定的。拜師學過和裁的橫山綾子一定懂得和服上繪飾的圖案本來就具有象徵意味，和尚、神社主事道袍上的神聖圖形，具有驅魔避邪的作用；戰爭期間，後方百姓穿上繪有皇軍、日之丸國旗的和服，也相信可避免受到傷害，能夠逐暗淨魔。前線戰爭正酣，後方人心不穩，敵人夜裡登陸強姦婦女的謠言四起，做母親的讓女兒繫上這條腰帶，兼具保護及愛國不落人後的雙重作用。

無絃琴子撫摸這條美麗如新的腰帶，滑不留手柔軟的絲織質地，雖然是幾何形持槍的軍隊，設計師的表現手法充滿了審美品味，並非直接宣傳戰爭，而是將之與日本傳統和服的複雜圖飾形式融合為一體。編撰展覽目錄過程中，無絃琴子發現男人穿的和服及外褂，男童穿去神社祭拜的禮服，設計師也都力圖將戰爭美學化，槍砲機關槍的焰火，蘭花一樣點綴在燒焦的草原上，轟炸機投下的炸彈升起螺旋狀的濃煙，也被處理得如煙如幻。

戰爭是美麗的。

日本作家保田與重郎寫了《作爲藝術的戰爭》，爲了藝術，何妨世界毀滅。法西斯主義說道。

爲「Wearing Dropagamda」展覽撰寫文章論述的學者指出明治維新以來經過現代化洗禮的日本，第一次用鋼鐵製造堅硬的槍炮、坦克戰艦，消滅被妖魔化的敵人，大東亞共榮圈的烏托邦建立在日本軍士駕馭這些鋼鐵製造的武器之上，他引用義大利詩人馬利奈蒂「戰爭是美麗的」宣言來詮釋日本軍國主義的暴力戰爭美學心態：

「戰爭是美麗的，因爲它通過防毒面具、嚇人的機關槍、火焰噴射器、小型坦克等手段確立了人對被制服的機器的支配。戰爭是美的，因爲它開創了我們夢寐以求的把人類身體金屬化的偉業。戰爭是美的，因爲它爲鮮花盛開的牧場增添了機關槍這種暴怒的蘭花，戰爭是美的，因爲它把機槍火力、火炮轟鳴、停火、芳秀與腐屍的惡臭一同匯成了一部交響曲。戰爭是美的，因爲它創造了一種新的建築風格，比如巨大的坦克，飛行編隊的幾何構圖，燃燒的村莊冒出的盤旋上升的濃煙，還有其他許多東西……」

期待戰爭提供感官知覺的藝術滿足，人們穿上宣揚戰爭美學的和服，衣服與身體直接接觸摩擦，好像有靈魂，會耳語，附到身上來，從皮膚的表層進入體內，交互感應，轉化穿它的人的意識，接受催眠的召喚，開始相信戰爭是美麗的，變成爲潛在意識，進一步把人蛻化爲衣中人。

戰爭是美麗的。

帶著酒意，無絃琴子捧起這條母親曾經觸摸過的腰帶，放在鼻尖下聞嗅，希望從殘存的氣味聞嗅出母親的味道，聞著聞著，彷彿感到一種氛圍從腰帶飄散開來，將整個時空、歷史、鄉愁、家族的感情匯集起來，把她團團包圍住。情不自禁地，無絃琴子打開這條長長的腰帶，把它圍在自己的腰間，像她母親從前一樣，她以爲這是參與接近母親的唯一的方式。有記憶以來，她從來不記得有過坐在母親腿上，由她摟著，聞到她胸懷飄出來的氣味。

繫上腰帶的她，與母親合而爲一。

當天晚上，無絃琴子作了一個夢，夢見東京街頭人潮洶湧，對著一面奇大無比的大東亞共榮圈地圖，高喊皇軍萬歲、天皇萬歲萬歲，無絃琴子也夾在人群當中，她發現不分男女個個腰間繫著和她一模一樣的腰帶。

二〇〇六年九月初稿

二〇〇七年二二八前夕二稿

二〇〇七年五月二日完稿於紐約

代後記

與為台灣立傳的台灣女兒對談

——陳芳明與施叔青

陳芳明（以下簡稱「陳」）：《風前塵埃》的完成，使你的「台灣三部曲」書寫工程又推進了一步。以著喜悅心情讀完這第二部小說時，我比較好奇的是，你在書寫時遇到的困難是什麼？你又如何去克服？另外一個問題我也感到好奇，你最大的成就感在那裡？是否有達到最初預期的目標？

施叔青（以下簡稱「施」）：寫歷史小說，實在是一件事倍功半的苦差事。動筆之前得花好長一段時間研讀、消化鋪天蓋地的資料文獻史籍，做好的幾本筆記不斷反芻，理出頭緒，然後思索切入點，天馬行空想像人物，找出情節主幹，下筆後，多半不會按照擬定好的線索走，一稿與二稿、三稿之間，往往被自己改得面目全非。寫作的週期，一本書得花上好幾年，屈指一算，「香港三部曲」加上還在進行的台灣歷史小說，整整耗費了我十幾年的歲月，嘔心瀝血，頭髮都寫白了。

我寫台灣，你也要負責任。（笑）當初多少受到你的激勵，我才有勇氣「潦」下去，才不顧自己力不從心，投入這漫漫無止盡，又吃力不討好的龐大寫作工程。寫作需要力氣，你看看，和我同代，或者比較早的那一代作家，早已封筆不寫了。記得你說過的話嗎？既然我爲香港寫下三部曲，你說，生爲台灣的女兒也應該用小說爲台灣歷史作傳，說說容易，你哪知道這幾年是怎麼痛苦煎熬過來的。爲了保持心的平靜，盡量少受外界聲色干擾，在寫一本書的過程中，我自律自己過修行人清淡的單純生活，不敢外出旅行，喜歡讚嘆世界的我晚上也不敢出去冶遊，害怕會影響隔天的創作狀態，夜以繼日把自己關在書房，與小說的人物周旋纏鬥。

馬奎斯說：「每一次坐下來寫作時，無不戰戰兢兢，顧慮與擔憂」，正是我的心情寫照。今年三月，應邀到香港英國人辦的「Man」文學節演講，當我說一般人認爲作家的創作力是一種gift，對我而言，卻是curse（詛咒），台下聽眾鬨堂大笑，好沒有同情心，可惡！

苦鬥了兩年，完成《風前塵埃》三稿，放下擔子了，拿起一直想看又怕分心，其實也找不出時間來讀的藝術方面的書，每天早上讀徐復觀的《中國藝術精神》厚厚一本大書，一邊讚嘆這位大師對道家與山水畫的眞知灼見，一邊很訝異自己怎麼可以不必絞盡腦汁創作，而是消遙的在看「閒書」，太享受了！很擔心小說繼續寫下去，長時間神經緊繃，難保不出問題呢！

由於婚姻帶來的生活經驗，而且有心爲中文小說另闢蹊徑，我嘗試中文作家比較少涉獵的領域——書寫非我族類的異國人士。置身香港華洋雜處的社會，描寫英國殖民者，對我而言並非難事，這一次同樣黃皮膚的日本人，卻碰到挑戰。我雖然是戰後出生，但生長在有哈日情結的台灣，自以爲對日本人並不陌生，然而，眞正動筆，我才發現自己並沒有那麼懂得他們，很難走進日本人的內心世界。

幸虧多年來累積的日本文化藝術的知識派上用場，我把自己歸類爲文化型的寫作者，興趣廣泛，一向抱著學習另一種文化的態度下功夫，以日本而言，文學作品不用說，長年來跑遍世界各地的博物館學習日本繪畫、陶藝等藝術，對茶道、花道、庭園也都關注，掌握這些知識，用來當做材料放到小說情節裡。比較有困難的是不熟悉日本人日常生活動作細節，例如女人在榻榻米上膝行如何移動肢體等等，這些空缺借助日本電影影像來補足。這一次比較費心研究和服，看了些書籍和流連大都會博物館的日本館觀摩感覺。

創作好像在爬山，沒有達到巔峰的那一刻，我不可能滿意自己的作品。姊姊施淑一向是我作品最嚴厲的批評者，要不是我天生強悍，還眞承受不了這些重擊。她看了《風前塵埃》的三稿，覺得比《行過洛津》有藝術味，捕捉到日本人、台灣日本時代的氛圍，說比上一部寫得好，讓我開心極了。很想聽聽你的看法。我把寫作當成志業，一種自我完成、自我挑戰，北京中國作家協會出版一套【台灣作家研究叢書】，《施叔青評傳》的作者就用這兩句當書名：自我完成，自我挑戰。

陳：不同於第一部小說《行過洛津》所描述的鹿港興衰史，這次你把焦點投注在花蓮……

施：《行過洛津》是在紐約寫的，我從台灣運來好幾大箱的有關這一段時期的史籍文獻資料，用南管音樂、台灣民歌、發黃的舊照片在紐約的書房營造出清代鹿港的氛圍。對從小生長的故鄉，印象當然十分具體，寫作過程中我一再感受到回到袖子一樣狹窄的巷弄穿走，記憶加上地緣的熟悉，又有史籍歷史紀錄，我複製了一個清代中期貿易鼎盛的海港城市——古名洛津的鹿港。

乾隆嘉慶年間畢竟距今十分遙遠，靠想像力我有自由揮灑的空間。雖然日治時期結束，已經「光復」半個多世紀了，可是日本在台灣至今陰魂不散，最近十幾年來，有關日本殖民統治的研究成爲顯學，不只是學者的論述，大學院校相關科系研究生的論文，對日治時期的著述，從政治、歷史、文學……到醫學，無所不包，數量驚人，連助產士產婆、日治時期自琉球來台討生活的娼妓都有專書，這麼龐雜的記述，使我意識到要寫第二部曲，必須回到台灣，除了蒐集文字資料，還得置身日治時期殘留下來的現場，不管是心理的或是至今還存在的實物——比如建築；只有在台灣，我才能貼近的揣摩日本殖民統治下台灣人的心境，意會當年的社會民情、風俗飲食……吸取小說創作的滋養。我必須親臨其境，從日本人留下來的建築，從北到南由這些具有日本帝國特徵的建築，去領略當年殖民者的氣焰與心態，思索日本人間接把這些歐洲古典、巴洛克、維多利亞風格式樣的建築移植到台灣來的意義。

陳：歷史重心從中部移到東部，時間斷限也從清朝移民時期過渡到日據殖民時期。我似乎可以窺探到你的書寫企圖。我認爲你是爲台灣立下史傳，希望能夠以巨視的觀點掌握島上社會的生命力與創造力。《行過洛津》處理了性別的問題，《風前塵埃》則是經營族群的議題。對於我這樣的觀察，你有什麼看法？

施：為台灣立史傳，好大的責任！我是經過思考，決定不因循傳統大河小說的形式，以家族史為主幹，用幾代人貫穿三部曲的經緯，像我的「香港三部曲」一樣。我選擇利用不同的政權統治來寫這部書。台灣的歷史是斷裂的，造成我們認同的痛苦，也才會有今天的爭端矛盾，香港被英國殖民一個半世紀，台灣先後換過多少旗幟，為了突顯台灣人的特殊歷史命運，我特意將這三部曲依照不同的政權、時代劃分為：清領、日治以及光復後三個時期。

《行過洛津》以鹿港作為清代台灣的縮影，接下來是日治時期的花蓮，現在回想起來，當初我接受東華大學駐校作家的聘約回台灣一年，好像是為了搜集寫小說的資料而回去的，會以花蓮為題材，也許冥冥之中註定了的。

一到東華大學，立刻愛上這個地方，系裡給我一輛自行車——日本時代叫自轉車——我騎著它，大學附近的村路全跑遍了，欣賞不同季節田野開的花樹野菜，週末放假都捨不得回台北。體力能騎到的地方全去遍了，好心的同事、學生開車帶我遊覽自行車去不到的地方，然後我接觸到阿美族的巫師，參加各種祭典，也和太魯閣族的警察、獵人交上朋友，經常飛車馳騁花東縱谷，有時踏查分散各地的部落，有時開了幾十里路趕在日落之前到海邊買剛上岸長相奇怪的魚。

住下來之後，我開始大量閱讀日本人筆下的東台灣，日本古典詩人森槐南的漢文詩、小說文學作品、遊記，還有在總督派遣下前來後山做自然地理、「蕃」地調查人類學家，如伊能嘉矩、鳥居龍藏等的紀錄，從這些日本詩人、文學家、人類學者的著作，試著瞭解他們除了獵奇與自滿之外，是用什麼樣的眼光和心態來想像建構東台灣這塊土地，以及土地上的被殖民者。

陳：在台灣社會，花蓮是一個族群的大熔爐，原住民、外省人、客家人、福佬人，人口幾乎都有一定的分量。《風前塵埃》選擇讓原住民、日本人、客家人登上歷史舞台，正好都不是屬於你的族群。我想問的是，你有特別的書寫企圖或書寫策略嗎？

施：與其說我有特別的書寫企圖或書寫策略，倒不如說是用小說為台灣歷史作傳所不可避免的必然吧！

台灣本來就是個移民社會，先後由不同的族群組合而成，《行過洛津》處理的是清朝早期漳、泉福建移民來台落戶，主要以福佬人為主。隨著時代推移，五十一年的被殖民時期，日本人是不可能在小說中缺席的，第五任的總督佐久間左馬太是這本書中唯一的眞實人物，小說以「太魯閣之役」開篇，而佐久間總督正是這事件的發動者，我用這個滅族的戰役帶出太魯閣族的哈鹿克，小說的串場、敘述者無絃琴子，她的母親橫山月姬的警察父親派駐立霧山的經歷，一個日本家族在殖民地的生活點滴，以及愛上月姬的客家攝影師范姜義明，三個不同的族群同一書上登場，的確是我寫作過程中從未有過的現象，算是一種嘗試，企圖擴大視野，如實地描繪日治時期花蓮一地的社會現象。

除了鹿港和台北，花蓮是我在台灣居住過最久的地方，在這個殖民色彩特別濃厚的後山，我有了意想不到的發現，一腳踩入了創作的寶庫。你說的一點都不錯，花蓮是一個族群的大熔爐，最早是阿美族、泰雅族盤據之地，一直到清朝晚期移民花蓮開墾的漢人仍是寥寥可數，犯了罪、欠人家債、在西台灣混不下去的，才會到後山找生路，後來也有「走反」躲避日本人的迫害到鳳林落戶的，像范姜義明的產婆養母。

日本領台後，看中後山地廣人稀，在「日化東部」的政策下，將花蓮變成「距離母國一千浬外最美麗的內地都市」，大興土木建神社、東洋風的旅館、酒吧、映畫館、郊外關野球場，一直到不久前，日本記者司馬遼太郎到花蓮市閒逛，還感嘆：「恍若走進少年時代的街頭一角。」日治時期的花蓮，漢人人口占少數，這在台灣是個特殊的現象，漢人在日本文化充斥下，以及原住民人多勢眾的威脅，雙重壓力之下，本來占主流地位的漢文化，在這種狀態下如何自處？引發了我的好奇心，三個不同種族、語言生活習慣各異的族群如何在同一地緣共居相處、互動？

陳：以日本移民村作爲台灣歷史記憶的象徵，頗具特殊的意義。我讀過戰爭時期日本作家濱田隼雄的《南方移民村》，這冊小說爲了配合皇民化運動的宣傳，以很大篇幅歌頌日本農民的奮鬥精神。《風前塵埃》似乎有意回到歷史現場，重新翻轉日本人的殖民詮釋。我覺得最動人的地方，在於重建太魯閣事件的意義，過去台灣史大多只提到霧社事件，未嘗有隻字片語提及太魯閣事件。這部小說一方面彰顯日本移民村所隱藏的侵略本質，一方面也把被遮蔽的原住民受害實況揭露出來。在這方面你似乎下了不少工夫。

施：人到一地，註定要以那個地方爲題材吧！我到台南的台灣文學館演講，當時的館長林瑞明老友知道我在寫台灣歷史小說，慷慨送了我好多書，其中有一本日治時期大事紀錄。發現太魯閣族人與日本統治者纏鬥了十八年，在平地、山上所有的抗日行動都被震壓後，還不肯屈服，結果釀成幾乎被滅族的太魯閣事件，心裡對這一族人讚佩之至。藉花蓮地利之便，開始收集相關資料，在地研究者，不管漢人或太魯閣族人的記述，地方史工作室的報告都不放過。

未到花蓮之前，不知道日本人設立過三個官營的移民村，當初是爲了紓解日本人口的壓力，我走訪保存最完整的豐田日本村，從殘留的派出所、小學、醫生的家，廣島式、大阪式的菸樓可約略看出當年移民村的格局，到後來決定以吉安（舊名吉野）移民村爲題材，還有一段因緣：

有天我在研究室的走廊和當時東華大學的文學院長顏崑陽教授提到我的寫作計畫，講完回到研究室，聽到敲門聲，顏教授轉頭回來，指著對面的教室，說有位吉野移民村長大的日本老先生回來跟歷史系同學說他早年的經歷，老先生應邀回來參加慶修院修復後的開光典禮。

你聽說過嗎，日本遊客來台灣必到兩個地方一遊，一爲故宮博物館，二爲花蓮。慶修院的前身是吉野移民村的佛堂，眞言宗布教所，花蓮縣政府爲了鼓勵日本遊客前來觀光，這座江戶時期風格的日式寺院修復後被訂爲三級古蹟。開光典禮我當然躬逢其盛，又與中研院的研究者、博士生到蚊蠅群飛的檳榔林裡看吉野神社奠基鎭座紀念碑，還看到棄立於軍營外老樹下的「拓地開村」碑，我決定用我的筆重現吉野移民村。

陳：饒有興味的是日本女子無絃琴子的身分與血緣。強調優生血統的日本殖民主義，其實是經不起檢驗。在戰爭時期，日本人在台灣製造了不少「新台灣之子」，但也有「新日本之子」，小說中的無絃琴子就是最好的印證。這位日本女子可能流著原住民的血液。小說並未明確點出，讀者卻可以經由想像而略知答案。所有的文化都是時間的產物，都在一定的歷史過程中發生。這種歷史結構，往往是，台灣史研究者輕易忽略的，這部小說恰如其分地塡補了歷史空缺。閱讀小說時，反而覺得更貼近歷史，所謂純種的日本人並不是那麼純，而純種的漢人原沒有那麼純。《風前塵埃》清楚告訴我們，台灣歷史的形成是如此多元而駁雜，只有從這樣的視野來看台灣，才能達到歷史的同情與文化的寬容，我想，這大概也是你的企圖之一吧？

施：我以爲小說與史論最大的不同之處在於小說是回到現場，事件正在發生，是進行式，時間的副產物。小說不受史實的約束，憑空想像杜撰，透過當時所用的物品，說話的語氣，道德行爲準則，日常生活中種種瑣碎的細節，風俗祭典，人物之間的愛恨情仇，不同理念的衝突妥協，傳達出那個時代的氣息風貌。

小說植根生活，不是哲學思辨，因此更能接近時代的眞實性，也因此更貼近人心，這其實是弔詭的，作家靠想像力把人物從虛空中召喚出來，讓他們變得有血有肉，好像可以從紙上走了出來似的，卻更能生動傳神的代表那個時代社會。從無到有，寫小說的樂趣盡在其中，也就因這緣故，我至今還執迷不悟，身陷其中吧！

經過那段歷史的研讀、思考之後，按照我的理解與認識憑想像重現我心目中的日治時期。

人是非理性的動物，憑直覺憑感情行事，有太多情不自禁不由自主的時候，愛情的發生又是那麼不可理喻，橫山月姬與哈鹿克必然要互相吸引的，由於兩個人的國族身分，悲劇的下場早可預見，我當然以悲憫、同情的眼光來看待這一對不幸的情人。

陳：無絃琴子的母親橫山月姬，在台灣遇見兩個男人，一是原住民的哈鹿克・巴彥，一是客家籍的范姜義明。前者是熱情，後者是痴情，頗能道出殖民地文化的兩種取向。哈鹿克以他的生命捍衛太魯閣族的土地與文化，范姜義明則專注於追求日本文化。反日與親日的行動，反映了台灣歷史的複雜與矛盾。橫山月姬在兩人之間選擇了哈鹿克，等於是站在日本統治者的對立面。故事在此有了重大轉折，種族問題與階級問題混合在一起，使得歷史的衝突升高。橫山月姬背叛了她的種族，也背叛了她的階級。我認爲這裡有很大的批判精神，因爲日本人自認爲攜帶現代文明到台灣，把原住民視爲落後、野蠻的象徵。但是，哈鹿克的抗拒行動，正是對日本人的傲慢回以漂亮的一擊。他與橫山月姬之間的愛情，顯然還有更豐饒的文化暗示，你可以說明一下嗎？

施：范姜義明對橫山月姬（日本）的迷戀憧憬是當年台灣受日本教育的知識分子共有的現象吧，我最近在讀奈波爾寫的印度，他指出受英國殖民的印度人，在最深沉的心靈底層存在著民族的自尊、不臣服的一面，反觀日治時期的台灣人，日化的程度究竟達到何種境地？值得探討。

回想起來，我安排范姜是被領養的，下意識裡別有寓意，他早與台灣意識斷了根，因此可以坦然的接受日本的一切吧！然而，他還是流著台灣人的血液。范姜義明的寫眞照相館取名「二我」，夠象徵吧！我借用小時候鹿港一家照相館的店名，台灣人、日本人，「二我」，底片與正面的影像，哪一個才是眞正的「我」？范姜用日本人引進的攝影技術爲台灣做紀錄，他鏡頭下吃野菜的阿美族人，與日本商人以原住民爲題材獵奇拍攝出的觀光照片有什麼不同？

橫山月姬被哈鹿克山地人特有氣味所吸引而至心眩神迷，我不知道年輕時的月姬是怎樣來看待這一段感情，晚年的她，在失去記憶之前，向女兒回憶時，卻說成是她的女同學眞子愛上蕃人哈鹿克，找了個替身，畢竟月姬跳脫不出時代的限制，超越不了，她必須透過自我的否定，把自己想成是另外一個人，才能夠告訴女兒。

有一點我想特別指出，活在記憶裡的橫山月姬，是個謎樣的人物，完全與現實疏離。活在記憶裡的人卻得了失憶症，一心想揭開她身世之謎的女兒要從記憶顚倒的母親去拼湊她的過去，沒有比這更悲哀的嘲弄吧！從頭到尾我這個作者沒有進入月姬的主觀世界，我只讓她客觀的存在，不直接描寫她的所思所想，而是安排她周圍的人，無絃琴子、范姜義明、哈鹿克，透過他們對月姬的凝視、猜測、觀察來解釋她。

月姬獻身哈鹿克，無絃琴子最初不以爲是愛情，她另有自己的詮釋：母親在「霧社事件」後奉獻自己的身體，以她參加過六〇年代學運的經歷，她把母親塑造成一個女烈士，以爲月姬是在爲日本的殘酷道歉，把自己獻給一個原住民作爲贖罪補償。一直到後來她到台灣，上山重踏月姬生息過的土地，置身山林自然，與天地爲伍，才漸漸推翻先前的看法，泡在文山溫泉——月姬與哈鹿克定情也在這同一個野溪溫泉——無絃琴子感受到大自然深藏著美妙的情愛，這一對被愛的能量包圍，幕天席地的男女是有可能眞心相愛的。

小說寫到這裡，我感覺到大自然才是人類的救贖，解決統治與被統治、種族、階級這些人爲的枷鎖，唯一的出路好像只有以自然爲依歸，回到本源，很道家的。回想起來，我寫過的作品中，沒有一部像《風前塵埃》那麼與大自然貼近，那麼用心地去呈現山海雲彩自然之美，寫景抒情。寫過的香港、台北，即使是鹿港也都遠離自然，基本上屬於都會小說吧！花蓮一年朝夕領略縱谷山峰雲彩之美，眞是修行的好地方，一直能夠維持心的安靜與穩定，早上從三樓宿舍的窗觀望群山，看久了，哈鹿克，這個山林長大的自然之子，浮雕一樣在岩石上顯影，要不是大自然給了我靈感，我一定寫不出這個太魯閣族的獵人，因爲他超出了我所習慣認知、所熟悉的一切。

遺憾的是哈鹿克無法做自己的主人，註定他悲劇的下場，我覺得小說「沒有箭矢的弓」這一章深刻地道出被統治的悲哀，佐久間總督沒收了太魯閣族人賴以爲生的獵槍，讓族人回到弓箭的落伍年代——日本「文明開化」的反諷——獵人失去獵槍，就像螃蟹被削去了雙螯。他做了愛情的俘虜，被月姬支配，幽禁在日本移民村的地窖，離開山林部落等於被廢了武功，多重的失落，哈鹿克做的竹弓，只有弓，沒有箭矢，形同廢物，不足以自衛，只有等待束手就擒。

陳：從「香港三部曲」到「台灣三部曲」，你的故事主軸都是社會底層的人物爲中心。正因爲如此，你的小說具有相當濃厚的庶民生活色彩。在強烈的歷史意識之下，你往往能夠以最細膩的描述把庶民的風俗文化、節慶、衣飾、飲食生動地呈現。我覺得那是你創造小說時用力最深之處。由於這樣的描寫，使得歷史故事變得更有血肉。就像這部小說日本服飾的技藝，極其逼眞地浮現在讀者眼前。可以說說你在這方面如何開展想像？

施：作家用他們眼睛所看到的，心靈所感受的、所體驗到的，訴諸筆下把它們轉化爲文化藝術。如果我沒去花蓮，沒有與太魯閣族的獵人交往，我是不敢描寫上山打獵的過程的。現在我自我放逐，旅居紐約，雖然不免抱怨，在異國關起門來用中文寫台灣的歷史小說，與書房外的世界有著雙重的隔離，一方面是所用的文字，再加上寫的是歷史，與時代相距何其遙遠！當然我可以說，時空距離拉遠了，使我能夠更冷靜更客觀的來看待過去。

旅居異地，特別像紐約這樣的國際大都會，潛移默化影響了我寫作的視野，擴大了我的創作版圖，更能夠宏觀地來審視日本人當年對整個東亞的侵略野心，我不只是關心台灣的殖民史，也涉及了同樣被殖民的朝鮮，擴大受難者的層面，更廣度地呈現日本法西斯主義的災難，人類的災厄。

這本書，我自覺比較特別，有創見和突破，比較得意的，就是利用日本的民族服飾——和服來做象徵，反映日本特有的民族性格。我花了很大力氣在這點上下功夫，日本人用身上穿的和服來宣傳戰爭，我讓這情節前後重複出現，像音樂的主題，貫穿整部小說，自己覺得寓意深遠，不知道你的看法如何？

日本經過明治維新的洗禮，現代化軍事化，製造出槍砲、坦克、戰艦等武器，大東亞共榮圈的烏托邦就是建立在這些槍砲上，日本從僞滿洲國成立到二次大戰投降，這十五年裡，把軍人持槍開轟炸機深入敵區攻城陷地的血腥征服場面，經過美術設計，畫成眞實逼眞的圖案，織在布料上裁製成和服，讓後方的百姓穿在身上，呼應前線的軍人宣傳戰爭。我想，只有日本人才會用這種方式讓百姓把充滿法西斯暴力美學的衣服穿在身上招搖過市，表示愛國不落人後，人人穿上宣傳戰爭的和服，變成一種社會集體動力，一種意識形態，我引用義大利詩人法西斯主義者馬利奈蒂的宣言：「戰爭是美麗的」，作爲這本書的結尾。

陳：聽說你的「台灣三部曲」可能還會擴大書寫的格局。主要是因爲日治時期有太多的故事可以營造。如果可能的話，你是不是會把小說主軸移到西部？不知道你是不是願意透露一下？

施：日治時期的台灣，北部、西部才是政治經濟文化的中心，光寫邊緣的花蓮，好像缺少代表性。當然我可以爲自己找說辭，《行過洛津》用的是灑豆成兵的技法，以面面俱到方誌一樣的手法來反映整個清代的社會，這一次嘗試另一種風格，安排主要人物透過時空轉移，以安靜從容的語言推展相形之下單純多了的單線性情節，以少勝多，從日本人的觀點來看這一段殖民史。

李義山有句詩：「山色正來銜小苑」，如此複雜的社會時代，由單純的事件切入，以小搏大，或者可避免太過龐雜而失控的毛病吧！

話說回來，前兩部曲寫了鹿港、花蓮，接下來應該寫台北吧！最近我開始閱讀「二二八」的紀錄，往往看幾頁就掩卷讀不下去，太慘了！如果說《風前塵埃》是東部篇，我寫台北、西部計畫從皇民化開始一直到「二二八事件」後，皇民化，日本人強制把台灣人改造成日本人，國民黨來了，又強制把所謂「被奴化」的台灣改造成中國人，究竟什麼才是眞正的台灣人？如何用文學表現不同政權、政策下的台灣人的改變（或者沒有改變），是我覺得很重要的課題。

陳：對於殖民史，你抱持高度的興趣。「香港三部曲」成功地塑造了一位女子黃得雲，幾乎已成爲台灣文學與香港文學研究者共同關注的對象。那部大河小說前後一氣呵成，已被視爲是二十世紀末期台灣文學的經典。現在的「台灣三部曲」顯然不是做線性的敘述，而是以不同的故事撐起台灣歷史的主軸。這種寫法比「香港三部曲」還來得辛苦，其中是不是有你的微言大義？

施：我的原始構想是把《行過洛津》中，那一個到後車巷歌伎間騙財騙色的羅漢腳作爲第一、二部曲之間的過渡。大家都知道，日本人占領台灣時，爲日人帶路進台北城的辜顯榮是鹿港人，原來是賭場的混混羅漢腳，後來才北上艋舺發跡的。我這個同鄉在日治時期扮演太重要的角色，他的「偉業」到了台北才發揮，這個人物很難刻畫，我做了一大疊筆記，揣摩了很久，曾經想出不讓他在小說中現身，只從側面、陰影表現他對台灣的負面影響，後來人到了花蓮，被它所迷，改變寫作計畫。

對談者簡介：陳芳明，國立政治大學中文系教授、台灣文學研究所所長。

本文原載於《印刻文學生活誌》第肆卷第貳期（二〇〇七年十月號）
原標題爲「鹿港．香港到紐約港」，本文已更動。

新人間叢書 99

風前塵埃

作　者—施叔青
副總編輯—葉美瑤
編　輯—黃嬿羽
美術編輯—黃子欽
責任企劃—黃千芳
校　對—施叔青、余淑宜、黃嬿羽
董事長
總經理—孫思照
總編輯—余宜芳
出版者—時報文化出版企業股份有限公司
10803台北市和平西路三段二四〇號三樓
客服專線—（〇二）二三〇六—六八四二
讀者服務專線—〇八〇〇—二三一—七〇五・（〇二）二三〇四—七一〇三
讀者服務傳眞—（〇二）二三〇四—六八五八
郵撥—一九三四四七二四時報文化出版公司
信箱—台北郵政七九～九九信箱
時報悅讀網—http://www.readingtimes.com.tw
電子郵件信箱—liter@readingtimes.com.tw
法律顧問—理律法律事務所　陳長文律師、李念祖律師
印　刷—盈昌印刷有限公司
初版一刷—二〇〇八年一月二十八日
初版五刷—二〇一七年一月二十五日
定　價—新台幣三〇〇元
（缺頁或破損的書，請寄回更換）

時報文化出版公司成立於一九七五年，
並於一九九九年股票上櫃公開發行，於二〇〇八年脫離中時集團非屬旺中，
以「尊重智慧與創意的文化事業」爲信念。

封面照片爲佐久間左馬太（中坐者）、封底照片爲日治時期日本警察與台灣原住民照片。

國家圖書館出版品預行編目資料

風前塵埃 ／ 施叔青著. -- 初版.
-- 臺北市：時報文化, 2007.12
面；　公分. --（新人間叢書；99）
ISBN 978-957-13-4779-0（平裝）

857.7　　　96023788

ISBN 978-957-13-4779-0
Printed in Taiwan